Memorias
de Hernán

Memorias *de* Hernán

Christian Duverger

Grijalbo

El papel utilizado para la impresión de este libro ha sido fabricado a partir de madera
procedente de bosques y plantaciones gestionadas con los más altos estándares ambientales,
garantizando una explotación de los recursos sostenible con el medio ambiente y beneficiosa para las personas.

Memorias de Hernán

Primera edición: septiembre, 2023

D. R. © 2023, Christian Duverger
D. R. © 2023, Ediciones Coyoli, S. de R.L. de C.V.

D. R. © 2023, derechos de edición mundiales en lengua castellana:
Penguin Random House Grupo Editorial, S. A. de C. V.
Blvd. Miguel de Cervantes Saavedra núm. 301, 1er piso,
colonia Granada, alcaldía Miguel Hidalgo, C. P. 11520,
Ciudad de México

penguinlibros.com

ISBN: 978-607-383-457-5
Impreso en México – *Printed in Mexico*

Para Joëlle

No pelea el número, sino el ánimo;
no vencen los muchos, sino los valientes
HERNÁN CORTÉS
(Discurso dirigido a su tropa antes de la batalla,
en la *Historia de la conquista de México*, cap. CXIV,
de Francisco López de Gómara)

Matzaiani in iluicatl tentlapani in tlalli
Ábrese el cielo, rompiese la tierra.[1]
BERNARDINO DE SAHAGÚN
(*Florentine Codex*, libro VI, cap. 43,
"De algunas metaphoras")

---

[1] Por metáfora quiere decir: Hácese una maravilla y un milagro nunca visto ni oído.

Mi muy querido Martín:

Nunca fui niño. Así que trabajo me cuesta hablarte como un padre
a su hijo. Durante todos esos años no sé lo que hayas podido padecer, soportar y sufrir. Como crecí sin drama alguno, he pensado que
así mismo había sido para ti. Pero, en el fondo, no sé quién eres. Me
había imaginado que mi hijo mayor sería un otro yo mismo. Desde
los albores del mundo, todos los padres viven esa ilusión. Pero, en
tu caso, no podía ser así. No sólo eres un hijo nacido de una madre
india. Eres el heredero de un mundo milenario que ha sabido co-
mandar a los dioses, que ha creado el día y la noche, el rocío de la
mañana y el canto de las aves, los truenos y los temblores, la poesía
de las flores y los gestos del amor. En el ocaso de mi vida, quiero
tomarme el tiempo de decirte de dónde vienes.

En el fondo, no conoces verdaderamente ni a tu padre ni a tu
madre. Marina te ha sido arrebatada demasiado pronto por una re-
pentina muerte. Sólo tenías seis años. En cuanto a mí, las vicisitudes
de la vida pública dictaron sus propias decisiones. He sufrido el ri-
gor de su absolutismo. Para mantenerte al margen de mis combates,
debí separarme de ti, sumergirte en una vida protegida y confinada.
No tuve una vida de padre, pero estoy consciente de que así te he

privado de explicaciones. Hay algo aún más esencial. No eres, mi querido Martín, sólo el hijo de un hombre y de una mujer: has nacido en la confluencia de dos mundos que se encontraban por primera vez. Y le perteneces a esos dos vertientes del universo. Tras de mí se escucha el choque de las espadas y el galope de los caballos; se siente el frío de las iglesias y el calor del buen vino; se ven torreones, claustros, olivos retorcidos, velas de barco. En los ojos de tu madre, mi inolvidable Marina, desfilan otros paisajes, magueyes clavados sobre horizontes en fuga, lustrosas palmas, catedrales de verdores, arenas caprichosas de la Mar del Sur, aquí negras como la ceniza, y allá brillantes como plata fundida. En el resplandor de sus pupilas se leía el misterio de un mundo ambiguo, a la vez sublime y maculado por la sangre de los sacrificios.

Marina era mi preciosa pluma, mi collar de jade, mi amada, y ella me enraizaba en un país que me fascinaba. Una tierra hoy mía y tuya para siempre. Sobre esa trayectoria, que me llevó de Medellín a Tenochtitlan, también debo explicarme. Ninguna vida es fruto del azar. La trama de la vida se teje con deseo y con voluntad. La voluntad es una inclinación común del género humano; vano sería extenderse más en cuanto a ello. Pero los deseos atañen a la extrema intimidad; nos son propios, son nuestra carne, nuestra alma. Generalmente es más fácil callarlos, mantenerlos sepultados en el fondo de nosotros mismos. Pero escogí desvelarlos. Para que puedas vivir con esa verdad con todo conocimiento de causa.

Lo verás... no idolatro la trinidad de los malvados —el oro, el amor, el poder—. Por naturaleza, tengo más bien alma de vagabundo, indomable y soñadora; me complace situarme en la periferia del mundo, al borde de la vida pública. Pero desde muy joven me alimentó una certeza: lo que prevalece es la libertad. Y sólo se puede ser libre estando en el pináculo de la pirámide. La gravedad del mundo se disipa al elevarse. Muy concretamente, más vale estar en situación de dar órdenes que de recibirlas. Mi conquista del poder ha sido una conquista de libertad.

Lo que no supe decirte ahora te lo escribo. Las palabras que nuestros pensamientos forjan como armas se volvieron mi segunda naturaleza. Las llevo en mí y ellas me llevan. Mucho me han ayudado a vivir la vida que quería vivir. Les estoy agradecido que sepan, hoy, comunicarte todo mi afecto.

Vale. Cuídate mucho, mi querido Martín. *Soli Deo honor et gloria.* Honor y gloria a Dios sólo.

CAPÍTULO 1

MEDELLÍN

Todos nos interrogamos sobre nuestra filiación, sobre el legado que nos dejan las generaciones anteriores, sobre nuestras deudas para con ellos, sobre el antecedente de nuestros sentimientos, sobre la parte de originalidad de nuestro ser. Probablemente te preguntes cuál habrá sido mi vida al tener tu edad y cuál fue la de tu madre. Es conveniente que lo sepas.

Nací en Medellín, no sé bien por qué. Podría decirse que, en casa, la rama materna es sedentaria y extremeña, y la rama paterna, mucho más nómada. Ignoro cuál habrá sido el la razón que llevó a los Monroy hacia el sur de España. Hasta donde pude entender, su deslizamiento hacia el corazón de Castilla tomó siglos. La leyenda familiar dice que los Monroy son originarios de Aquitania y que se establecieron más allá de los Pirineos por solidaridad cristiana con sus vecinos en lucha contra los musulmanes. ¿Por qué no? En cambio, que algunos de tus antepasados hayan participado en la batalla de Las Navas de Tolosa es cosa segura. Navarra, Salamanca, Toledo, Plasencia, Belvis, Cáceres, Mérida… se puede seguir la huella de la familia Monroy desde el siglo XIII. En ese contexto, ignoro por qué mi padre escogió llevar el apellido de su madre, María Cortés, en lugar del de su padre, Hernán de Monroy. Nunca me reveló ese secreto y nunca lo cuestioné. Pero no me desagradó llevar a la fama el apellido Cortés, que todavía no estaba inscrito en la gesta de las naciones. En verdad, no tenía el alma de ser un heredero. Por el lado de tu abuela Pizarro hallamos un pasado de terratenientes. Trigales, viñas, vergeles y pastizales, castillos, mansiones campiranas y casas en la ciudad. Las callejuelas de Trujillo están pletóricas de escudos de los Pizarro. Y los Altamirano son gente de sotana desde hace lustros, cultos y volcados al interés general, benefactores y regidores de Trujillo. Nobleza de corazón y de espíritu.

Todos tus ancestros han destacado en el estudio y en el ejercicio de la autoridad. Tomaron las armas cuando fue necesario; cultivaron el honor y el altruismo. No sólo eres mi hijo, sino el descendiente de un linaje, producto de siglos de esfuerzo y empeño.

Amé mi juventud, pues siempre fui tratado como adulto. Nunca tuve el sentimiento de perder el tiempo, de tener que esperar a que los días pasaran. Algunos niños son presa de la obsesión por crecer. No fue mi caso. Aproveché intensamente la vida en el día a día, dedicándome de lleno a mis actividades. Ello se lo debo esencialmente a mi preceptor, Guillermo de Labrit. Más que un joven hombre, era un hombre joven. Él contagiaba ganas de aprender, ganas de vivir. Ignoro cómo se estableció el contacto con mi padre. Siempre esos famosos lazos con Navarra. Guillermo había nacido en el Bearne, en la ciudad de Pau; además del español, hablaba francés y latín, leía el griego y el hebreo. No era estrictamente hablando un profesor; destacado jinete, hábil espadachín, infatigable caminante, había aprendido en los Pirineos a escalar las paredes verticales. Adoraba subir a las cimas de las montañas. Era un hombre de los espacios abiertos. Una mente curiosa en cuerpo de atleta romano. Simpatizábamos. Apreciaba su exigencia, su porte siempre perfecto, su voz grave. Cuando le planteaba una pregunta complicada, respondía con una arruga en la frente. Sabía entonces que era una buena pregunta y que tenía razón al habérsela hecho. Supo enseñarme casi todo lo que se sabía en esa época.

En la planta baja de nuestra casa de Medellín había una sala dedicada a los estudios. Ahí dejaba mis papeles, mis plumas y mis tinteros. Me la había apropiado. En esos días sólo había dos libros en casa. Apenas nacía la imprenta. Recuerdo haber quedado fascinado por esas dos obras; una era una vida de Cristo escrita en latín, impresa en Lisboa. Era un regalo de un tal Eliezer, que había firmado una dedicatoria al "caballero Martin Cortes". La otra había sido editada en Pamplona en 1495. Y me apasionó. Llevaba por título *Compendio de la humana salud*. Fue de niño que supe de las flemas y de los flujos, de los simples y los compuestos, de las enfermedades de los hombres y de las mujeres, de las heridas de guerra, de los hematomas, de las fracturas y de los misterios de la cicatrización. Labrit me enseñaba de todo, excepto esgrima y música, para lo cual mi padre me asignaba maestros especializados. Fui excelso en el arte del duelo porque comprendí su importancia, pero nunca entré en la lógica de la harmonía; mi maestro de música nunca supo interesarme en las sutilezas de las partituras, en la gimnástica de los dedos sobre las cuerdas, en la emulación del canto coral. Fui, durante toda mi vida, un pobrísimo músico. Por fortuna, Labrit me enseñó la música de las palabras y el ritmo del discurso. Declamaba perfectamente a Cicerón. Con él, los dáctilos y los espondeos no eran entidades abstractas, sino cadencias carnales que transmitían emociones.

Labrit, quien era casado, se alojaba en una propiedad de la familia que teníamos en Don Benito, no muy lejos de Medellín. Poseía su propio caballo y venía todos los días para darme clases. Durante unos diez años recibí así una educación inteligente, adaptada a mis deseos y a mi curiosidad. Mi preceptor había comprendido que yo necesitaba ejercicio físico y contacto con la naturaleza. Así que las clases de botánica se desplazaban a los caminos del campo. Cabalgábamos juntos hasta el sombrío bosque de castaños de Malpaso, hasta la presa romana de Cornalvo construida por el emperador Adriano y luego hasta la vieja iglesia en ruinas de Santa Amalia. La vida de estudios era sencilla, cautivadora. No escuchaba hablar de la guerra, de la reconquista de Granada, de la expulsión de los judíos. Mi aprendizaje se llevaba a cabo en una burbuja perfectamente asegurada. Mi padre callaba los disturbios del exterior, los impuestos cada vez más elevados, las incesantes mutaciones de la moneda. Me ocultaba las historias de la familia, la violencia del mundo y las convulsiones de la época. Poco tenía que caminar para viajar. El anfiteatro romano de mi ciudad natal le servía a Labrit de pretexto para declamar partes de las tragedias de la antigüedad. Tomaba clases de arquitectura en el castillo de la condesa Pacheco; descubría los principios de la bóveda observando el puente construido sobre el río Guadiana.

Desde la terraza de la casa, durante las cálidas noches de verano, pasaba horas escrutando el movimiento de los astros; me maravillaba ante las salvas de estrellas fugaces que marcaban el solsticio de verano. Labrit sabía darles nombres a las constelaciones: *Canis Mayor* y *Sirius, Lupus, Cancer, Auriga...* No veía perro, lobo, cangrejo, ni cochero inscribirse en la bóveda celeste. Pero no importaba. Era feliz frente al misterio del mundo en el silencio de la noche. Estaba en el centro del universo y el cielo giraba suavemente alrededor de la casa familiar.

CAPÍTULO 2

SALAMANCA

El 29 de junio se acercaba. Como cada año, mi madre, doña Catalina, había preparado la celebración de la fiesta de San Pedro de los Caballeros, a la vez una solemnidad en honor a mi santo protector y una fiesta de la familia. Era hijo único pero tenía numerosos primos. Era una excepción en la familia en la que hermanos y primos eran prolíficos. Sabría más tarde que tenía en realidad un medio hermano y una media hermana escondidos. Pero recibí la educación de hijo único, sobreprotegido y mimado sin moderación. La fiesta de San Pedro era tradicionalmente la oportunidad para reunir a la familia. Ignoro por qué mi padre me colocó bajo la protección de ese fiel apóstol, quien había desenvainado su espada para defender a Jesús en el jardín de Getsemaní y era el guardián de las llaves del Paraíso. Pero los niños no cuestionaban los ritos de los adultos. Así era.

Ese año, mis tíos y tías, primos y primas se habían presentado todos, los Pizarro, los Orellana, los Pacheco, los Cortés, los Altamirano, los Núñez, los Casas, los Hurtado, los Mendoza, los Ovando, los Saavedra, los Cerón, los Portocarrero, los Monroy… Ahora bien, siete días antes, Guillermo de Labrit fallecía por un accidente a caballo, aplastado bajo el peso de su montura. Lloré la muerte de mi verdadero padre, aquel que me había enseñado la vida. Quedé trastornado. No estaba preparado para esa brutal separación. Perdía a un maestro, a un confidente. Me sentía arrancado de mi tierna existencia, arrojado al torbellino de la vida, ahogado en pena.

El 28 de junio, Labrit fue enterrado en la pequeña cripta que poseía la familia en la iglesia de Santa Cecilia de Medellín, que era una antigua sinagoga. Su mujer decidió dejar la ciudad con sus dos hijos, pero nunca nos perdimos de vista. La habría de invitar a mi boda treinta años después y siempre llevo a mi preceptor en un lugar predilecto de mi corazón.

Al día siguiente, para la fiesta de San Pedro de los Caballeros, no aparecí como en mis mejores días. Aturdido por el golpe, me costaba hablar, escuchar, participar en la celebración en mi honor. Pero la conjunción de los dos acontecimientos, la pérdida de Guillermo y mi santo, le dio un giro nuevo a mi vida: dejaría Medellín. Se decidió que a partir de entonces seguiría mis estudios en la universidad de Salamanca. Mi tía Inés de la Paz, quien era media hermana de tu abuelo Martín, propuso darme alojamiento en su casa, y su marido, Francisco Núñez de Valera, a la sazón profesor de la universidad, cuidaría de mi educación. Me hizo pasar una suerte de examen dirigiéndose a mí en latín. Le respondí con toda naturalidad. Me cuestionó sobre las materias que deseaba estudiar. Por gusto, me habría hecho médico o astrónomo, pero no revelé nada. Mi padre escogió para mí la carrera de derecho.

Partí a Salamanca. Tenía catorce años. Para mí, que sólo conocía Medellín, esperaba que fuese un desgarramiento, pero no lo fue. Por una parte, estaba entre familiares, y, por otra, mi tía tenía un hijo con apenas más edad que yo, Francisco, con quien tejí un afecto fraternal. Para familiarizarme con el idioma, mi tío me hablaba en latín a partir de la comida y hasta la cena. No me era desagradable haber elegido domicilio en una casa habitada por el saber. Era algo joven para ingresar a la universidad, pero Guillermo de Labrit había hecho buen trabajo; me expresaba como un escolar de buena formación y no tuve dificultad alguna para lograr el acuerdo del rector.

Mi vida de estudiante no fue muy encerrada. Pasaba con facilidad de los salones de estudio a la agitación de las tabernas. Mi soledad de hijo único se disipaba poco a poco en los festivos ágapes y en el vino compartido. Pero no tuve que aprender la moderación, pues ésta me llegó naturalmente. En Medellín, me había hecho falta el calor humano de las reuniones. En Salamanca, aprendí a luchar contra la invasión de la vida social en mi vida privada. A partir de entonces me gustaba el convivir, pero por encima de todo estaba la protección de mi ser profundo. Aprendí a vivir en solitario entre los demás sin que éstos percibieran mi singularidad. Había hallado mi equilibrio.

Me convertí en bachiller en derecho tres años más tarde para complacer a mi padre. Ello generó un equívoco. Hasta entonces, había picoteado en la oferta de saber que ofrecía la universidad. Sus muros desplegaban un capullo protector en cuyo interior reinaba la libertad que para mí tomaba forma de libertad de elección. Vivía la vida de oyente. Las clases de teología me enseñaron que prefería a Juan Duns Escoto que a Santo Tomás de Aquino, que me inclinaba por la voluntad humana más que por la sumisión a las decisiones divinas. Las clases de aritmética me fascinaban porque planteaban una pregunta abismal: ¿por qué las cifras, sea cual sea su orden, siempre componen números, mientras que las yuxtaposiciones de letras no necesariamente forman palabras?

Debí esperar durante varios años para resolver ese misterio y fue el mundo mexica el que me aportó la solución: las cifras son ideogramas; representan una idea, como los glifos indígenas, mientras que las letras de nuestro alfabeto grecolatino se ensamblan para formar sonidos. Las letras fueron inventadas para fijar la oralidad mientras que las cifras —que, por cierto, pueden leerse en cualquier idioma— traducen un contenido de nuestro intelecto. Por haberme planteado esas preguntas en Salamanca, pude ingresar en la lógica de la escritura de los indios que no representa el sonido, sino directamente el sentido.

Me deleitaba, por supuesto, ya que era oficialmente jurista, con los alegatos de Cicerón que mis maestros llamaban respetuosamente por su apellido, Tullius, para evitar la familiaridad de su apodo. *Cicero* significa "garbanzo". Adoré a Tito Livio, quien resucitaba los orígenes de Roma. Esas enseñanzas que impartía mi tío Núñez también fueron objeto de reflexión sobre la escritura de la historia, en la que los archivos lidian con el mito. Me entusiasmó el estudio de África, la epopeya de la segunda guerra púnica escrita en latín por Petrarca. Era una historia de guerra y era poesía. La sangre corría, las armas hablaban y se oía la pequeña y civilizada música de los hexámetros.

Curiosamente, Petrarca consideró hasta su muerte que su obra era perfectible y no hizo circular ningún manuscrito en vida.

Iba de flor en flor, sorbiendo. Era asiduo a las materias que me interesaban, mucho menos a las clases obligatorias. Pero era percibido por mis profesores como un elemento prometedor. Creyeron que tenía vocación. Algunos ya me veían como letrado, llevando bonete, o, por qué no, doctor destinado a la alta función de profesor. Pero se equivocaban. No tenía ninguna intención de entrar en las batallas de pasillo entre corporaciones, no tenía ninguna predisposición a inmiscuirme en los combates de poder. En pocas palabras, no estaba hecho para la vida universitaria. No quería hacer de ella mi profesión. Amé mis años salmantinos por ese soplo de aire fresco que benefició mi vida. Debía ahora escapar de la trampa de la rutina. Mi alma era lúdica y tal debía permanecer.

Partí. Dejé Salamanca en muy buenos términos con la familia Núñez. Mis primos Alonso, Rodrigo y Francisco, por cierto, formarían parte de mi equipo algunos años más tarde. Mi tío, con elogiosas palabras sobre mi trabajo, le hizo saber a mi padre cuánto lamentaba mi decisión. Mi regreso a Medellín no fue del agrado de mi familia por eso mismo. Tuve que explicarme. Puse de relieve la educación recibida en la universidad como un bien adquirido de alto valor. Rendí homenaje a sus esfuerzos, que no eran vanos. Después de todo, era bachiller. Para ablandar a mi padre, recité a Petrarca. Nada de eso funcionaba. Sentía un bloqueo, una frustración. Y, de repente, tuve una milagrosa intuición: ¡le hablé a mi padre en francés! Y entonces sonrió. Me había ganado su confianza de nuevo. Había entrado en su jardín secreto. Le mostré que compartía los valores familiares. Había recreado una complicidad. Compartíamos el calor de los exiliados. Hay que decir que en casa de los Monroy, aunque es un secreto celosamente guardado, casi todo el mundo habla francés en signo de pertenencia al clan. No por nada me confiaron en manos de un navarro. Como la casualidad hace bien las cosas, España heredó en 1516 a un rey de lengua francesa, nacido en Gante. El joven Carlos —fue rey a los dieciséis años— nunca habló castellano. El conocimiento del francés fue, por ende, una inmensa ventaja para tu abuelo Martín cuando tuvo que negociar mi título de capitán general con el joven rey. Y te confesaré que así actué con él cuando discutimos mi título de marqués en Toledo y en Barcelona.

Así que le expliqué a mi padre en francés que pensaba dedicarme a la carrera de las armas. Era una mentira piadosa de mi parte para ganar tiempo. Sobre todo, tenía ganas de emanciparme, de vivir mi vida lejos de la tutela familiar. Mi padre no mostró oposición a mi nueva vocación. Pero me hizo otra propuesta. Me explicó que uno de mis tíos, Nicolás de Ovando, acababa de ser nombrado gobernador de las Indias, que, en aquella época, se limitaban a la isla de Santo Domingo. Yo conocía al tío Ovando y él me conocía bien a mí; era un alto dignatario de la Orden de Alcántara, esa institución que era parte de la historia de la familia. Seguramente, los reyes tenían en mente la idea de utilizar el modelo de las órdenes militares, asociadas a la Reconquista, para administrar los nuevos territorios ultramarinos. Y mi padre hacía notar que encontraría en Santo Domingo numerosos parientes que podrían ayudarme a conseguir una posición envidiable. La aventura me gustaba, pero contradecía mi deseo de escapar del nido familiar; sentía la exigencia de ponerme a prueba. Aún necesitaba tiempo. No dije que no; pero mi padre aceptó que fuera a Valencia para embarcarme hacia Italia para presentarme ante el Gran Capitán, Fernández de Córdoba, en plena guerra de Nápoles. Estaba consciente de que todavía necesitaba perfeccionar mi educación en el mundo. No insistió.

Por segunda vez dejé Medellín para descubrir la libertad; mis raquíticos fondos me obligaron a trabajar, pero lo viví con alegría. Era un perpetuo activo, feliz en la labor. Claro está, nunca me embarqué hacia Italia; sólo fue un pretexto para evadirme.

Viví un año entero llevado por los caprichos del viento. Mi galante errancia hizo que prefiriera las tabernas de los puertos a los hostales campiranos. Amaba los olores salados de las algas, la agrura del calafate, el rudo aroma de las cuerdas mojadas. Dormía con el chapoteo de los cascos mecidos, el batir de las drizas, el roce de las cadenas de amarre. Sentía el llamado de la altamar en el cabello revuelto de una joven aragonesa. Me abrí a la vida, a los placeres de los cuerpos.

Crecía. Fui aprendiz de notario, secretario de un armador, escribano. Hasta logré escribir algunas páginas del *Amadís de Gaula*. La casualidad me había llevado a Valladolid y supe que un escritor de nombre Vaca estaba en búsqueda de un traductor del francés. El hombre, nativo de Medina del Campo, había emprendido la tarea de traducir al castellano una novela de caballería francesa que pensaba publicar bajo su nombre. Así es como, muy temprano, tuve conocimiento de la fantástica historia del Bello Tenebroso. A veces traduje, a veces adapté, a veces inventé. Trabajé con mucho placer en ese texto.

Comprendí bastante rápido que no podría vivir como diletante. Por una parte, necesitaba la droga del trabajo; luego, no podía enamorarme de todas las mujeres de la creación. El soñado modelo del caballero errante no estaba hecho para mí. Definitivamente.

Una noche de invierno, frente a una mar tranquila e incandescente, decidí darle la espalda al Mediterráneo. Una carraca blanca formaba una mancha inmóvil en la línea del horizonte. Aproveché que se hubiera detenido el movimiento cósmico para extraerme de ese encantamiento. Volví a Medellín. Había decidido unirme a Ovando al otro lado del Mar Océano.

CAPÍTULO 3

SANTO DOMINGO

Fastidiosa y aleatoria. Así fue mi travesía. Llena de insoportables esperas, de tiempos y contratiempos, tanto en tierra como en el mar. Esa navegación con el viento trasero, de cualquier forma, ofrece pocas emociones y vuelve difícilmente soportable la promiscuidad. A menos de que se enfrente con una tormenta, el barco sigue una línea recta imaginaria, llevado por una perezosa corriente. Sin embargo, esa bíblica simplicidad fue tomada a mal y mi navío se las arregló para perderse. Tomó la desviación de las islas de los caníbales, demasiado al sur, y tuvo que rectificar *in extremis* su ruta hacia Santo Domingo.

Supe de inmediato que amaría ese calor prendido al soplo del viento. Me acompañaría desde entonces y por el resto de mi vida. Se decía en las tabernas de Sevilla que esa canícula estaba vinculada a la proximidad del Paraíso terrenal. Vi una costa rocosa, algunas playas de blanca arena; a veces, grandes fondos transparentes se aventuraban bajo el estrave. Había algo de suave y límpido en ese decorado demasiado verde y demasiado brillante. Con alegría pacté con lo desconocido.

En realidad, no me sentía solo. Había viajado con dos empleados domésticos de nuestra casa de Medellín. Félix, el mayordomo, había escogido el exotismo, y María de Esteban, mi ama de leche, no quiso dejarme partir solo. Y sabía que al arribar podría contar con decenas de parientes. A mi llegada, por cierto, me alojé en casa de uno de ellos. La ciudad estaba en construcción. Más exactamente, todavía no había surgido de la tierra. Ovando había tomado la decisión de desplazarla

25

a la ribera derecha del río Ozama para romper con la primera época de Colón y de Bobadilla. A sitio nuevo, nueva visión. Ovando trazó un tablero a partir de una calle paralela al estero que servía de puerto y de una perpendicular también rectilínea, paralela a la ribera. Había previsto edificar una fortaleza en la esquina del mar y del río y había reservado espacios para una catedral, un convento franciscano, un hospital, un matadero, un mercado. El conjunto debía finalmente quedar protegido por muros.

Cuando me reuní con mi tío por primera vez, me propuso un repartimiento, es decir, una propiedad agrícola asociada a su mano de obra. Lo escuché, le agradecí, le dejé en claro que no preveía volverme agricultor. Le propuse ayudarlo en la pacificación del territorio sin tener la más mínima intención de guerrear con los indios. Quedó sorprendido, pero, muy contento, rápidamente aceptó. Nadie en Santo Domingo tenía ganas de tomar las armas. Así que presenté mi requerimiento: simplemente le pedí que me cediera un solar, un terreno para ahí construir mi casa. Aceptó de buena gana.

Ovando me nombró al mando de un destacamento para ir a pacificar una región cuyo nombre todavía me costaba trabajo pronunciar. Tuve que comprar un caballo a precio de oro y hallar un intérprete. No había muchos en la isla. Estebanillo hablaba taíno y macorí; debíamos formar un equipo duradero. Volví a Santo Domingo dos meses después. Había ganado la partida. Los pueblos indígenas de la sierra se habían aliado sin uso de la fuerza: ni un tiro de arcabuz, ni una saeta de ballesta fueron disparados. Todos me pedían mi secreto, el gobernador en primer lugar. No se los confesé. Pero a ti, mi querido Martín, te lo puedo decir: ¡les expliqué el contenido de la bula *Inter cætera* del 3 de mayo de 1493! La recuerdas. Esa bula de nuestro papa español Alejandro Borja, que se volvió Borgia, en italiano, le daba América a España. Pero el soberano pontífice había puesto una condición: en contrapartida a esa cesión, los reyes Isabel y Fernando se comprometían a cristianizar las Indias Occidentales. Era de hecho una medida humanista. La esclavitud, en efecto, está prohibida entre cristianos. El bautizo de los indígenas era así un modo de preservarlos de la esclavitud. Eso fue lo que les expliqué a los jefes taínos. Si se convertían formalmente, no podrían ser reducidos a la esclavitud. Aceptaron dejar las armas. Así que de inmediato movilicé a los frailes franciscanos presentes en la isla para que fueran a bautizar con urgencia a los pueblos que me habían dado su acuerdo. Había encabezado una campaña con economía de sangre de las dos partes y suscitado las primeras conversiones. Los colones deseosos de vivir en paz me ensalzaron, mientras que los esclavistas me miraban con mala cara.

Debo decir que había llegado en un contexto dramático. A su llegada, Ovando había actuado mal. Había aplicado los métodos de la reconquista, brutales y salvajes. Pero el sometimiento por la fuerza no tenía sentido en tierras caribeñas. En la península, los españoles habían sufrido la invasión de los moros, quienes habían ocupado sus tierras y amenazado sus tradiciones; les habían despojado del poder. La lucha contra las dinastías sarracenas estaba dirigida contra los descendientes de los invasores; estábamos en el ámbito de la autodefensa. Aquí, los indios estaban en sus dominios y eran los españoles los que invadían. Ovando no tenía ningún derecho de colgar a Anacaona, la reina de Xaragua, y a quemar vivos a todos los caciques de la provincia. El gobernador no supo cerrar las heridas abiertas por sus predecesores, Colón y Bobadilla, por el contrario, las había convertido en llagas sanguinolentas. En el asesinato de Anacaona, había cometido además una verdadera felonía al no respetar ni la palabra de la reina de Xaragua, quien era favorable a un acuerdo, ni la de la reina Isabel, quien se había comprometido a un buen trato hacia los indios. No te ocultaré que desde mi llegada estuve en una situación delicada por la falta de visión y la poca conciencia de la colonia castellana en la isla. No había dejado Medellín para encontrarme aquí con la mezquindad y la estrechez de mente que mucho me hicieron sufrir durante mi juventud. Vivía en el corazón mismo de una paradoja: ese nuevo mundo buscaba parecerse al viejo cuando todo, absolutamente todo, propugnaba para que fuese diferente.

Como le había hecho un favor a mi tío, pude cambiar el solar que me había atribuido. No quería conformarme con cualquier parcela pequeña. Esta vez, pedí la esquina de las dos calles directrices, frente a su propia residencia. Consintió. ¿Me tenía confianza o era por pura solidaridad familiar? Mi tío quería vigilar el movimiento de los barcos; por eso, su terreno tenía acceso directo al puerto del río Ozama. Al contrario, mi nuevo solar daba hacia el interior; así, yo estaría en situación de controlar el corazón de la futura cuidad. Mientras que todos los que iban llegando optaban por buscar oro, hacer crecer trigo o criar caballos, yo había escogido ocupar un símbolo: una ubicación estratégica del que presentía se volvería un lugar de poder.

Mi casa fue una de las primeras en ser construidas en América; se terminó en menos de un año, toda hecha de piedra coralina, de una blancura todavía odorífera. Como en aquella época no había arquitecto a la mano, la dibujé yo mismo. No tuve que pensarlo mucho. Reproduje mi casa natal, con mi cuarto en el primer piso, las ventanas en forma de tronera, con su banca de piedra en la que podía sentarse uno para ver sin ser visto. Una ventana al este, la otra al sur. Un patio protegido del viento del mar, con un amate que, muy rápidamente, nos brindó su generosa sombra. Cuando mi casa fue terminada, algunos se sorprendieron por su austeridad. Nada de divisa, nada de emblema, ni adorno, ni ornato. Muros lisos sin ostentación, sin pretensión. Esa casa se parecía a mí. Amaba la belleza de la simplicidad.

Muy pronto pude tener una opinión de la situación. Dos encuentros fueron para mí determinantes. El primero fue tan imprevisto como simbólico. Una noche, fui invitado a una cena oficial en casa de Ovando, todavía en construcción. Era septiembre de 1504. El gobernador festejaba con visible deleite la partida de Cristóbal Colón. Durante su cuarto viaje a Jamaica, el Almirante había encallado y quedó más de un año prisionero de una playa al fondo de una bahía que bautizó con el nombre de Santa Gloria. Uno de sus allegados, un gigante de nombre Diego Méndez, logró atravesar la altamar, de Jamaica hasta Santo Domingo, en una canoa indígena. Ahí compró un barco —en mal estado— para acudir en auxilio de Colón. Éste tenía prohibido desembarcar en Santo Domingo, habiendo sido destituido de sus funciones. Pero Méndez argumentó urgencia humanitaria y Ovando aceptó que Colón y su séquito hicieran escala en Santo Domingo el tiempo necesario para alistar la nave que debía llevarlo a Sevilla. Así, Colón había desembarcado en malas condiciones en agosto, y Ovando lo había alojado generosamente en su casa. Tras las formalidades, había una realidad: Colón, virrey privado de su título y convertido en *persona non grata*, estaba en arresto domiciliario en casa de su sucesor. Pero para darle un semblante de credibilidad a ese pseudo trato de príncipe, Ovando se creyó obligado a ofrecer una cena de despedida al Almirante. El personaje me horrorizó. Colón habla de sí mismo en tercera persona con mucha confianza y mucha altivez. Costaba reconocer tras los rasgos de ese hombre de avanzada edad al apuesto aventurero que había seducido a la reina Isabel quince años atrás. Las fatigas de la navegación, las fiebres, los reumatismos y las decepciones habían cumplido con su fatídica labor. Colón ya no era ni la sombra de sí mismo. Durante la conversación, tuve conocimiento de algo divertido. El barco que había comprado Méndez y en el cual Colón, Almirante de los Mares Océanos, iba a volver a España, no era sino el pésimo barco en el que yo había viajado. Nuestros destinos se cruzaban. Me sentí feliz de no haber cumplido todavía veinte años.

El otro encuentro que me marcó fue con fray Ramón Pane. Ese hermano jerónimo había llegado con Colón en el segundo viaje. Formaba parte de los doce religiosos que acompañaban al flamante Almirante en 1493. Fue el único autorizado a desembarcar. Los otros fueron apresados a bordo de una carabela, misma que terminaron por robar para volver a España y avisarle al rey Fernando de las fechorías del clan Colón. Entendiste lo que estaba en juego. Una vez conversos, los indígenas ya no podían ser esclavizados. Así que Colón prohibía el contacto de los frailes con los autóctonos. Fray

Ramón negoció algo original con el Almirante. Se comprometió a no bautizar a nadie; a cambio, se le autorizó convivir con los indios para recopilar su memoria y sus tradiciones. Lo llamó "extirpación de la idolatría"; en realidad, se dedicó a un verdadero trabajo de cronista de la civilización taína. Me mostró sus manuscritos. Me apasionó lo que leí. Y me trajo consuelo el ver que no era el único en interesarme por los saberes de los indios, por sus creencias, por sus prácticas. Lo vi confiarle una parte de sus manuscritos al Almirante en el momento de su partida. Consideraba esa parte dedicada a los mitos como terminada; pero conservó varios cuadernos de notas en los que figuraban un diccionario taíno, una crónica histórica y un libro sobre la fauna y la flora. La brutal desaparición de este personaje me afectó. Más aún al no creer la versión oficial de su muerte. Se habría ahogado al caer de una canoa en la costa de Barahona. Con la ayuda de un fraile franciscano, pude recuperar sus manuscritos, que hice llegar al convento de Belvis. Sin embargo, conservé su léxico taíno, el cual me fue de gran utilidad. Un año después de mi llegada, gracias al estímulo de fray Ramón, hablaba convenientemente la principal lengua local.

Me acostumbré muy rápidamente a la vida de la isla. Ahí no se conocía el invierno; la vegetación siempre estaba verde y únicamente el color de las flores marcaba el paso del tiempo. Vivía la vida de un hombre joven de veinte años, una vida al aire libre, de desafíos, de conquistas y de aprendizaje. Me di cuenta bastante pronto de que mi manera de moverme, de respirar, de comer, no se parecía a la de mis compatriotas. Vivía de pescados y de caracoles; iba de pesca con el joven indígena que había contratado de guardián y que me enseñó cómo atrapar meros en los arrecifes, cómo cazar con arco los peces de plata que nadaban en bancos en la laguna. Me sentía levitando en una naturaleza generosa que no contenía ningún animal peligroso. Cierto es que había mosquitos, los minúsculos *moyotes* que salían al caer el sol. Pero bastaba con untarse los brazos y el rostro con el jugo de una planta repelente; algunos de esos ungüentos expelían, además, un agradable perfume. Era pagar barato tal complicidad con la creación.

Había renunciado a vivir en Azua, donde Ovando durante un tiempo me había confiado funciones administrativas. Era una especie de jefe de distrito, vagamente encargado de instalar una autoridad española sobre habitantes poco dispuestos a aceptarla. Había en esa situación una perniciosa dimensión que se llamaba inserción local. Muy a pesar mío, mi tío me había atribuido un repartimiento en esa zona. *De facto*, estaba encargado de lanzar la colonización territorial. Hice un intento de aclimatación de la caña de azúcar que los castellanos habían hecho proliferar en las Canarias. Fue un éxito: paradójicamente, es lo que me indujo a matar de raíz todo capricho de vocación agrícola. Para evitar la especulación sobre la tierra, la regla promulgada en Santo Domingo preveía que las atribuciones de los repartimientos iban a la par de la obligación de una residencia de larga duración. No me veía sedentario de por vida, instalado en alguna casa perdida a orillas del agua, pasando mis días escrutando los humores del cielo. Volví a mi plan original: Santo Domingo. Quería vivir ahí donde estaba concentrado el poder, ahí donde podía cambiarse el orden de las cosas.

En realidad vivía una doble vida. De día, trabajaba con Cristóbal de Cuéllar, el contador del rey. Era el ojo del comendador sobre la gestión de los asuntos financieros de la isla. Al atardecer, jugaba naipes con mis compatriotas extremeños. En cambio, mis noches eran indígenas. Al buen resguardo de una compasiva obscuridad, me entregué en cuerpo y alma a amoríos que me ataban a esta tierra insular. Me sentía a la vez fuera del tiempo y en terreno conocido. Muy pronto, me volví dual. Muy pronto, pertenecí a los dos bandos.

Aprendí a aparentar, ofreciendo pruebas tanto a los unos como a los otros. Una de mis queridas en ese momento se llamaba Yanuna. Tenía mucha gracia y era discreta. Públicamente, la llamaba Ana. Así, no ofendía a nadie. Los taínos pensaban que la llamaba Flor, pues tal es el significado de la palabra en su idioma, mientras que los españoles escuchaban un nombre de bautizo cristiano. En esa postura de equilibrista era feliz y desdichado a la vez. Feliz de vivir una experiencia única en un mundo indio que me entusiasmaba, y desdichado por constatar su vertiginoso desmoronamiento inducido por nuestra propia presencia. Algunos puercos introducidos por Ovando se habían escapado de sus chiqueros y, vueltos al estado salvaje, arruinaban los conucos, los huertos taínos. Se atiborraban hasta reventar de camotes, de nabos y de tubérculos, dejando hambrientos a los indígenas. Del lado español, la obsesión por el oro había tomaba proporciones alucinantes y la crueldad de ciertos amos deshonraba la religión.

Cuando Ovando fue llamado de vuelta en 1509, dudé sobre qué camino seguir: ¿Debía partir con él? ¿Quedarme en Santo Domingo? ¿Intentar la aventura de la Tierra Firme con Ojeda o Nicuesa? Recibí consejos y propuestas. Todas las opiniones iban en sentidos opuestos. Advertí esa incertidumbre como señal de profundo malestar. En un contexto de desencanto generalizado, nadie tenía visión a futuro alguna. Decidí quedarme; en el fondo, tenía mi idea.

El rey Fernando había tomado una extraña decisión. Había escogido a Diego Colón, el hijo del descubridor, para reemplazar de Nicolás de Ovando. Era increíble. El rey había luchado toda su vida contra su padre, presunto amante de la reina y, como tal, profundamente detestado. Y he ahora que le restituía al hijo del Almirante su título hereditario, acompañado de funciones de Gobernador de las Indias. Cierto es, el joven Diego había desposado a una sobrina del duque de Alba y había sabido movilizar decenas de abogados con vara alta. No dejaba, sin embargo, de ser un cambio brutal de estrategia: la Corona transformaba su posesión en propiedad privada, puesto que la Orden de Alcántara administraba las islas por delegación de poder, en nombre del reino. Ya no sería el caso con Diego Colón.

El Almirante desembarcó el 10 de julio, con su séquito y algunas mujeres casaderas. Claramente no había entendido nada de la situación. Le importaba un bledo la hostilidad prevaleciente, se rehusaba a admitir el sufrimiento de los autóctonos desposeídos de su tierra, de sus costumbres y de sus leyes. Llegaba a un país conquistado. Se sentía como en casa cuando volvían a relucir todos los malos recuerdos de la caótica gestión de su padre. Más aún, el nuevo gobernador llegaba flanqueado por todo el clan Colón. A su lado estaban sus tíos Jacobo y Bartolomé, de siniestra memoria, y su medio hermano Fernando, quien había acompañado a su padre en su último viaje. Flotaba en ese desembarco un olor a fracaso, a algo ya visto.

Poco tiempo después de su llegada, rehusándose a ocupar la austera casa de Ovando, el flamante almirante decidió hacerse construir un palacio digno de su rango. Lo implantó a cuatrocientos metros de mi casa, al final de la calle que bordea el río Ozama. Decidió llamarlo el Alcázar. Personalmente, hubiera escogido la palabra *huacal*, que en taíno designa la Casa Grande de los pueblos indígenas. *Alcázar* remitía a un pasado anacrónico, desconectado de toda la historia insular. Cuando el descubrimiento del Nuevo Mundo le ofrecía precisamente a España la oportunidad de pasar página de la presencia árabe, el joven Colón obraba a contratiempo y se empeñaba en resucitar un mundo fenecido.

Diego compartía con su padre la obsesión por descubrir el estrecho que permitiría pasar del Atlántico al Mar de China. Como las capitulaciones otorgadas en 1492 al Almirante de los Mares Océanos le concedían el diez por ciento de los beneficios obtenidos del comercio entre América y España, Diego tenía un evidente interés en estimular los descubrimientos y en abrir rutas marítimas. Al principio, apoyó así la gran expedición programada hacia Tierra Firme de la que sólo se conocía la costa. Sólo que los promotores de la empresa habían negociado directamente con Juan de Fonseca, en ese entonces obispo de Palencia, activo cortesano quien era, desde el segundo viaje de Colón, el encargado de la administración de las Indias. Ambos hombres rápidamente se habían echado a pleito y, tres años después de la muerte del Almirante, el obispo persistía en su animosidad hacia la familia Colón. Diego se hallaba engañado y timado en su derecho. Así que fui testigo de luchas a muerte, que me abstengo de reportarte. Finalmente, entre sabotajes y regateos, amenazas y represalias, todo explotó. Diego de Nicuesa, Alonso de Ojeda, Martín de Enciso, Vasco Núñez de Balboa, Juan de la Cosa se pelearon todos entre sí. Sus expediciones fueron rotundos fracasos. Ojeda, veterano de la conquista, miembro del segundo viaje de Colón, falló en poner pie en la Guajira; sus hombres fueron masacrados en Cartagena y el gobernador virtual de una Nueva Andalucía, un nombre que quedó en papel mojado, volvió para morir desmoralizado en Santo Domingo. En medio del desastre, Juan de la Cosa, el armador de la Santa María de Cristóbal Colón, el compañero de aventuras de Rodrigo de Bastidas, fue muerto por una flecha envenenada.

Nicuesa, el efímero gobernador de Veraguas, desapareció en el mar en marzo de 1511. Sólo lograron resistir aquellos que supieron vivir en autarquía, al estilo indio, mi primo Francisco Pizarro y Vasco de Balboa, quienes sobrevivieron en el golfo de Uraba; atravesaron el istmo de Panama en septiembre de 1513 y tomaron posesión del Mar del Sur en nombre del rey de España.

De ningún modo lamenté haber escogido quedarme en la isla, incluso si para mí el ambiente había cambiado. Hasta entonces, vivía en lo que parecía una continua vida de familia; a partir de entonces, era un pariente por alianza. Pero la naturaleza, que hace bien las cosas, me había hallado un empleo. Para intentar controlar a Colón, el rey había nombrado un tesorero general, un hombre de toda su confianza: Miguel de Pasamonte. Ahora bien, ya teníamos un contador oficial, Cristóbal de Cuéllar, que ciertamente había hecho méritos en esa misma función. Dos cocodrilos en el mismo estanque. Era la idea del rey: hacer vigilar a todo el mundo por todo el mundo y confrontar después las cartas de delación. Pero eso no era todo. También teníamos un factor y un teniente de la escribanía mayor de las minas, todos con poderes que se traslapaban ampliamente. Entendí que tenía un papel que jugar, un papel de conciliador. Caminando prudentemente sobre el filo de la navaja, logré entenderme tanto con mi antiguo jefe Cuéllar como con el nuevo, Pasamonte. Uno representaba la autoridad local, es decir a Colón, y el otro la autoridad extraterritorial, es decir al rey. Logré conquistar la confianza de ambas partes e instalé una concordia duradera imaginando un montaje equitativo. Como las cuentas oficiales reducían sensiblemente el impuesto deudor a la Corona, la diferencia era por mitad abonada fuera de contabilidad —lo que constituía un tesoro de guerra secreto— y por mitad repartida cada seis meses entre tres personas: dos quintos para Cuéllar, dos quintos para Pasamonte y un quinto para mí. El sistema, basado en el secreto, tenía la ventaja de ser localmente harmonioso. España quedaba lejos.

Pasamonte recibiría, así, toda su vida, además de sus emolumentos como tesorero general, un sueldo de cincuenta mil maravedíes por sus funciones en la alcaldía del fuerte de Concepción de la Vega, que ya no existía en el momento de su llegada. Era una cómoda renta sin contrapartida, aunque había que evitar el ser denunciado. ¿Pero quién, aparte de mí, conocía ese detalle?

A veces acudía a las recepciones del Almirante. Por haber cruzado la mirada de María de Toledo, su esposa, supe que nunca seríamos enemigos. Me quería bien, pero no por ello fuimos muy cercanos. Debía guardar distancias. En cuanto al Almirante, ahora tenía dos ideas fijas: recuperar el título de virrey de su padre y conquistar Cuba. Su primera aspiración era su combate personal; no me inmiscuí en esa campaña. En cambio, la segunda perspectiva me inspiraba. Me puse a trabajar en el asunto.

CAPÍTULO 4

CUBA

Diego Velázquez era un gigante pelirrojo, con aires plácidos y alegres, cuya sonrisa y corpulencia tranquilizaban. Pero, de hecho, era sumamente colérico, susceptible e imprevisible. Pertenecía a una noble familia que *in extremis* había decidido apoyar a Isabel de Castilla durante la guerra de sucesión y por lo cual fue recompensada. Tenía un don para la diplomacia y sabía entenderse con todo el mundo, con todos los partidos, con todas las facciones, con todos los colores del arcoíris. Fue mi maestro en ingeniosidad; mucho aprendí a su lado. Me enseñó la prudencia y la habilidad; me enseñó cómo actuar previendo siempre la siguiente jugada. Había participado en las guerras de Italia; acompañado a Cristóbal Colón durante su segunda viaje en 1493, se unió al equipo de Ovando para luego cortejar a Diego Colón, el hijo del Descubridor, a su llegada a Santo Domingo. Además, estaba en excelentes términos con Juan de Fonseca, en ese entonces obispo de Palencia, quien, en la Corte, tenía vara alta en el funcionamiento de las Indias. Había sobrevivido a las fiebres, a las conspiraciones, a todas las flechas envenenadas. Su título de Teniente Gobernador era un eufemismo. Era en realidad el hombre fuerte de la isla.

Velázquez sintió muy pronto que no podría compartir su control sobre La Española con Diego Colón, demasiado quisquilloso, demasiado egocéntrico. Así que rápidamente se decidió por la conquista de Cuba. Se hizo nombrar gobernador de la isla y preparó una expedición que colmaba los deseos del Almirante y le procuraba al mismo tiempo una libertad de buena ley. Me las arreglé para que me contratara como secretario. Ciertamente, nos entendíamos bien, pero creo que sobre todo buscaba un hombre de toda su confianza, capaz de ocuparse de todo, una suerte de intendente polivalente. Concluimos el trato con buen humor; debí compartir con él algunas botellas de vino excesivas, algunas risas forzadas y algunas encarnizadas partidas de naipes.

Levantamos anclas en noviembre de 1511 desde el puerto más al poniente de la costa del sur: Salvatierra de la Sabana. En el fondo de una bahía protegida por un mogote de cactos hirsutos, el lugar era conocido por sus calmas aguas y su playa de suave declive que permitía embarcar los caballos sin dificultad. Éramos trescientos, casi todos en íntima ruptura con el anticuado autoritarismo de Diego Colón. No partíamos en un viaje de exploración —la circunvalación de Cuba había tenido lugar dos años antes—. Nos echábamos a la mar, para iniciar una nueva vida. Todos los miembros de la expedición compartían ese estado de ánimo. Por prudencia, no había cortado personalmente lazos con nadie; seguí siendo apoderado de Pasamonte y había conservado mi casa de la calle de la Fortaleza. Quería darme tiempo para decidir.

Hubo que esperar vientos del sur para iniciar nuestra navegación. En nada fue una epopeya. La costa de Cuba se halla a unas sesenta leguas marítimas al norte de La Española. Dejamos a estribor la escarpada costa que a muchos nos era familiar para navegar hacia Baracoa. Yo fui quien había decidido el lugar para echar anclas después de haber discutido con el capitán Ocampo, quien ya había llevado a cabo la exploración minuciosa del terreno. Había anticipado nuestra instalación y preparado los textos de fundación de la primera villa española en tierra cubana: Nuestra Señora de la Asunción de Baracoa. Así es como la ciudad existió jurídicamente antes de existir realmente como entidad hispánica. Había deseado que nos agregáramos a un pueblo taíno ya existente; quería que nos fundiéramos entre la población. Debo confesar que no fue del todo un éxito. Nos recibió un comité de bienvenida constituido por un verdadero ejército. De entre los jefes locales, pude reconocer a Hatuey, un cacique de Santo Domingo que había huido de los españoles para refugiarse en Cuba.

El desdichado había sido alcanzado otra vez por la historia. Es probable que incitara a los jefes cubanos a un enfrentamiento frontal. Fuimos aspirados por la espiral de la violencia. La pólvora contra las flechas. El metal de las armaduras contra la desnudez de los cuerpos. El filo de nuestras espadas partía el cordón umbilical de un mundo milenario, colocado en equilibrio entre cielo y laguna. La sangre corría. Las tranquilas aguas de la bahía de Baracoa se teñían con la embriaguez de los combates. Hatuey fue capturado. Para servir de ejemplo, fue condenado a ser quemado vivo. Yo, que había dejado España para escapar del espectáculo de las hogueras de la Inquisición, me negué a asistir a su muerte.

El gobernador Velázquez había encontrado su mano asesina, un tal Pánfilo de Narváez, venido de Jamaica, que no tenía cara de llevar el nombre de un padre de la Iglesia. Estaba hecho para obedecer. Era brutal. "Pacificó" Cuba. El escenario dominico se repetía aceleradamente: las mujeres abortaban en masa, los hombres se suicidaban tirándose por los acantilados, los caciques eran apresados o asesinados. La desesperación colonizaba inexorablemente la tierra, pueblo tras pueblo. El problema provenía del oro. Los miembros de nuestra pequeña tropa sólo vivían con la esperanza de amasar cantidades exorbitantes. Ahora bien, no había oro en suelo cubano; ninguna mina, ninguna pepita en los riachuelos. Nada. El único oro existente era patrimonial; tomaba forma de joyas y ornamentos corporales, obtenidos por comercio y transmitidos de generación en generación. Para apropiarse del oro, había que robárselo a los indígenas que lo poseían.

La tradición quería que Cristóbal Colón plantara una cruz en Baracoa a su llegada el día primero de diciembre de 1492. Me empeñé en buscar esa cruz de madera de olivo, sin encontrarla. Le solicité entonces a uno de nuestros carpinteros que elaborara una réplica. Escogió un mangle centenario cuya madera yo la sabía imputrescible y levanté discretamente la cruz en la orilla norte de la bahía el primero de diciembre de 1512. Esa vigía simbólica instalada en plena naturaleza enraizaba nuestra presencia en el tiempo. Y, a la vez, algo cortejaba al Almirante haciendo pasar mi copia en madera de guiabara por el original traído por su padre.

Velázquez tenía una visión muy precisa del porvenir de la isla: quería que se establecieran comunidades separadas para evitar los promiscuos desbordamientos y la explotación de las jóvenes mujeres indígenas. Probablemente se trataba de un buen sentimiento, pero yo tenía un punto de vista totalmente diferente. Para dar el ejemplo, había decidido casarse, casi de cincuenta años, con una joven española, María de Cuéllar, la misma hija de nuestro contador. Las festividades tuvieron lugar al mismo tiempo que la fundación oficial de nuestra villa, un año después de nuestra llegada. Habíamos construido un esbozo de fortín en las alturas de Baracoa que dominaba el pueblo de pescadores a orillas de la playa. La terraza se abría sobre la mar abierta. La brisa marítima ahuyentaba a los mosquitos de la noche. Podíamos dejarnos abrazar sin miramientos por el sentimiento de belleza. Recordaré siempre esas incongruentes nupcias en esa tierra que aún no era nuestra. ¿Lo sería algún día? La bella María murió al cabo del sexto día de sus nupcias por los golpes de su marido. Esa muerte sonó en nuestra comunidad como un toque de alarma. Esa noche, Velázquez perdió toda dignidad y gran número de sus allegados tomó distancia. Compartía la conmoción de esos hombres que de ahora en adelante se fincarían en el bando de la oposición, pero era el hombre de confianza del gobernador y su secretario. Mi margen de maniobra era más que estrecho. Lo cierto es que los acontecimientos me anclaron en mis certezas: la tierra taína no podía ser la prolongación de la península ibérica.

Velázquez se exilió en sus certezas. Quería hacer de Cuba, renombrada Isla Fernandina, un Santo Domingo bis. El círculo de sus fieles mermaba, mientras que el número de mis seguidores aumentaba simétricamente. Narváez se empeñó en hacer reinar el terror y el gobernador decidió proceder a un repartimiento. Distribuyó a algunos de sus seguidores tierras indígenas que no le pertenecían. Velázquez pensaba que así se ganaría a las tropas; fue un fracaso sin precedentes. Los que no habían recibido nada protestaban y los que se habían beneficiado con una encomienda descubrían que no tenían el control sobre ella. El gobernador ejercía un poder ampliamente ficticio.

Tres años después de nuestra instalación en Baracoa, convencí a Velázquez de transferir nuestro establecimiento a Santiago, cincuenta leguas al oeste, al fondo de una ensenada bien protegida, expuesta al sur. El lugar se hallaba más cerca del centro de gravedad de la isla y era, por ende, más funcional. Como los plazos no permitían obtener de la Corona los papeles oficiales necesarios para la creación de una nueva villa, procedimos al desplazamiento de la ciudad ya existente. Así fue como hice migrar nuestra implantación de Baracoa a Santiago, inaugurando una estrategia que utilizaría varias veces en Nueva España: Veracruz y Segura de la Frontera tendrían tres fundaciones en lugares distintos. En tanto que edil, confieso que en ocasiones firmé papeles como alcalde de Santiago de Baracoa. Era mi primera creación de una ficción geográfica: lo jurídico se imponía a lo topográfico.

Puedo hoy contarte cómo llegué a oponerme al gobernador. Por supuesto, existía la brutalidad de la pacificación; por supuesto, se planteaba la cuestión de los contornos del repartimiento; por supuesto, estaba el carácter de Velázquez, que evolucionaba hacia un autoritarismo imprevisible y cambiante. Pero el meollo del problema residía en otra parte. En 1514, acababa de ser padre por primera vez. Vivía en concubinato con una taína que me dio una niña. No era una compañera eventual; era la hija del cacique de Manicarao y me la ofreció cuando me le presenté. Acababa de recibir esa encomienda en los altos que llamábamos Sierra Maestra, donde me reuní con el jefe local por primera vez. Le expliqué en su idioma —yo también hablaba taíno— que no pensaba cambiar en nada la organización de su territorio. Quiso considerarme como un yerno y fui casado según el rito local. Se llamaba Toalli, lo que significa "fuego". La llevé a vivir conmigo a Santiago. Éramos felices juntos. Ello hizo que el gobernador se pusiera loco de furia; él, que predicaba el matrimonio entre españoles y que había intentado prohibir el concubinato. Argumentó que, dadas mis altas funciones, era mi deber dar el ejemplo. De hecho, sin solicitar mi aval, me había asignado como esposa a una tal Catalina Suárez Marcaida. En mi corta vida ya había visto a padres arreglar el casamiento de sus hijos, pero que un gobernador se atribuyera ese derecho sobre terceras personas era inconcebible. Así que entré en rebelión por una historia de amor: quería guardar mi derecho de amar según mis inclinaciones, aunque fuese dejando mis funciones. Pero tras ese bloqueo se perfilaba el porvenir del mestizaje en las Indias. Velázquez no quería ni oír hablar del asunto; ahora bien, yo pensaba firmemente que era la única vía factible.

Evidentemente, el naufragio de su propia boda, con su cortejo de acusaciones, exacerbaba la vindicta del gobernador. Iniciamos negociaciones. La Catalina que se me había prometido era más bien de buena familia. Había llegado con su madre, tres hermanas y un hermano en el barco de Diego Colón. Era pariente de la poderosa familia Pacheco, con buena presencia en la Corte, con el marqués de Villena, con el duque de Medina Sidonia e incluso con la condesa de Medellín, lo que se supone debía conmoverme. Pero todos los esfuerzos hechos para conferirle valor a esa unión, paradójicamente, hacían que la detestara. Mis interlocutores no habían entendido que había seguido mi camino y que de ninguna manera quería pactar con el pasado. Mientras que yo me proyectaba hacia el futuro, Velázquez vivía como un nostálgico de la vida ibérica: ¿qué hacía entonces en Cuba? ¿Ocupaba su puesto por no tener algo mejor? ¿Por despecho? ¿Por obligación? Yo amaba a Cuba y ahí era feliz. Amaba a mi mujer y a mi hija. En ese momento tomé conciencia de que había hecho la elección. Había escogido la vertiente indígena de mi ser. Estoy seguro, mi querido Martín, de que puedes comprenderme. Me negué a casarme con Catalina Suárez.

Entonces Velázquez me echó a la cárcel. Por eso. Solamente por eso. Para cumplir con las formalidades, inventó a toda prisa acusaciones que argumentaban vagamente una cuestión de deslealtad. El asunto era complicado, pues parte de la legitimidad de mis funciones dependía de mi cargo como apoderado de Miguel de Pasamonte, ¡el contador del rey! Era difícil encarcelar al cobrador de impuestos nombrado por la Corona sin hacer correr la sospecha de quererse librar del pago del quinto real. Velázquez fue acusado de querer falsificar las cuentas a su favor y muchos estuvieron de mi lado. Con la complicidad de mis carceleros, quienes estaban a mi favor, me escapé de la cárcel. El gobernador mandó apresarme de nuevo. Esta vez, me encadenó en la bodega de un barco con la idea de enviarme a España acusándome de rebelión. No le di mucho tiempo de armar un juicio en mi contra; me volví a escapar, una noche sin luna, y llegué a tierra nadando.

Esta vez, me refugié en la iglesia para organizar mi contraataque. El alguacil se negó a apresarme en ese lugar sagrado y respetó el *habeas corpus*. Decidí tomar el toro por los cuernos. Una noche, rodeado por una discreta escolta, me dirigí a la residencia de Velázquez. Entré a su cuarto mientras estaba acostado. Creyó que venía para asesinarlo por sorpresa y quedó aterrado al constatar que sus guardias me habían dejado pasar con mis hombres armados. Fue un alivio para él saber que yo sólo quería tener una conversación de hombre a hombre.

La negociación duró toda la noche. Acepté finalmente casarme religiosamente con Catalina Suárez: era para Velázquez una verdadera obsesión. Ahora estaba satisfecho. Sería mi testigo. Pero la contraparte —que ahora puedo revelar— era considerable. Primero, el gobernador aceptaba ser el padrino de mi pequeña hija mestiza. Era en realidad un reconocimiento del mestizaje y una aprobación oficial de mi conducta. Yo estaba encantado. Impuse nombres de bautizo provenientes de mi propio linaje. Así como llevas el nombre de mi padre, Martín Cortés, le di a mi hija el nombre de mi madre, Catalina Pizarro. Y su madre, Toalli, la hija del cacique de Manicarao, fue bautizada como Leonor Pizarro, nombre de mi abuela materna. Mi idea era sencilla: el mestizaje no debía generar linajes paralelos en busca de un estatus hipotético, sino que debía inscribirse en la continuidad de los linajes existentes. Tanto de un lado como del otro. Te contaré en otro momento cómo fui perseverante en esa vía.

Si esa noche de negociación fue para mí una gran victoria moral, también fue una gran victoria política. Logré ser electo alcalde de Santiago. Desde la fundación de Baracoa, había sido designado alcalde de la ciudad. Concretamente, había sido nombrado por el gobernador, quien a su vez había sido nombrado por Diego Colón, quien a su vez había sido nombrado por el rey. Me inscribía *de facto* en una cadena de legitimidad monárquica. Sin embargo, mis convicciones tenían por alcance —y las sigo teniendo— la legitimidad republicana. Aproveché la oportunidad y la relación de fuerzas de esa

42

noche especial para obtener de Velázquez la autorización de hacerme elegir alcalde de Santiago. Fue una formalidad, pero el simbolismo era considerable. Mi autoridad provenía ahora de mi elección. Había instalado una fuerza que competía con el poder del gobernador. Éste último no tuvo conciencia inmediatamente del hecho y manifestó su sorpresa cuando renuncié a mis funciones de contador. Era, sin embargo, perfectamente lógico. Puesto que ahora me beneficiaba de mi propia legitimidad, asentada en la confianza de los hombres, ya no quería depender de la cadena del poder monárquico. Ya no la necesitaba. En la práctica, había propuesto para reemplazarme a un tal Amador de Lares, hombre de confianza de mi familia, lo que me permitía conservar discretamente el control sobre las finanzas de la isla. Simétricamente, habíamos quedado de acuerdo para considerar que no podía permanecer en mi puesto de secretario del gobierno y convinimos en el nombre de Andrés de Duero para sucederme en mis funciones. Huelga decir que era uno de mis más convencidos partidarios. Velázquez estaba acorralado. Yo estaba en el interior y en el exterior del poder. La crisis había dado un vuelco a mi favor. Mostramos una reconciliación oficial.

Otro componente de la negociación permaneció secreto: la conquista de Mexico.[1] Hicimos un pacto: me lanzaría a la aventura y seríamos socios en la empresa, cada uno por la mitad de los fondos aportados. Me encargaría de toda la organización. No le pediríamos nada a la Corona. ¿Cómo se negaría el rey a la extensión de su reino si ésta no le costaría ni un doblón?

Con mi matrimonio con Catalina Suárez ganaba un apoyo considerable: mi cuñado Juan me apoyaría toda la vida con un indefectible apego.

---

[1] Mexico, Coyoacan, Tenochtitlan, así como muchos otros topónimos y nombres propios prehispánicos aparecen en esta novela sin acento de forma deliberada. La intención es respetar la pronunciación náhuatl original. Véase, además, la explicación relacionada con este tema en la apostilla, p. 266. *(N. del E.)*

CAPÍTULO 5

PREPARATIVOS

La ciudad de Santiago seguía edificándose sobre las terrazas piramidales de la ciudad indígena, dominando el fondo de la ensenada. Con Baracoa, Bayamo, Trinidad, Puerto Príncipe, Espíritu Santo de Tuinucu y San Cristóbal de la Xabana, la presencia española contaba con siete puntos de anclaje. Pero Cuba ya no ofrecía perspectivas; la desolación había ganado la partida. Con su letanía de masacres y su lógica de despojo, el triste escenario de Santo Domingo se había reproducido. Bartolomé de las Casas fue de los primeros en irse en la fiesta de Pentecostés de 1514. Él, esclavista convencido, apologista del clan Colón, capellán del sanguinario Narváez, renunció estrepitosamente a su encomienda del río Arimao y decidió dedicarse a la defensa de los indios. Se embarcó algunos meses después en La Española para sensibilizar a la Corona de la desgracia de los indígenas.

Por mi lado, tenía un proyecto en contacto con la realidad del terreno: estaba preparando mi expedición a Mexico, con la esperanza de instalar allí una sociedad mestiza. Quería adelantarme a los conquistadores sin rey ni ley, sin visión, sin empatía. Decidí aprender nahuatl, el idioma de los aztecas, que en Cuba llamaban *culua*. Por los permanentes intercambios con tierra firme, la isla contaba con gran número de hablantes del nahuatl. No me costó trabajo alguno hallar un informante. Recibí con gusto mi primera inmersión en el lenguaje mexicano. Desde un principio, había decidido dejar atrás el mundo maya, nuestro inmediato vecino. Apuntaba al altiplano central, en el que se erguía la inmensa ciudad de Mexico Tenochtitlan, de la que ya teníamos conocimiento. Suponía que había cierta exageración cuando se me describía la grandeza de la ciudad lacustre, sus pirámides, su collar de volcanes. Había ponderado la información que circulaba y había minimizado lo maravilloso que la rodeaba. Era, sin embargo, ahí donde quería ir, ahí donde quería asentarme.

Me dirigí a Santo Domingo para tomar contacto con los tres monjes jerónimos nombrados por el cardenal Cisneros, regente del reino, para ejercer el gobierno colegiado de las Indias. En efecto, el viejo rey Fernando había muerto de hidropesía y Diego Colón había sido revocado unos meses antes. Los recién llegados me parecieron completamente desfasados. Le autorizaron al gobernador de Cuba a emprender nuevas exploraciones "en las islas circunvecinas". Le había debidamente explicado que Yucatán era una isla. Agregaron mi nombre en el documento. Tenía la vía libre. Al menos, mis preparativos no llamarían la atención.

La expedición de Hernández de Córdoba en dirección a Yucatán fue un primer ensayo. Sus barcos no fueron bien recibidos por los mayas y la misión registró fuertes pérdidas en el golfo durante la batalla de Potonchan. El capitán de la flota, quien se había soñado amo de Mexico, volvió gravemente herido y murió en el dolor poco después de su regreso. Falleció aún más amargado pues había financiado la expedición con sus propios dineros y no consiguió ganancia alguna. Velázquez, cínico y sin compasión, quiso de inmediato organizar otra expedición. Juzgué que esa decisión era demasiado prematura. No deseaba lanzarme todavía en la batalla; personalmente, no estaba listo; no quise cooperar. Así que nombró a uno de sus sobrinos, Juan de Grijalva, para encabezar una pequeña flota de reconocimiento de la que asumió todos los gastos. Grijalva —quien era algo más joven que yo— no tenía ninguna estrategia, ninguna directiva, ninguna envergadura, ninguna competencia en el ejercicio de la autoridad. La única certeza era que no tenía derecho alguno a llevar a cabo una política de poblamiento; debía limitarse a rescatar con los nativos.

Llegado a la isla de Cozumel, se le ve vacilar. Es su naturaleza. ¿Ir a babor o a estribor? Opta por el sur. ¿Quería ir a capturar esclavos en las islas Guanaxos? ¿O simplemente se había dejado llevar por el viento que ese día soplaba del norte? La costa es inhóspita, está deshabitada; no hay nada que intercambiar. Primer motín. Vuelve atrás y navega hacia la punta de Yucatán. Retoma la ruta abierta por Hernández de Córdoba, entra al golfo, sigue la costa maya. No consigue nada mejor que su predecesor y huye bajo una lluvia de flechas. Prosigue bajando por el golfo, se pierde en la inmensa laguna de los Confines, pesca tiburones y peces vela. El agua empieza a escasear. Poco a poco, la flotilla llega al islote de San Juan de Ulúa. Ahí, Grijalva es invitado a un banquete campestre por las autoridades locales. Los españoles intercambian clavos y hachas por plumas, algodón, algo de oro y objetos de cobre pulido que creen de algún metal precioso. Explotan las disputas por el reparto del botín. El viaje se hace eterno. Los cuatro barcos se separan; algunos prosiguen hacia el norte, otros hacen marcha atrás e izan velas hacia Cuba. O al menos intentan izar velas hacia Cuba, porque los vientos son contrarios y las corrientes, aún desconocidas, resultan ser caprichosas. Las carabelas quedan varadas días enteros, van a la deriva, se lastiman contra los corales, pierden sus anclas. Las mentes se exasperan. Cinco meses pasan sin que llegue la menor noticia de Grijalva. Cunden los rumores: la expedición se habría perdido, cuerpo y alma, en la tempestad que sopló dos semanas antes. Todo el mundo tiene en mente el huracán de 1502 que vio hundirse toda la flota de Bobadilla rumbo a España.

Fue en ese momento, sin esperar el regreso de los barcos, que decidí lanzarme. Estábamos a principios de octubre de 1518 y el ahínco de mis competidores estaba en su punto más bajo. Velázquez acepta firmar capitulaciones debidamente redactadas. Evidentemente, quedamos en la ficción del comercio con las islas de los alrededores: ¡Yucatán era una isla bautizada Santa María de los Remedios, y Mexico central, más allá del istmo de Tequantepec, también se presentaba como una isla, designada como Ulúa en idioma vernáculo y nombrada por nosotros Santa María de las Nieves! Sin embargo, yo quedaba autorizado a "tomar posesión" de esos territorios en nombre del nuevo rey de España, el joven Carlos, nieto de Fernando. La expresión era vaga, no llamaba la atención, pero me daba toda libertad para poner en marcha mi proyecto. Lo más delicado resultó ser el financiamiento de la expedición. Sorprendentemente Velázquez desistió de nuestro pacto de 50-50. De los diez barcos previstos, ahora sólo quería hacerse cargo de tres. Días más tarde volvió a cambiar de opinión: quería cancelar completamente nuestro contrato y nombrar a un tal Alonso de Mendoza en mi lugar. Estaba desestabilizado, había perdido su natural magnetismo. Su espalda se curvaba, su mirada se velaba. Yo sentía que su autoridad sobre la isla se desmoronaba.

Me eché a Mendoza en el bolsillo y compartí con Amador de Lares y Andrés de Duero el financiamiento de la armada. Dejé Santiago el 18 de noviembre al amanecer con seis navíos. En chalupa, fui a despedirme del gobernador, inmóvil en el muelle. Parecía estar sorprendido por mi determinación. Quizás habría pensado que su propia renuncia me haría renunciar también. Fui caluroso, quedó pensativo y distante. ¿Habrá comprendido en ese instante que su visión del mundo estaba caduca? Su corazón estaba entre el celoso afecto que me tenía y el temor de ver a Cuba marginada, lo que limitaría su poder. En el fondo, predecía mi éxito.

Tampoco era sencillo para mí. Abandonaba Santiago, de la que había sido alcalde; le dejaba a un amigo el cuidado de mi mujer taína y de mi hija Catalina. Como verás, mi querido Martín, mi alma de padre flaqueaba ante la aventura. Tuve que vender todas mis propiedades para comprar los barcos, los víveres, el armamento, las municiones. Había sacrificado el presente por un futuro indeterminado. Había creado una situación irreversible. ¿Pero es realmente razonable creer en la buena suerte? ¿Resulta pertinente ser temerario? Me esforzaba por acallar mi extravagancia, por disimular mis dudas. No dejaba que nada se hiciera notar. Pero de noche, frente a las indescifrables constelaciones del cielo, estaba petrificado por la inmensidad de mi apuesta.

Instalé mi cuartel en Trinidad. Mi tropa todavía no estaba completamente lista. Finalmente Grijalva regresó. Compré las cuatro embarcaciones de su expedición y contraté a todos los hombres válidos, sin que nadie se negara. Tuve tiempo para que arreglaran y calafatearan una carabela. Abordé un barco mercante que pasaba por el Cabo San Antonio rumbo a Jamaica; compré el cargamento de víveres, recluté al capitán y a su tripulación. Me encontraba así en posesión de once navíos en buen estado. Estaba listo.

Me era importante embarcar caballos: ahí residía la dificultad. Primero, había pocos caballos en Cuba y costaban una fortuna. Luego, por eso mismo, revelaba mi proyecto. No se necesitan caballos para el cabotaje y el trueque. Todo el mundo entendió que preparaba una conquista terrestre, lo cual no estaba incluido en mis capitulaciones. Me exponía. Pero persistí en mi decisión. Encontré dieciséis caballos, once sementales y cinco yeguas.

En cambio, tomé una decisión que nadie supo interpretar: me llevé muy poco armamento, solamente trece arcabuces y treinta ballestas. Era irrisorio. A pedido de mis capitanes, sin embargo, consentí que un pequeño cañón fuese colocado en cada nave y embarqué cuatro falconetes sobre ruedas, armas ligeras que disparaban balas de una libra. Ya lo ves, nos encontrábamos en el terreno de lo simbólico. Debí aplicar la pedagogía con mis hombres, quienes no entendían cómo se podía ir a la guerra sin armas de fuego. La verdad era sencilla: éramos quinientos, los indios eran millones: no planeaba ni por un segundo iniciar una guerra condenada al fracaso. Tenía mi plan. Pero no deseaba revelarlo, menos aún explicarlo. Así que les reclamé su confianza y todos se comprometieron, un poco a ciegas. Fue mi más difícil batalla, pero la gané por la fuerza del verbo.

Con viento de levante, izamos velas el 10 de febrero de 1519, rumbo a Cozumel. No miré atrás. En el tembloroso calor de la mañana, mis deseos se cristalizaban. El mar estaba tibio y los barcos se deslizaban llevándose nuestros sueños. En mi carabela flotaba la bandera que había mandado bordar; con fondo negro, en letras de oro, llevaba la divisa del emperador Constantino: *In hoc signo vinces*. En este signo vencerás. No había mandado que apareciera ni corona, ni león, ni castillo, mucho menos las armas de mi familia. Sólo se veía una cruz roja ondear en el viento en medio de fuegos de San Telmo, protector de los marineros. La suerte estaba echada.

CAPÍTULO 6

MARINA

La noche dispersó la flotilla. La noche o el viento, no lo sé. Pero el bello orden de inicio se vio trastocado. Descubrí la carabela de Pedro de Alvarado anclada ya frente a la punta norte de Cozumel. Mi querido Martín, me has visto alzar los brazos al cielo al evocar ese nombre. Ese Alvarado era un gigante que medía más de una toesa; era valiente e infatigable, pero por naturaleza era incontrolable y rebelde. Ya había desembarcado, ya había robado vituallas, ya había saqueado un santuario indígena: todo lo que yo había prohibido formalmente. Evaluaba el abismo existente entre una idea y su cristalización. También supe que, frente a verdaderos truhanes, la pedagogía debería ir acompañada por una fuerte dosis de coerción. Esperé la reunión de los once navíos e improvisé en la playa una arenga correctiva. A Alvarado le tocó una amonestación en toda regla; me juró obediencia de rodillas, la frente inclinada, la hoja de su espada plantada en la tierra. A su piloto, que había infringido mis instrucciones, se le colocaron los grilletes. Retrospectivamente, entiendo que era difícil para esos hombres de guerra que habían crecido en la violencia, sin nunca haber sido refrenados, renunciar a los usos y costumbres militares del Viejo Mundo. ¿Cómo logré que admitieran que no partíamos hacia una conquista clásica?

De entre los motivos que habían contribuido a mi nombramiento por Velázquez figuraba una misión de benevolencia que había colocado en primera línea: el salvamento de los náufragos españoles retenidos como esclavos por los mayas. Había obtenido dicha información secreta de boca de Melchor, un joven maya que había

49

sido capturado por Hernández de Córdoba dos años antes. Así que debía cumplir cabalmente con dicha tarea. Fue así como recogimos a un tal Gerónimo de Aguilar, un andaluz nativo de Écija que había vivido ocho años como siervo, prisionero de un cacique de la costa. Por pura bondad, se lo compré a su amo. El pobre daba lástima: medio esquelético, cubierto de harapos, eran evidentes las huellas de los golpes y los estigmas de una vida de privaciones. De los veinte náufragos, sólo quedaban dos sobrevivientes: él y un tal Gonzalo, un simple marinero, que prefirió no alcanzar las embarcaciones españolas. ¿Así lo decidió o fue impedido por su amo? Nunca lo supe. Pero aprendí más tarde que había tomado esposa en Chetemal y que allá vivía con una de las hijas del señor del lugar, de la que tenía tres hijos. El mestizaje lo había salvado.

Con la misión cumplida, lancé la expedición hacia su objetivo: Culúa. El paso por el Cabo Catoche revivió los recuerdos de los veteranos de esa ruta marítima. Increíblemente, todos los que habían vivido la derrota en Potonchán al lado de Hernández de Córdoba soñaban con la revancha. Debí luchar contra mis hombres durante dos días enteros para explicarles mi decisión de no detenernos ahí. Es verdad que me asaltó por momentos el pánico al constatar que mi tropa no quería saber nada al respecto. Debí maniobrar. Me puse de acuerdo con Alaminos, nuestro piloto mayor, para que argumentase problemas técnicos: a los fanáticos de la ballesta, les habló de tablas de mareas, de flujos y reflujos, de corrientes, de oleajes; predijo el clima venidero a través del cuarto de luna, del color de las nubes, del olor de la espuma de mar. De ese gran trabajo de artista, se desprendía que la bahía de Potonchán era de acceso demasiado difícil por los vientos que corrían y que las tendencias climáticas mandaban navegar hacia el oeste.

Así que los barcos bordearon los indolentes islotes que cierran la laguna de los Confines hasta llegar a la desembocadura del río que Grijalva había recorrido el año anterior: era la frontera de las tierras controladas por Motecuzoma, el tlatoani de Mexico. Por precaución, había mandado preparar los estatutos de una villa en caso de que me decidiera a fundar una en ese lugar. Pero a orillas de tierras mexicanas me esperaba una sorpresa.

Los lugareños no nos dejaron desembarcar. Mientras avanzábamos en bateles para explorar el estuario, descubrimos que las riberas estaban ocupadas por guerreros armados, alineados en cerradas filas. ¿Cuántos eran? ¿Cinco mil, diez mil? Lo más impresionante era que aquí la naturaleza salvaje había dejado de serlo: de entre los manglares se distinguía la huella de talas de gran amplitud. Tras su apariencia vegetal, las orillas eran todas barricadas y vallas, amontonamiento de leña, de ramas, de espinosos arbustos. Quedaba claro que Grijalva no había dejado buenos recuerdos y que los indígenas habían decidido proteger su futuro. Me enfrentaba a un muro. Bajo la mirada de guerreros emplumados, un total silencio acompañaba nuestra progresión. Fue entonces que apareció una canoa ocupada por personajes de alto rango. Delante de la embarcación se erguía un hombre de ricas vestimentas. Un jefe, sin lugar a dudas. La piragua vino a colocarse cerca de mi batel, al alcance de la voz. El jefe me miró por encima del hombro sin decir palabra. Le dicté a Gerónimo de Aguilar las palabras que deseaba dirigirle al representante del cacique de Centla. Mi intérprete cumplió con la encomienda, sin elocuencia, pero con naturalidad. Pronunció las palabras "paz", "amistad", "trueque". Quizá también habría "Dios", "Rey", "Castilla"… El jefe indio por fin habló y le dejó a Aguilar el tiempo para traducir. "Regresen por donde vinieron. Si avanzan más allá del grupo de palmeras que se encuentra detrás de mí, serán exterminados. Ésa es mi palabra". Con la mirada perdida, el intérprete esperaba mi reacción. Fue entonces que estallaron los gritos de guerra. La sabana se estremeció, el aire explotó. Por todas partes fuimos atacados por el lamento de los caracoles, sitiados por el batir de los tambores. Estábamos rodeados. Me asaltó el miedo. Mi cerebro ya no mandaba nada. Por instinto, me negaba a retroceder, por razón, me negaba a avanzar. Había que ganar tiempo.

Inspirado por mis recuerdos de Salamanca, decidí recurrir al derecho y utilicé el formalismo del *requerimiento*. Era una práctica hiriente en su esencia e inoperante en los hechos, pero fungía como obligación legal. Todos mis hombres podrían así atestiguar mi legalismo. En realidad, se trataba de una diversión. Con cierta puesta en escena, mandé traer a nuestro notario, al que instalé a mi lado en la chalupa inmovilizada. Desplegó un rollo de papel y se puso a leer en español el famoso texto redactado por la cancillería de Castilla y León. Las conchas marinas callaron. Los indígenas quedaban invitados a proclamarse sujetos del rey de España e incitados a convertirse a la religión de Cristo, no sin algunas amenazas adicionales. Sugerí que nuestro nuevo intérprete expusiera en maya el contenido del documento: Aguilar intentó, sin mucha convicción, transmitir el trasfondo de su contenido. ¿Cómo hubiera podido, de bote pronto, hallar los equivalentes de la idea de monarquía, de vasallaje, de sujeción, de pontificado? ¿Cómo traducir "Dios eterno", "Santa fe" o "Iglesia"? Lo importante no era eso; la lectura del requerimiento me había dado tiempo para recuperarme. Antes de que reiniciaran los alaridos de los guerreros, mi decisión había sido tomada.

Pasando por alto la intimidación, libramos el combate que la gente de Centla quería evitar y lo ganamos. Pero sólo era la primera parte. Al día siguiente, alinearon cuarenta mil guerreros; todos los pueblos circunvecinos habían acudido para hacer frente común en contra nuestra. Pero ese número era una debilidad; los combatientes se veían obligados a desplegarse en una vasta extensión plana, paralela a la orilla. Habíamos salido de los manglares y del laberinto semiacuático del día anterior.

Los caballos causaron sensación. Entramos en combate frente a soldados cubiertos con armaduras de algodón que manejaban sus arcos y sus propulsores de dardos sin dar tregua. Esta vez estábamos preparados para el escandaloso ruido de la batalla, pero debo confesar que todavía hoy me afecta el recuerdo de esa música alucinante, visceral y embriagante, como surgida del final de los tiempos. Los tambores sonaban con una doble cadencia en la que tres golpes ágiles respondían a dos golpes de obstinada lentitud. Agrégale la continua salmodia de las conchas y la estridencia de los silbatos y tendrás idea del ambiente desconcertante en el que debíamos combatir. La musicalidad de la batalla del día anterior había inspirado en mí una fantasía: hice que colocaran cascabeles en los pretales de los caballos. Efecto logrado. Estábamos a tono.

Hice salir trece monturas. Sólo necesitamos dos cargas; una deshizo la retaguardia, la otra infundió terror en las filas del principal cuerpo del ejército. Los guerreros huyeron en desbandada en el más absoluto pánico. Recibí una embajada militar que me confirmó la rendición de la provincia de Centla. Solicité de inmediato una entrevista con los jefes locales para sellar la paz.

Esperé dos días. Me sentía con buen ánimo. Nuestro faraute Melchor había desaparecido para alcanzar a sus compatriotas, pero con Aguilar habíamos ganado con el cambio. Nuestra primera entrevista, al pie de la gran ceiba del pueblo, no fue calurosa. Los caciques —una comitiva reducida— me hicieron saber que lloraban ochocientos muertos. Les extendí sentidas palabras de condolencia. Procedimos a un intercambio ritual de regalos; la verdad sea dicha, nos limitamos al más estricto formalismo diplomático. Pero acordamos volver a vernos al día siguiente; nuestros interlocutores nos hicieron saber que todos los jefes de la región estarían presentes.

Al día siguiente, la vista nos ofreció una configuración completamente diferente. Al entrar en Centla, vimos una multitud que nos esperaba de pie, apiñada alrededor de un centenar de dignatarios ricamente vestidos. Con respetuosa distancia, escuchamos los discursos de nuestros anfitriones. Aguilar traducía. Las palabras que volaban eran suaves para mis oídos. Los jefes nos proponían una alianza. El calor tropical le confería un carácter particular al olor de la tierra que exhalaba leña quemada y perfumes de flores. Llegó mi turno de contestar y lanzar un nuevo ciclo de intercambio de regalos. Me estremecí al ver los presentes de los indígenas: lo que ofrecían era magnífico. Observé que nos presentaban pescados todavía coleando en cestas de mimbre: habían sido pescados para nosotros de noche. Estaban tan frescos como su decisión.

Fue entonces que vi a tu madre. Recuerdo la escena como si estuviera ahí. El cacique tomó la palabra e hizo que un grupo de veinte jovenzuelas avanzara. Iban vestidas con túnicas de algodón bordado, el cabello recogido sobre sus hombros. Y entre ellas, había una que llamaba particularmente la atención de todos. Por su belleza, pero también por su garbo, por su actitud que reflejaba una sorprendente determinación. Mientras que todas las otras indígenas bajaban la mirada, de conformidad con los usos y costumbres, lo que revelaba una sumisión no exenta de tristeza, tu madre era la única en mirar de frente. Encaraba su destino, examinaba nuestros rostros, le daba la cara al porvenir. Ya había elegido, se proyectaba en el más allá de su suerte. En un instante, se había pasado a nuestro bando.

Estaba desconcertado, no voy a negarlo. Pero, así es, las responsabilidades públicas y la pasión no son buen matrimonio. La razón debe prevalecer sobre los ánimos del alma, el interés general sobre el interés particular. En este asunto, tenía una ventaja: era sin duda alguna el único en entender la escena. Era una situación que había invocado con todo mi corazón y ni te imaginas cuánto me alegraba. Te explico el meollo del asunto.

Lo que teníamos ante nosotros era un clásico de la historia autóctona. El corazón de Mexico vivía continuas y periódicas irrupciones de pequeños grupos nómadas que lograban infiltrarse entre los sedentarios. Era un movimiento continuo desde hacía veinticinco siglos; era como una pulsión de vida, una dinámica que emanaba tanto de la física como de la biología. Ello era un verdadero misterio, puesto que el nomadismo se implanta normalmente sobre tierras abiertas y de libre uso; en cambio, el sedentarismo, que descansa en la agricultura, presupone la propiedad exclusiva de las tierras de cultivo; el sedentarismo fija fronteras, restringe la libertad de circulación. Aquí, antes de nuestra llegada, todo ser humano pertenecía a una ciudad. Existía una relación hereditaria entre el hombre y el territorio. Sin embargo, los recién llegados eran históricamente bienvenidos por la sangre nueva que aportaban. Los indígenas conocían los riesgos de la consanguineidad. Entonces, cada vez que un pequeño grupo de esos nómadas que llamaban chichimecas se presentaba ante el señor del lugar para solicitar su integración en la ciudad, recibía como ofrenda veinte jovenzuelas destinadas a convertirse en las esposas de los recién arribados. Era una invitación oficial a establecerse definitivamente en el lugar, un pacto de alianza sellado por medio de la mezcla de las sangres.

Imagina entonces mi felicidad al ver que los caciques de Centla nos ofrecían esposas. Estaba colmado. Mi plan funcionaba, pues me encontraba en una situación de responder a esta práctica que había prohibido la presencia de mujeres españolas en la expedición.

Pero una vez pasada la euforia de la agradable sorpresa, me enfrentaba a una serie de preguntas que aún no había resuelto en mi mente. ¿Cómo proceder al reparto de las esposas indígenas entre mis hombres? Para ellos, tuve una inspiración: utilicé el orden alfabético que había usado Ambrogio Calepino para elaborar su diccionario. Nada más neutro. ¡Para tomar esposa en Centla, había que llamarse Alonso o Álvaro! Ello a la vez me permitía excluirme discretamente de la distribución y no generar celos. ¿Pero qué hacer con las jóvenes prometidas? No debía dar la impresión de elegir, de evaluar, de sopesar como lo hubiera hecho un comerciante de esclavos. Al analizar la situación, tuve la intuición de que las jóvenes mujeres que nos eran ofrecidas nos eran presentadas según un orden convencional. En efecto, estaban colocadas en cinco filas de cuatro. Simplemente respeté dicho orden, sin tocar la disposición ritual. Sabría más tarde que las jóvenes indígenas habían sido clasificadas en función de un código cosmogónico: cada fila de cuatro representaba los puntos cardinales y las cinco filas las cinco direcciones del universo, incluyendo el centro. En el emparejamiento de Centla, el orden alfabético proveniente de los fenicios se había fusionado milagrosamente con la poesía de los grandes espacios.

Estaba feliz, pero preocupado. Conocía el sentido de dicho rito. Al aceptar a las mujeres, me comprometía a dejar en el lugar a los futuros padres de familia; estaban destinados a integrarse a la vida local, a generar una descendencia mestiza. La lógica y la moral hubieran exigido que en esos lugares fundase una villa. A decir verdad, mi querido Martín, no era un problema técnico; así como te lo he dicho, me había anticipado. Había redactado los estatutos de esa primera ciudad mexicana inspirándome en lo que había hecho en Baracoa y en Santiago. Y tenía a disposición a un notario debidamente habilitado para proceder al registro de las actas. Durante dos días sopesé los pros y los contras. Imaginé nombrar ese primer establecimiento

Santa María de la Victoria o San Jorge de la Frontera. Pero en mi ser profundo no quería abandonar a tu madre, quería llevarla conmigo. Así que traicioné mi pacto con Centla por amor al fingir no conocer los usos y costumbres de esa tierra. Partí con las veinte mujeres. Es verdad que mi sueño de mestizaje estaba tomando forma, pero esa invitación al sedentarismo llegaba demasiado pronto. Y tu madre ocupaba todos mis pensamientos.

Cuidé mi partida con especial esmero, lo que manifestaba mi consideración hacia mis huéspedes, sugiriendo que tenía la intención de volver. Juntos asistimos a la misa del Domingo de Ramos y, ceremonialmente, bautizamos a nuestras veinte jovencitas. Fray Bartolomé de Olmedo se encargó de adjudicarles nombres cristianos. Transformé la gran ceiba del centro del pueblo en una gigantesca cruz foliada que se distinguía desde altamar y servía como marcador de territorio; los símbolos se sobreponían en lugar de excluirse mutuamente. Los barcos levantaron anclas en medio de una salva de artillería, seria y solemne. Marina viajaba en el barco de Alonso Hernández Puertocarrero, gentilhombre leal y de confianza, primo del conde de Medellín, al que le había tocado por casualidad, puesto que su nombre empezaba con una A. Tu madre y yo estábamos separados por la espuma de algunas indisciplinadas olas. Compartíamos la misma estela.

CAPÍTULO 7

VERACRUZ

Nuestra navegación duró tres días. Suaves corrientes llevaban los navíos, pero estaba tenso. Escudriñaba el paisaje con exagerada atención para contener cierta angustia. La costa, rocosa en un principio, se aplanaba ahora en largas playas vacías, grises y tristes. En cambio, el segundo plano llamaba mi atención: quietas ondulaciones destacaban sobre un fondo de colinas azules en un proceso de duplicación infinito. Era un llamado a conocer el reverso del escenario.

Nuestro piloto mayor, Alaminos, me señaló la bahía de Ulúa, que le había servido a Grijalva de fondeadero. La convertiría en playa de desembarque. Nuestros diez navíos echaron anclas. En los minutos posteriores fuimos abordados por canoas llegadas del pueblo cercano. Mi querido Martín, lo que estoy por decirte pudiera parecerte anecdótico: mientras esa gente hablaba, la entendía. En términos generales, al menos. Mis clases de nahuatl habían cumplido con su cometido. Y para mí, eso lo cambiaba todo. Claro está, me perdía de alguna palabra y algunas sonoridades en ocasiones me eran desconcertantes. Mas no me sentía como un extranjero perdido en un territorio desconocido. Podía comportarme como actor. Tenía ascendiente sobre los acontecimientos.

Como el día llegaba a su fin y amenazaba con llover, le hice saber a mi tropa que pernoctaríamos a bordo y que desembarcaríamos al día siguiente. Como señal de bienvenida, me limité a ofrecerle vino al intrépido grupo que había logrado subirse hasta el puente de la capitana.

El Viernes Santo, que ese año caía el 22 de abril, amaneció frente a una bella playa de blanca arena. La protección que ofrecía la pequeña isla de San Juan de Ulúa era insuficiente para nuestras diez embarcaciones. Pero el clima era benigno. Bajamos los caballos, la herramienta, los arcabuces. Entre palabrotas y relinchos, nuestros bateles hacían el vaivén con singular alegría. Caminábamos por la playa; los marineros taínos cortaban leña; preparábamos el campamento. La euforia se afincaba en el ambiente. Algunos curiosos nos observaban: sólo mujeres y niños. ¡Con toda seguridad los hombres estaban acuartelados!

Aguilar se me acercó y apuntó hacia Marina, quien estaba hablando con un grupo de mujeres sentadas en la sombra. Me confió que le había revelado parte de su pasado: mientras navegábamos, había señalado un cabo y las fogatas de un poblado. "De ahí provengo. De atrás de esas colinas. Es tierra nahua", le había dicho. Nada le contesté a nuestro intérprete, pero me quedé con la interrogante: ¿Por qué Marina le había hecho tal confidencia a Aguilar?

Al día siguiente, recibimos la visita de una delegación de un centenar de personas. Puesto que Aguilar sólo hablaba maya, llamé a nuestros dos intérpretes de nahuatl contratados en Cuba. El intercambio fue cortés: los lugareños ofrecieron alimentos y una sortija de oro para mí; respondí obsequiándoles cuchillos y baratijas de vidrio. ¡Los miembros de la delegación indígena nos ayudaron a construir nuestras chozas, lo que era una buena señal! El cacique local nos anunció una embajada para el día siguiente y luego se retiró.

Fue en Domingo de Pascua que un terremoto sacudió mi vida interior. Oficialmente, fue un glorioso y bello día: Motecuzoma me había enviado un embajador, un tal Tentitl, quien encabezaba una imponente delegación: cuatro mil hombres, dignatarios, notarios, guerreros en trajes de gala, filas de porteadores cargados de ofrendas. Tuve que inventar un ritual para la circunstancia: una misa cantada, una demostración de artillería desde los barcos y luego una desenfrenada cabalgata sobre la playa con relinchos de caballos erguidos en sus patas traseras. Efecto garantizado. Hubieras visto a los hombres prosternados, petrificados, estupefactos. Gané esa primera parte. Luego vino el intercambio de regalos; emparejé el valor de mis regalos con los de Motecuzoma; cada una de las partes se medía, se evaluaba. Por el momento, no eran nada grandiosos. Luego vino el momento de los discursos. Mis dos intérpretes de Cuba transmitieron mi deseo: encontrarme con Motecuzoma, el tlatoani de Mexico, en su capital. No había venido desde las islas para asentarme para siempre en una playa mexicana por muy encantadora que fuese. Había llegado la hora de la diplomacia. El embajador respondió que le haría llegar mi intención al interesado.

Entre tanto, Tentitl se retira con su séquito, dejando en el lugar un millar de guerreros para vigilarnos y batallones de mujeres para hacernos de comer. Mientras me encuentro pensativo y preocupado por el curso de los acontecimientos, llega Aguilar acompañado por Marina. Con desconcertante ingenuidad, nuestro náufrago me explica que tu madre acaba de confiarle una mala noticia: considera que mis intérpretes distan mucho de ser perfectos. No sólo embellecieron lo dicho por el embajador de Motecuzoma, sino que fueron todavía más mediocres al traducir mi discurso al nahuatl.

Quedé boquiabierto: en pocas palabras, Marina se presentaba ante mí para proponerme sus servicios. ¿Qué innato atrevimiento la había permitido dar así el primer paso? En una primera instancia, podía pensar que era un juego muy humano: una bella mujer tomaba valor para tratar de interesar al jefe. Todos los pretextos podían valer. Se imponía la prudencia.

Dirigiéndome a ella, y de manera bastante natural, una palabra nahuatl me vino a la mente: *¿tleinu?* Lo que significa: "¿Qué sucede?". Entonces, el trueno se abatió sobre nosotros. Vi una suerte de pánico invadir los ojos de tu madre. Tuvo tiempo para murmurar, incrédula: *¿Inca in nahuatlato?* "¿Cómo? ¿Usted habla nahuatl?", antes de bajar la cabeza, la mirada fija en el suelo. Nuestra alianza se selló en ese mutuo arrebato de sorpresa.

Tuvimos una larga conversación en nahuatl, en presencia de Aguilar, quien no entendía ni jota pero que percibía que algo importante estaba sucediendo. Esa noche, descubrí que el mundo de Motecuzoma amaba las letras tanto como todos los doctores de Salamanca. Que el poder está en las palabras, ya lo había descubierto hacía mucho tiempo; que también fuese el caso en esas tierras mexicanas me dejaba más que encantado. Pero de aquello había que sacar las consecuencias. No podía llegar al crisol del poder hablando el idioma de los pochtecas, la lengua vinculante de los mercaderes. La irrupción de Marina provenía de la divina providencia. Cual varita mágica, ella me hacía acceder al arte de la oratoria autóctona. Pero al constatar su intrínseca beldad, entreveía también otra cosa. El deseo invadía mi cuerpo y mi mente.

Tu madre mostró discreción sobre sus orígenes. Pero te diré de dónde proviene. Es de excelente abolengo. En realidad, es una víctima colateral de la poligamia. Como bien sabes, antes de que esta tierra se convirtiera en Nueva España, los jefes eran polígamos. Y que no existía orden dinástico: al fallecer el jefe de la ciudad, se reunía un concejo que escogía un sucesor por consenso. Una tendencia recurrente disponía que la última esposa, siempre la más joven, impusiera su último hijo varón. Los demás pretendientes eran entonces eliminados por la fuerza o por la violencia. ¡Si creo en lo que he escuchado decir, Cuauhtemoc debió asesinar a seis o siete rivales antes de subir al *icpalli* y tener la satisfacción de enfrentarse conmigo! Las hijas eran eliminadas de la carrera por la sucesión, pero se les debía compensaciones que se traducían por casamientos principescos y, sobre todo, por derechos de uso de vastas tierras. La tierra, toda la tierra, pertenecía a las mujeres.

Marina era hija del señor de Olutla y de Xaltipa, que controlaba toda la orilla izquierda del río Coatzacualco. Era una provincia tributaria del imperio de Motecuzoma. Ese señor murió accidentalmente a corta edad. Su madre volvió a desposarse con un pariente del cacique y tuvo un hijo varón. De un día para otro, su hija dejó de existir. Su madre sólo tenía miramientos para ese heredero, luz de todas las miradas. La hija fue excluida y vendida como esclava a unos mercaderes que comerciaban con la zona maya. Pero Marina tuvo tiempo de recibir una educación privilegiada. Sabía leer y escribir, conocía la historia, la religión, los ritos, el decoro, la sutileza de las reglas sociales. Como elemento de los buenos modales, había aprendido a ejercer con esmero el arte del buen hablar. Había sido educada para algún día ser la esposa de un gran señor. ¿Cómo imaginar que un destino adverso haya podido arrojarla en la persona de una esclava? ¡Bien puedes imaginarte la ironía de que ese mismo destino la llevaría a cruzarse en mi camino! Yo cristalizaba su revancha. Su revancha de mujer herida, su revancha de mujer despabilada, culta, a quien habían condenado a tareas subalternas. Cuando la conocí, dudaba del sentido de la vida, del sentido de su vida. Se había nutrido de un profundo rechazo hacia la sociedad que la había visto nacer; repudiaba la esclavitud en su principio, pero también se erguía en contra del estatuto de la mujer en la sociedad india. Empleaba una palabra extraña: *tlatlacencuililli*. Consideraba que las mujeres habían sido "desposeídas" de su poder natural. Tendríamos más tarde, en la intimidad de nuestra relación, esclarecedoras conversaciones sobre ese tema y sé que es ella, por su análisis, quien me hizo descubrir la principal palanca de mi éxito. Había logrado explicarme un secreto cultural oculto por milenios que ningún hombre me hubiera confesado.

Vislumbré una pista. Decidí esa misma noche utilizar a Marina como lengua. Debía al menos ponerla a prueba. Durante nuestras siguientes entrevistas, se encargaría de apreciar el servicio de traducción de mis farautes taínos. Haría equipo con Aguilar: le comentaría en maya, en tiempo real, el contenido de las palabras intercambiadas con los enviados de Motecuzoma. Y Aguilar posteriormente me daría su informe.

Una semana más tarde, Tentitl, el embajador de Motecuzoma, volvió con un despliegue protocolario muy elaborado. Helo ahora que exhibe a mis pies suntuosos presentes. Verdaderamente suntuosos. Oro por todas partes, ofrecido en infinitas variaciones. Joyas sublimes, collares, aretes, brazaletes, objetos rituales que demuestran hasta la saciedad el talento artístico de los orfebres mexicanos. También hay un disco de oro macizo representando el sol, grande como una rueda de carreta. ¡Imaginas los ojos que pusieron mis compañeros de armas a la vista de tal tesoro! A un lado del oro, en el piso están dispuestos objetos de plumas preciosas de fascinante belleza: accesorios de culto, escudos de ceremonia, abanicos circulares, penachos

61

multicolores. A ese de por sí extravagante despliegue, el tlatoani de Mexico le agregó dos libros: dos manuscritos pintados sobre piel de venado, doblados como biombos. Los asesores de Tentitl los abren ante nosotros: descubrimos misteriosos relatos historiados, de trazo elegante con vivos y brillantes colores. ¿Cómo no ver que aquí el arte combina con el saber?

De inmediato comprendí la estrategia de Motecuzoma: me colmaba con regalos para que partiera con mi botín sin pedir nada más. Quería a toda prisa deshacerse de mí. Verme embarcar e izar velas. Quizá con alguien más su plan hubiese funcionado. Pero conmigo había errado. No me interesaba el valor mercantil de sus presentes, pero sí su nación, su cultura, ese pueblo de artistas y de letrados que manifestaba su talento a través de objetos expuestos a nuestra admiración en ese desconcertante joyero de arena y de manglares.

En el ruido de las olas de Chalchiuhcuecan, dudé en cuanto a mi respuesta. Temí que los objetos venidos de España no pudieran resistir la comparación. Las baratijas de vidrio no eran las adecuadas y no iba a intercambiar oro por oro. Opté por no responder. Mandé traer una silla plegable en madera de guayacán que había mandado hacer en Cuba: era el asiento que utilizaba para impartir justicia. En realidad, le ofrecía mi trono a Motecuzoma sin saber a ciencia cierta si entendería el significado. Agregué algunas camisas finas de tela de Holanda y una daga que llevaba a un costado. Es todo. Quería colocarme en el terreno de lo simbólico; deseaba evitar a toda costa entrar en la lógica del intercambio mercantil.

En su discurso, el embajador Tentitl fingió estar satisfecho. Pero de tajo negó toda posibilidad de que visitara al tlatoani mexicano. Rechazo puro y duro. Marina y Aguilar se vieron implicados por primera vez. Según sus dichos, era evidente que mis intérpretes no estaban a la altura: eran incapaces de nombrar correctamente al nahuatl los objetos castellanos y los conceptos del Viejo Mundo. Marina hizo notar, por ejemplo, que no habían encontrado equivalente alguno para mi asiento de justicia —que en realidad era una copia libre del trono de Dagoberto—. Mis farautes taínos habían conservado la palabra *silla*, lo que nada evocaba en el mundo indígena. Marina me explicó que habría dicho *icpalli*, objeto autóctono relacionado con el poder: tenía razón; entendía mi propósito. La iba a necesitar. Intensamente.

Tentitl volvió por tercera vez trayendo una categórica negativa del soberano mexicano. Éste no deseaba por ningún motivo recibirme en Mexico. Quería que volviera de donde había venido. Marina traducía "más allá de los mares". Me tocó un premio de consolación; el embajador me ofreció una vez más sublimes regalos. Oro, claro está, más oro, plumas preciosas, piezas de algodón ricamente bordadas… No sabía hacia dónde ni qué mirar. Todo era admirable. De entre los objetos de arte se encontraban particularmente tres perlas de jade de medio palmo, esferas perfectas que daban vida a tres matices de verde: uno profundo como laguna, otro azulado como colibrí y uno más misterioso, que no tenía parecido con ningún color conocido. Debes saber, mi querido Martín, que le doy a esa piedra un nombre que todavía no llevaba; la hice inscribir por el notario bajo el nombre de esmeralda. En nahuatl, se dice *chalchiuitl*; pero como el polvo de esa piedra tenía la reputación de sanar dolores renales, la llamamos "piedra de ijada" y luego "jade".

Esos esplendorosos presentes marcaban claramente el final de las negociaciones. Tentitl se retiró con sus dos mil hombres de escolta y el batallón de mujeres de servicio. Estábamos solos, echados a nuestra suerte, en medio de los mosquitos. Nos complacíamos escuchando el ruido de las olas. Marina pidió verme; la hice venir con Aguilar. Pero lo que tenía que decirme no tenía relación con sus funciones de intérprete. Deseaba explicarme el sentido de lo que había acaecido. La escuché. En esta tierra, decía, sólo se procede a tres embajadas, que equivalen a tres tiros de advertencia y que legitiman el uso posterior de la fuerza. Debíamos esperar un ataque en toda regla si permanecíamos en el lugar. El oro era una amenaza, el arte una intimidación.

Me concedí dos horas para tomar las decisiones que se imponían. Debía ante todo contener la presión ejercida por la tropa: algunos, descontentos por nuestro precario fondeo, deseaban volver a Cuba con su parte del botín y lo hacían saber a voz en cuello. Le encargué al jefe de dicha facción una misión de confianza: explorar la costa hacia el norte para tratar de encontrar un punto de anclaje más favorable. Sabía que sólo ganaba algunos días, pero ello me permitiría tomar aire. Luego, decidí permanecer en el lugar, contra viento y marea. Llamé a Diego de Godoy, mi amigo de Medellín, mi notario de confianza, y le pedí que preparara el acta de fundación de la villa que había decidido llamar la Villa Rica de la Veracruz. Mis ideas estaban en orden, mi voluntad, tensa como resorte. Tenía la sensación muy ambigua de dominar una situación que a todas luces parecía que se me escapaba. El impulso dominaba la razón. Mi determinación era absoluta a la par con mis inconmensurables angustias. ¿Quién le habría apostado al futuro de esta villa virtual, nacida por un decreto de mi ser íntimo, fundada sobre una simple hoja de papel, en medio de arenas y de aves de mar?

El destino velaba por mí. Dos días después de la partida del embajador de Motecuzoma se presentó otra embajada. Nuestro improvisado campamento fungía nuevamente como sede diplomática. Los visitantes de ese día, en gran pompa, se presentaron como totonacas. La delegación provenía de la cercana ciudad de Cempoala y los cinco embajadores nos invitaban cordialmente a dirigirnos hacia ella. Ese día utilicé por última vez a mis intérpretes taínos. Me di cuenta de que yo no podía prescindir de tu madre. Ya que no solamente era capaz de entender mi pensamiento, pero sobre todo porque lo era para explicarme lo dicho y lo no dicho, los rituales y las gestualidades; descifraba para mí lo indescifrable; leía los acontecimientos con comprobada perspicacia. ¡Había sabido volverse irremplazable! Sólo tenía ojos para ella.

Marina me explicó lo que los totonacas no se atrevían a decirme abruptamente: odiaban a los mexicas. Formaban un grupo enraizado en la costa el golfo desde hacía dos milenios. Era una rama de la familia maya que poco a poco se había separado de sus vecinos yucatecos, forjándose su propia personalidad. Su idioma había evolucionado según cánones por lo menos extraños. Tu madre me decía que entendía aproximadamente la mitad de las frases. Los totonacas, "los hombres de tierras calientes", habían sido nahuatlizados y, a mi llegada, eran súbditos del tlatoani de Mexico. Y de ahí su drama: no soportaban dicha tutela, esa sumisión, con su insoportable tributo y su cúmulo de vejaciones. El cacique de Cempoala tenía su idea: nos veía amos del fuego y de los caballos y quería aliarse con nosotros para marchar sobre Mexico.

Nunca supe si tal era la idea original de nuestros interlocutores totonacas, pero cierto es que después de los discursos de Marina compartían dicha convicción. Tu madre me había conseguido aliados indígenas. A decir verdad, los había fabricado, como buen demiurgo. Con una dosis de intuición femenina, un conocimiento de la situación política y un vívido deseo de venganza, había forjado la pieza maestra de mi conquista. Sin ella, habría intentado imponerme por la fuerza, a ciegas, con todos los riesgos que ello conllevaba. Ahora realmente era un jefe chichimeca, instalado en una lógica autóctona, adoptando una estrategia de integración.

La alianza totonaca nos permitía quedarnos. Todo sucedió muy rápidamente. Montejo, el jefe de la facción pro Velázquez, no había descubierto un puerto maravilloso, sino una ciudad fortificada sobre un promontorio que protegía una bahía abierta con mínima protección. La ciudad se llamaba Quiahuiztlan. Fingí seguir su consejo y acepté el cambio de fondeadero. En realidad, la pequeña ciudad pertenecía a Cempoala; era para mí una manera de colocarme bajo la protección de nuestros nuevos aliados.

Pero previamente fundé Veracruz. En Chalchiuhcuecan. Entre playa y manglares. En nombre del rey de España creé un ayuntamiento de derecho español cuyos miembros del cabildo fueron todos electos. Propuse los nombres de mi fiel Puertocarrero y del impetuoso Montejo como candidatos a alcaldes. ¿Cómo podría el jefe de los partidarios de la vuelta a Cuba justificar su posición siendo ahora alcalde de la ciudad? Al instalar una autoridad electa —la cual iba de acuerdo con mis ideas republicanas—, aprovechaba a la vez cortar con el cordón umbilical que me unía a Velázquez. La ciudad de Veracruz, legalmente constituida, era jurídicamente autosuficiente. Pero no me detuve por tan buen camino: luego hice que el cabildo recientemente instalado me eligiera capitán general y justicia mayor.

Y todos los hombres firmaron el acta de mi elección para ratificarla. Mi poder procedía a partir de entonces de una doble legitimidad: mis funciones me habían sido atribuidas por una autoridad electa y había sido entronizado por un sufragio unánime.

Al hacerlo, había enraizado mi legitimidad en la tierra mexicana. Ya no era el enviado provisional de una lejana potencia, estaba involucrado en una empresa que, en el fondo de mi corazón, sabía irreversible. Recordaba mis años en Salamanca, las gélidas noches de invierno, el olor a polvo de los salones de clases, la austera retórica de mis profesores de derecho. Nada en ese entonces preveía el bochorno del trópico, los caprichos de los barcos, las luchas por el poder y la secreta sombra de Motecuzoma. La vida parece imprevisible. Y, sin embargo, todo lo que había hecho en mi juventud ahora cobraba sentido. Todo lo que había aprendido en la universidad tenía alguna utilidad. Mi querido Martín, la vida de un hombre es una suma; nada es vacuo, nada es vano, nada es accesorio. Cultiva dos cosas: la memoria y la voluntad.

CAPÍTULO 8

CEMPOALA

Caminamos un día entero, siguiendo a nuestros guías totonacas. Para llegar a la ciudad de Cempoala, había que tomar senderos elevados, de trazado rectilíneo, en una extraña levitación que daba la impresión de caminar sobre las aguas. Los manglares, los pantanos y los campos de maíz nos acompañaban cual escolta olorosa y vibrante. Las garzas blancas y las espátulas rosas se desplazaban, indolentes, a nuestro paso, con vuelo tranquilo y plácido. Me mantenía, sin embargo, alerta: nos adentrábamos a lo desconocido.

Me dieron escalofríos al saber que el cacique retrasaba nuestra entrada a la ciudad y nos dejaba en la orilla sur del río. Sus estafetas nos imponían un campamento imprevisto. ¿Habían cambiado de opinión las autoridades? ¿Habían recibido algún tipo de presión? ¿Seríamos exterminados, en campo raso, lejos de nuestros barcos, en medio de los bambús?

Noche de ansiedad. Habíamos sido abastecidos, en efecto, pero en cantidad mínima. Oficialmente, ya era demasiado tarde para que hubiéramos tenido tiempo de llegar a Cempoala, cuyas humaredas podíamos apercibir a lo lejos. Al apresar a los cuatro jefes de la disidencia obsesionados por querer volver a Cuba y al imponer esta aventura terrestre, había tomado un riesgo; no podía permitirme perder. Marina me tranquilizaba. Me decía que estábamos en un lugar llamado Atocpan, lo que significa "tierra fértil". Para ella, todo era buen augurio; no percibía ningún signo de alarma. Tenía razón. Al día siguiente, al alba, un cortejo de un centenar de hombres vino a ofrecernos cuantiosos y finos platillos que habrían saciado a todo el ejército de Carlos V. Fuimos invitados a entrar a Cempoala.

La tropa no podía creer lo que estaba viendo. La ciudad se escondía bajo las flores y las sombras de las ceibas. Las casas alineadas a lo largo de las calles parecían todas de plata revestidas. Unas altas pirámides se agolpaban en el corazón de la ciudad, como torreones inexpugnables. Ahí estaba el señor, en la entrada, imponente, con veinte dignatarios a su lado. Su reputación lo había precedido: incontestablemente era corpulento. La bienvenida que se nos ofrecía era de buen tono: se nos festejaba con toda alegría. Los guerreros nos rendían honores, los sacerdotes nos incensaban, y la multitud, curiosa, tomaba parte del acontecimiento con una respetuosa reserva. Aunque sólo fuese a diez leguas de la costa, mi apuesta había sido ganada: ¡había pisado territorio de Motecuzoma y los habitantes me lanzaban pétalos de flores en señal de bienvenida! ¿Podrás, mi querido Martín, comprender la euforia que me invadió entonces? Recordaba las dudas de mis compañeros, escépticos con la idea de partir a la aventura sin llevar armas. De todos modos, ¿qué habría podido hacer un arcabuz más o uno menos contra miles de flechas?

Me recuerdo sentado, piernas cruzadas, sobre una piel de jaguar en el palacio del cacique de Cempoala. El señor del lugar estaba flanqueado por su guardia personal. Sus hombres nos miraban con cierto desdén, de pie, sin animosidad, pero sin dar la impresión de saber qué estaba sucediendo. Todas nuestras espadas se quedaron en sus fundas y nuestras picas ostentaban pendones. Nuestras conversaciones fluían en un silencio cordial y respetuoso. Diría que había cierta complicidad en el ambiente. Escrito estaba que nos entenderíamos.

De pie, detrás de mí, Marina y Aguilar supervisaron los intercambios, formando un dúo más simbólico que operativo puesto que todos los dignatarios totonacas dominaban el nahuatl, haciendo a un lado a Aguilar y dando el papel estelar a tu madre. Como sabía exactamente lo que yo quería, supo obtenerlo del cacique gordo, usando el encanto y las sutilezas de su oratoria. Logramos un pacto de ayuda mutua: ayudaría a la gente de Cempoala a desmantelar la ciudadela mexica de Tizapantzinco, un polo de espionaje y de control territorial que era el ojo de Motecuzoma en el corazón de su territorio; a cambio, los totonacas me ayudarían a marchar sobre Mexico. Intenté negociar la vida de los cautivos que tomaríamos en Tizapantzinco, pero me di cuenta de que Marina no quiso abordar el tema: éramos invitados, no dadores de órdenes.

Capturamos sin dificultad Tizapantzinco: los soldados de Motecuzoma huyeron en desbandada cuando llegamos. Los cautivos mexicas fueron entregados al soberano de Cempoala y fueron sacrificados según los usos y costumbres. Era demasiado temprano para que pudiera yo influir en asuntos tan sensibles. Naturalmente, escribí lo contrario al rey; urdí una mentira diplomática que daba la impresión de que los totonacas se habían inmediatamente convertido a la religión de Cristo después de haber jurado lealtad a la Corona. ¡Por supuesto que nada era cierto! Era un guerrero chichimeca que entraba en tres mil años de historia indígena. Me hacía pequeño, caminaba sobre la punta de los pies. Debía lograr que me aceptasen. Castilla era aquí una palabra hueca carente de sentido. De todos modos, no era un emisario del rey, al menos todavía no. La hora de la conversión llegaría a su tiempo.

En cambio, la hora del mestizaje ya había sonado. Como en Centla, nos tocó una ofrenda de mujeres. En esta ocasión fueron ocho; representaban los cuatro barrios de la ciudad. Todas eran miembros de la familia reinante. Una de ellas era particularmente atractiva y el señor insistió para que fuese ella la que se convirtiera en mi esposa. Ahora bien, ya había escogido: era Marina a quien quería y a nadie más. Fluctué entre la razón de Estado y las razones del corazón. Me perdonarás si no te cuento cómo logré salirme de esa aporía. Sabes lo que aconteció...

Al cabo de unos días de alborozo, partí hacia Quiahuiztlan para instalar Veracruz en su nuevo sitio. La idea de disponer nuestro puerto en su territorio le encantaba al cacique de Cempoala. Al llegar a la costa me percaté de que Montejo había elegido un mal lugar: un modesto promontorio que limitaba una playa abierta a las olas del océano no podía proteger adecuadamente más que dos o tres navíos. Por si fuera poco, no había presencia humana a orillas del agua. El pueblo quedaba lejos, en las alturas; sólo era accesible por senderos estrechos y escarpados y donde los caballos resbalaban peligrosamente, tanto al subir como al bajar. Pero el azar hace bien las cosas. Mi estancia en Quiahuiztlan finalmente fue providencial.

A mi llegada, me encuentro con los habitantes tensos, perturbados, preocupados. Son poco amenos con nosotros, aunque estuvieron enterados de nuestra llegada. Sus rostros son de conspiradores, hablan quedo, circulan en un vaivén inexplicable. Marina recopila información y me trae las noticias: los responsables del desorden son los preceptores de impuestos de Motecuzoma que acaban de llegar, con su séquito y sus guardias personales. Entonces tu madre me ofrece una lección particular sobre el sistema tributario que Mexico les impone a los pueblos sujetos a su autoridad. En este caso, era más bien la perversión del impuesto lo que les era insoportable a los totonacas: so pretexto de escoger víctimas para el sacrificio, los mexicas robaban a las doncellas más bonitas para violarlas y raptarlas; hacían lo mismo con los jóvenes muchachos. Pero también se trataba del modo: los colectores de impuestos eran brutales, arrogantes y dominantes. El tributo no sólo era una contribución fiscal, era también la expresión de una sujeción moral, el símbolo de una dependencia que los pueblos tributarios padecían duramente.

Me entero entonces de que el cacique gordo de Cempoala, informado de la situación, llega en palanquín. Los cinco enviados de Motecuzoma se quejan amargamente del trato que reciben: quieren ser alojados ahí donde estoy yo, quieren comer lo que yo comí… En pocas palabras, nuestra presencia los indispone. La entrevista de los representantes de Motecuzoma con los jefes locales es tormentosa. Con amenazas, exigen finalmente nuestra eliminación antes de retirarse a la residencia que les asignaron. El enfrentamiento es ineluctable.

El señor de Cempoala viene a verme y mantenemos un gran consejo con todos los dignatarios indígenas presentes. En este momento surge en mí un plan audaz. Hay, como siempre, dos partidos, los exaltados y los prudentes. Algunos proponen enviar a Motecuzoma una embajada de excusa, haciendo recaer la responsabilidad de los acontecimientos en los españoles y proponiendo reanudar la antigua sujeción. Sacrificar lo menos para salvar lo más. El otro bando es más vengativo: animado por el cacique gordo, considera que hay que aprovechar la presencia de los castellanos para sacudirse definitivamente del yugo mexica y rehusarse a pagar el tributo. Imaginarás, mi querido Martín, de qué lado me puse. Les sugiero entonces aprehender a los cobradores de impuestos y meterlos a la cárcel. Nada menos. Al cabo de una hora de argumentos artísticamente presentados por Marina, con voz dulce y firme, aceptan atravesar el Rubicón. Nos repartimos las tareas: nuestros soldados bloquean los accesos a los aposentos de la guardia y la gente de Quiahuiztlan apresa por la fuerza a los cinco cobradores de impuestos para encerrarlos en jaulas de madera y ponerlos bajo nuestra vigilancia. Los totonacas no lo pueden creer. ¿Quiénes son esos hombres blancos que les dieron fuerzas para liberarse de tan temible tutela?

De noche, hice que liberaran a los dos *calpixque* y que me los trajeran en secreto. Los traté como señores. Marina les explicó que yo en nada tenía que ver con su desgracia, que iba a liberarlos y que deseaba que le lleven un mensaje de amistad al tlatoani de Mexico, a quien tenía en gran estima. Muertos de miedo por caer de nuevo en las garras de la gente de Cempoala, hice que los llevaran en bote hasta la parte de la costa bajo control de los mexicas. Me imaginaba la confusión de Motecuzoma, quien tendría que lidiar al mismo tiempo con la rebelión de los totonacas, la pérdida de la fortificación de Tizapantzinco y la magnanimidad del jefe de los españoles, que salvaba a sus cobradores de impuestos. El día siguiente hice que me entregaran a los otros tres dignatarios apresados y los transferí bajo estrecha vigilancia a un barco, firmemente decidido a servirme de ellos como moneda de cambio en el momento adecuado.

No tuve que esperar mucho. Recibí unos días después una embajada de Motecuzoma, quien había enviado a dos de sus sobrinos y a cuatro viejos dignatarios con la cantidad necesaria de oro para ablandarme. Me tocó una larga letanía de recriminaciones que bajo diversas formulaciones contenían el mismo reproche: había incitado a los totonacas a emanciparse, éstos habían traicionado su pacto de lealtad ¡y era culpa mía! Acepté el oro y protesté haber actuado de buena fe. Como prueba de amistad hacia el soberano mexicano, hice venir a los tres cobradores de impuestos y los entregué a los embajadores, explicando, como gran señor, que los había salvado de la ferocidad de los totonacas. ¿Qué podían replicar? Continuaron con amenazas hacia Cempoala, anunciando que el tlatoani de Mexico no perdonaría nunca la suspensión del pago del tributo y que había decidido exterminar uno a uno a todos los habitantes del área totonaca. Les contesté citando los Evangelios: "Ningún hombre puede servir a dos amos. Debido a que los totonacas han decidido pagarme el tributo, reconociendo con ello la soberanía del rey de Castilla, es natural que dejen de pagarlo al soberano de Mexico". Hicieron que Marina repitiera lo que acababan de escuchar. Marina lo repitió. Ofrecí viajar a Mexico para discutir sobre la nueva situación con Motecuzoma. En *tête-à-tête*. De igual a igual. No cabía duda alguna que nos entenderíamos.

Colmé a los embajadores con bisutería: diamantes de azul profundo, perlas transparentes, collares de gotas de agua verde pálido suaves al tacto. Les ofrecí una demostración de equitación, cabalgata, cabriola, galopada. Se fueron a Mexico impresionados, visiblemente de buen humor. Los ejércitos del tlatoani no acudieron; yo era quien marcharía hacia él, con mis aliados totonacas.

CAPÍTULO 9

BARRENADO

Me había lanzado. Más exactamente, me adelantaba al movimiento. Los acontecimientos iban conformándose a mis deseos y a mi voluntad. Era tiempo entonces de asegurar mi retaguardia. Jugué la carta del rey que se postulaba para ser emperador desde la muerte de Maximiliano de Austria, su abuelo. Pensé que el rey de Francia no le dejaría la vía libre y que el joven Carlos —acababa de cumplir diecinueve años— necesitaría oro para sus futuras guerras. También conocía a su mentor y consejero, Guillaume de Croÿ, señor de Chièvres, un hombre de cultura. Sabía lo que debía hacer. Decidí sacrificar la totalidad del botín que había amasado en Centla, en Chalchiucuecan, en Cempoala, en Quiahuiztlan. Decidí enviarle todo al rey Carlos. Todo. Las joyas, los objetos de madera, de plumas, los cascabeles de cobre, los collares de jade, las divisas, las sortijas, las diademas, las sandalias con suelas de oro, las capas bordadas, los escudos y los abanicos, los pectorales, los instrumentos musicales, los valiosos libros en sus estuches de cuero. Todo. Incluidos los dos enormes discos de oro y de plata representando el sol y la luna.

Emitía así un doble mensaje. Mi envío representaba un valor intrínseco, digamos abstracto, si se le reducía a su dimensión monetaria: varios miles de pesos de oro. Le hacía saber al rey que mi conquista mexicana generaba fabulosas riquezas. Claro, hacía trampa; la Corona pensaría que se trataba del quinto real y que había guardado, según la regla, los otros cuatro quintos para mí. Le daba vida a una ilusión multiplicando artificialmente mi botín. Suscitaba ensueño y recelo, elementos esenciales de la dinámica del poder, ya pudiste comprobarlo.

73

Pero había algo más. Una convicción más personal. Con esa decisión, quería afirmar la idea de que la tierra mexicana era una tierra de cultura, enraizada en los siglos de los siglos. No enviaría lingotes de oro sino obras de arte. Además, quizá lo hayas sabido, al recibirlos, Chièvres montó una exposición de dichos objetos de gran valor en el primer piso del Ayuntamiento de Bruselas. Y esa manifestación única en su tipo atrajo la atención de toda Europa. Hasta el gran Alberto Durero asistiría a esa exposición para maravillarse del talento de los artistas mexicanos.

Claro está que Chièvres, como buen político, hizo coincidir la exposición de Bruselas con la coronación de Carlos V en Aquisgrán, en octubre de 1520. Ello le permitía al nuevo emperador recibir las alabanzas por sus conquistas en curso a la vez que tranquilizaba a los banqueros alemanes que habían costeado su elección. Pero lo importante era que se trataba de *mi* botín. Me volvía indispensable para el rey y su corte.

Por el momento, debía adelantarme al gobernador Velázquez, quien no se daba por vencido y maniobraba tras bambalinas. Le escribí una carta al rey. En tercera persona: oficialmente, era el cabildo quien escribía. Con cierta insolencia, asociaba a Carlos con su madre, Juana, encerrada en Tordesillas, pero oficialmente "reina-propietaria". La carta describía mi llegada a Culúa, la fundación de Veracruz, mi elección como capitán general. Era ambiguo. Le hablaba de mis resoluciones, de la libertad de mis decisiones y de tal suerte le pedía ratificar mi acción. Le ofrecía en bandeja de plata lo que hasta entonces sólo era la promesa de una conquista. Pero adjuntaba a mi carta el inventario de los regalos de Motecuzoma y de los príncipes totonacas, ese famoso quinto real que llevarían dos caballeros escogidos por mí: Alonso Hernández Puerto-carrero y Francisco de Montejo, los dos representantes más eminentes de las autoridades electas de Veracruz. Habían recibido instrucciones de navegar directamente hacia España evitando la proximidad de las costas de Cuba. Con ayuda de nuestro piloto mayor, Antón de Alaminos, supieron cumplir perfectamente con su misión.

Mi querido Martín, si algún día lees el texto de esa carta que le escribí al rey desde Veracruz, verás que habla extensamente de

Gerónimo de Aguilar, nuestro intérprete, pero en la que no digo ni pío de tu madre. Su nombre no aparece por ninguna parte, su papel nunca es mencionado. No fue por desdén, sino por una razón de comprensible molestia. Al encargarle a Puertocarrero esa misión de confianza, sabía que lo alejaba voluntariamente para recuperar a Marina. La solución era honorable, pero el asunto era, sin embargo, sensible; retomaba lo que había dado, separaba lo que Dios había unido en la persona del padre Olmedo, quien había bendecido los matrimonios de Centla. Era más sencillo callar su nombre hasta la partida del barco. Ese silencio era una concesión de cortesía para Puertocarrero, una omisión destinada a salvar las apariencias. Por decencia, o por prudencia, esperé poco más de una semana antes de recibir a Marina bajo mi techo.

Debe decirse que la partida del barco que llevaba a España todos los tesoros acumulados en seis meses de campaña les arrebataba toda esperanza a los hombres de mi tropa. Estaban totalmente desmoralizados. No podía en ningún caso explicar mi estrategia profunda, pero tampoco podía ya no decir nada. ¿Para qué soportar esos combates, esas noches de vigilia, esas marchas extenuantes, esa perpetua amenaza de lo desconocido, si todo lo ganado era enviado a un rey lejano, ignorante de las dificultades del terreno? Esas interrogantes eran legítimas. El malestar era general. La enfermedad de mi bando tenía dos formas, una curable, la otra incurable. Fui médico con unos, firme con los otros. Descubrí bastante pronto que la oposición de los dos grupos se hallaba polarizada por mi propia persona: tenía adeptos dispuestos a seguirme al precio que fuese y tenía enemigos comprometidos plenamente con Velázquez. A éstos les había dado razones objetivas de querer volver a Cuba. Me había colocado en una situación complicada y de ello era yo el único responsable. Al afinar mi investigación, descubrí que existían, como en toda manada, cabecillas y seguidores. Me enfoqué entonces en la hipótesis de una represión restringida, empezando por curar a aquellos que podían serlo.

En esta ocasión, las palabras no bastaban ya. Les revelé a mis allegados y seguidores bajo juramento del secreto que no le había enviado todo al rey como lo había hecho creer. Me quedaba de hecho una caja negra que deseaba reservar para aquellos que me siguiesen. Y heme entonces distribuyendo por acá un anillo de oro, por allá un pendiente, por acullá una cadena labrada o un collar de jade. El argumento era sencillo: ya hemos obtenido mucho estando lejos de Mexico, mucho más obtendremos yendo ahí mismo. Y el oro servía como espejismo, cristalizaba la esperanza, calentaba los corazones.

Mis oponentes cometieron un error: habían decidido robar un barco para ir a Cuba y venderle su información a Velázquez. Fueron sorprendidos de noche en flagrancia sin haber tenido el tiempo de ejecutar su plan. Los cabecillas fueron aprehendidos y organicé en tanto que justicia mayor las audiciones de los inculpados. Para los acusados, todo en realidad era negociable; no siempre lo entendieron. Perdoné ampliamente, usando el arma de la magnanimidad. Incluso con el padre Díaz. Amenacé con denunciarlo ante la Inquisición porque era judaizante en secreto; como era circuncidado, lo asaltó el miedo; así, dejó de sermonearme. Yo tenía un problema de fondo con los pilotos y los marineros de la expedición: se rehusaban a transformarse en hombres de a pie; la perspectiva de abandonar sus naves y de marchar hacia Tenochtitlan no les convenía en absoluto. Ellos se hallaban entonces en el meollo de la rebelión. Debí decidirme por castigar. Hice que le cortaran dos dedos del pie a un piloto; dos marineros testarudos fueron azotados. Por desgracia me enfrenté a dos recalcitrantes que no quisieron entrar en razón; como ejemplo, fueron colgados. Mis pérdidas fueron finalmente mínimas. La ley de la guerra, que conoces, es ruda, pero piensa, mi querido Martín, ¡que Carlos V levantó todo un ejército para arrasar su ciudad natal! Aquí, en Veracruz, no tenía que vengarme de nadie. Pero saqué las consecuencias de lo que ese episodio me enseñó: mandé barrenar las naves. La Iglesia está acostumbrada a dicha práctica: suprimir la tentación para ayudar al pecador. Estupefacto por el duro golpe que asesté, lo disfracé de una falsa interpretación técnica: oficialmente, los barcos estaban carcomidos por la broma, esos intrépidos gusanos que se nutren de la madera que flota, y fueron barrenados en nombre de la seguridad. Nadie se tragó el cuento, todo el mundo lo había entendido. Inicialmente, había perdonado dos navíos porque pertenecían a Amador de Lares. Pero dos días después, recapacité y le compré los barcos para hundirlos. Lo hicimos a conciencia, con método, desarmando lo que podía ser desarmado, salvando lo que podía ser salvado, las anclas, los cabos, las sogas, las velas, las tablas del puente, las poleas, las bombardas, los barriles de pólvora, los toneles de vino. Todos vieron que no se trataba de un capricho, sino del sello de una profunda convicción. No habría marcha atrás. Nuestra suerte estaba echada. Mi vida con Marina empezaba.

CAPÍTULO 10

TLAXCALA

Después de tantas emociones, pensaba poder descansar un poco. Nada de eso. Mi presencia en estas costas atraía a los envidiosos. Apenas instalados en Quiahuiztlan, apercibimos las velas de cuatro navíos armados por Francisco de Garay, el gobernador de Jamaica, antiguo compañero de Cristóbal Colón, que ya se creía dueño del imperio de Motecuzoma. El notario de Garay no tuvo el gusto de tomar posesión de nada: fue aprehendido por mí, él, sus testigos y sus hombres de la escolta. Los encarcelé y mantuve como rehenes. El comandante de la flota no insistió: los cuatro barcos izaron velas hacia Jamaica.

No pude evitar pensar en la ingenuidad humana. ¿Cómo unos españoles podían estar a tal punto ciegos de creerse capaces de pisar Tierra Firme, territorio extranjero, densamente poblado, depositario de una cultura milenaria? ¡Como si bastara desembarcar en una playa con un letrado! Yo mismo, después de tantos años de preparación, estaba al principio de mi empresa y te lo puedo confesar, mi querido Martín, no sabía en absoluto si sería capaz de lograr mis metas. Por mucho que procedía con análisis y juicio, mi proyecto de aceptación mutua seguía siendo una aventura. Los acontecimientos futuros caerían en lo imprevisible.

Dejé Cempoala el 16 de agosto de 1519 para marchar hacia Tlaxcala. El incidente de los navíos merodeadores me incitó a conservar 150 hombres en Veracruz, dos cañones simbólicos, así como dos caballos. Lo quisiese o no, llevaba a cabo una doble operación. Me enfrentaba a lo desconocido y al recelo de mis competidores.

La idea de Tlaxcala me la sugirió el señor de Cempoala. Éste, deseoso de rebelarse contra el poderío de Mexico Tenochtitlan, me había contado de la rivalidad secular existente entre las poblaciones del valle de Mexico y las que ocupaba la inmensa y fértil llanura al este de los volcanes. Me había descrito la situación. Por un lado, el poder estaba organizado alrededor de una alianza de tres ciudades, Mexico, Tlacopan y Texcoco; por el otro, existía una triple alianza simétrica entre Tlaxcala, Cholula y Uexotzinco. Cada conjunto agrupaba más o menos el mismo número de habitantes; tres millones en los alrededores del lago de Mexico, tres millones al este de los volcanes. En realidad, era Mexico y su soberano los que ejercían el poder en el altiplano cuando no existía razón objetiva alguna susceptible de justificar tal hecho: tanto en Tlaxcala como en Mexico se hablaba el mismo idioma, el nahuatl; se compartía la misma percepción del orden del mundo, la misma organización social, el mismo nivel de desarrollo cultural. Sin embargo, la rivalidad era real y antigua. Se había generado en Tlaxcala un sentimiento de frustración histórico y un abierto desafío hacia la élite que gobernaba Mexico. Yo estaba convencido de que probablemente ahí se hallaba un terreno fértil para hacerlo fructificar. Marina me apoyó en ese sentido. Así que partí hacia Tlaxcala sin idea preconcebida, pero con una dulce esperanza de que podría tocar una fibra sensible.

¡Pero tenía que llegar hasta allá! Aquí es donde tu madre jugó un papel significativo. Me explicó la organización territorial de su país natal. Era algo diferente de lo que existía en las islas. Fue una revelación. En pocas palabras, mi querido Martín, te revelaré el secreto de mi marcha victoriosa hacia Tlaxcala. Descubrí, hablando con Marina, la peculiaridad de las ciudades mexicanas: se componen de tres territorios de diferente naturaleza. En el centro se erige el conjunto ceremonial, sede del poder, rodeado de zonas habitacionales. Alrededor, se extienden tierras vírgenes de ocupación, ni habitadas ni cultivadas. Luego, en la periferia, se hallan los campos de cultivo dedicados al maíz, al jitomate, al frijol, a la calabaza, al chile. Los campos no son habitados: los hombres que los cultivan caminan cada día de su casa a su campo; ese trayecto puede tomar media hora, una hora, en ocasiones hora y media. He aquí la esencia de la organización del espacio de los hombres. Ese espacio pertenece en común a dos culturas que cohabitan, una sedentaria, la otra nómada; una agrícola, la otra dedicada a la caza y a la recolección. Así, el agricultor puede volver a ser nómada para llegar a su cultivo; durante su recorrido puede cazar un pájaro, atrapar una iguana, cosechar frutas o plantas silvestres.

Normalmente, para viajar, para atravesar la región, conviene seguir los caminos que bordean el territorio de las ciudades. Ya que estaban bajo el régimen de libre acceso, con toda lógica hubiese debido tomar esos caminos. Pero sabía que las tropas de Motecuzoma no me dejarían pasar, que me esperarían en ese trayecto previsible. Opté entonces por lo imprevisible. Atravesé las ciudades que aparecían en mi trayecto por las zonas de naturaleza virgen que todas conservan en su seno. Sólo se hallaban senderos que recorrían los cultivadores al amanecer y al atardecer. Mi tropa pudo así progresar sin enfrentar hostilidad; evitaba las aglomeraciones, respetaba las parcelas cultivadas, avanzaba evitando las trampas y las emboscadas. No estaba al frente de un verdadero ejército. Sólo me acompañaban trescientos españoles, de los cuales quince iban a caballo, algunas decenas de marineros taínos convertidos en soldados de infantería, algunos dignatarios de Cempoala y solamente un millar de guerreros totonacas. Una fila de cargadores indígenas aseguraba el transporte del abastecimiento.

Escalamos la cordillera, descubrimos la fría belleza de los altiplanos, sentimos la magia de los horizontes infinitos. Los magueyes eran ahora nuestros compañeros de viaje. Nuevas estrellas se incrustaban en el cielo. Era feliz, amaba este país; amaba sus matices, su anchura, su dulzura. Marina caminaba a mi lado.

Una mañana, dimos con un muro. Más bien, un murete. Una sorprendente construcción de piedras secas de una vara de alto. Mis guías fueron formales; se trataba del límite de las tierras pertenecientes a Tlaxcala. Decidí enviar cuatro embajadores totonacas para solicitar permiso de paso. Esperé tres días; no volvieron. Mala señal. Así que me arriesgué. Salté por encima del murete. Entramos en un mundo extraño: el sendero estaba obstruido por unos hilos tendidos entre los árboles de los que pendían papeles de amate que daban vueltas con el viento. En espacios regulares, el camino se veía interrumpido por cuatro filas de magueyes recientemente plantados. Señales todas ellas imaginadas por las instancias tlaxcaltecas para disuadirnos de seguir avanzando. Nos invadía una angustia latente. Envié jinetes como emisarios. Cayeron en una emboscada. Los guerreros de Tlaxcala se ensañaron con los caballos y mataron a dos. Antes de que pudiera tomar decisión alguna, estábamos frente a un escuadrón de cinco mil combatientes vociferando y gesticulando. Vuelan las flechas, nuestros arcabuceros disparan algunas cargas. Pero los tlaxcaltecas sólo libran un simulacro de combate antes de retirarse. Todo esto es sólo un montaje.

Recibimos la imprevista visita de dos embajadores tlaxcaltecas que vienen en nombre de los jefes de la ciudad a presentar sus disculpas por las escaramuzas que acaban de producirse. Quieren saber quiénes somos. Es entonces que Marina interviene. Se presenta a mi lado. En realidad, no sé dónde se encontraba Aguilar en ese momento. Soy entonces testigo de una escena perturbadora. Cuando tu madre empieza a hablar, los dos plenipotenciarios de Tlaxcala quedan boquiabiertos, subyugados. En un nahuatl perfecto, Marina explica que venimos del este, enviados por un gran señor que reside más allá del mar; que deseamos aliarnos con la ciudad de los volcanes para marchar hacia Mexico; que queremos la paz. Dice "nosotros", girando cada vez hacia mí. Ya no es una simple vocera, es un elemento constitutivo de una pareja que deja mudos a los embajadores. Asume reclamar el regreso de los cuatro dignatarios de Cempoala. Claramente me doy cuenta de que los interlocutores han caído bajo su encanto. Ahora bien, no todo puede explicarse por la sola belleza de tu madre. En ese momento sucede algo misterioso.

La noche fue tensa. Estábamos en guardia y no habíamos desensillado los caballos. De madrugada, los dignatarios de Cempoala, liberados, volvieron al campamento, horrorizados por el trato al que fueron sometidos, al violar todas las reglas diplomáticas vigentes en esta tierra. Una hora más tarde, estamos frente a una tropa de cien mil guerreros, listos para el combate, enardecidos por el sonido de las bocinas, caracoles y atambores que ya habíamos escuchado en Centla.

Comprenderás, mi querido Martín, que era incapaz de enfrentar el combate. Por fortuna, nuestros adversarios pelean sin convicción, como con cierta reticencia, como si sólo estuvieran en una ofensiva de intimidación. Sólo sufrimos algunos heridos. Al día siguiente, ciento cincuenta mil están frente a nosotros. Hasta la lejanía cubren el terreno. Los asaltantes tampoco libran una batalla en toda regla, pero sin embargo debo contabilizar varias bajas. La actitud de Tlaxcala es un definitivo rechazo a cualquier diálogo. La situación parece no tener salida. Desde mi tropa surgen murmuraciones de descontento. ¿Hay que sonar retirada? ¿Pero para ir adónde?

Me despierto al día siguiente con una sorpresa: una embajada de Tlaxcala trae alimentos a mi real: cargas de maíz y guajolotes. Los mandatarios comentan dicha ofrenda con su peculiar humor: "Preferimos comernos a nuestros cautivos bien alimentados. Saben mejor". Han agregado cinco esclavos destinados al sacrificio; quieren ver si vamos a sacrificarlos de inmediato. No es imposible que nos consideren dioses. La presencia de Marina los perturba.

Decido aprovechar la situación. Al resumir todo lo que Marina me ha contado sobre ella, sobre su ser íntimo, sobre las creencias de su pueblo y la génesis del mundo, afino una estrategia. De ahora en adelante, en todos los encuentros con los indígenas, apareceré sistemáticamente al lado de tu madre. Quiero recrear la imagen de la pareja primigenia y creadora y reinstalar a la mujer en el ámbito del poder. Y con una sutileza suplementaria: como llegué por el este, tomaré los colores simbólicos del oriente, el negro y el rojo. Los colores de las tintas que sirven para escribir siempre han designado aquí el saber, la cultura, la memoria. *In tlilli, in tlapalli*: son los colores del este. Al vestirme de negro y de rojo, puedo alargar el equívoco. Quizá podrían creerme Quetzalcoatl, "la serpiente emplumada", dios civilizador que algún día huyó hacia el este y desapareció en una balsa en altamar. En cuanto a Marina, también quiero que proyecte la imagen de una diosa. Así que llevará el cabello caído y un huipil largo, inmaculado, discretamente bordado con azul-verde, atributo de Chalchiuhtlicue, la diosa del agua.

Al día siguiente se presenta una delegación de cincuenta guerreros tlaxcaltecas, oficialmente para traer alimentos en signo de paz. Su comportamiento es sospechoso. Mis aliados de Cempoala los identifican como espías enviados como adelantada y me invitan a ser firme. Cierto es que esa hipocresía de los dirigentes de Tlaxcala me exaspera. Mando apresar a los cincuenta espías. El clan totonaca me sugiere mandarlos mutilados; tal era la tradición con guerreros haciéndose pasar por diplomáticos con el fin de preparar un acto de guerra. Si fuesen descubiertos, se les cortaba generalmente una oreja o la punta de la nariz. En tanto que diplomáticos maltratados en Tlaxcala, mis amigos de Cempoala urden una venganza personal: me explican que la esencia del guerrero se halla en dos dedos, el índice y el mayor de la mano derecha, aquellos utilizados en el *atlatl*, el propulsor de dardos. A falta de esos dedos, un guerrero no es apto para el combate. Así que envié de vuelta a los espías sin esos dos dedos. Era una escalada y una toma de riesgo, pero el mensaje quedaba claro: no era un forastero de paso, sino un chichimeca ya integrado a los usos y costumbres ancestrales.

Al día siguiente, recibía la visita de Xicotencatl, uno de los cuatro jefes de Tlaxcala, quien venía en persona hablar de paz. Avanzaba a la cabeza de una comitiva de notables vestidos con mantos de algodón rojo y blanco. No se veía ni un tocado de guerra, ni un penacho de plumas, únicamente el elegante movimiento de los abanicos circulares. La pequeña tropa se detuvo frente a mi aposento. Apenas hube salido con Marina, Xicotencatl se prosternó, así como todos sus acompañantes. Los sacerdotes que estaban presentes nos incensaron. El copal crepitaba. Y fue muy satisfactorio ver cómo la violencia, ayer tan presente, se disipaba en el humo del incienso. Las sombras de un volcán se esfumaban de la contraluz. El cielo había sido lavado por las lluvias de la noche. Un extraño silencio flotaba sobre la escena. Permanecí mucho tiempo mudo, como petrificado, dejando imponerse la imagen de nuestra pareja. Luego invité a la delegación tlaxcalteca a que se levantara. Había ganado la partida.

Lo demás fue rutina: las declaraciones de buena voluntad, los ofrecimientos, los asentimientos, la firmeza, la solemnidad, los impulsos del corazón, el lenguaje de las emociones. En todo ello Marina era excelsa. En la forma, yo hablaba, ella traducía. Pero sabía por adelantado lo que yo iba a decir; la complicidad era perceptible. Nuestras palabras llevaban a la adhesión. Una alquimia secreta estaba operando. Tlaxcala era ahora nuestro aliado.

Apenas Xicotencatl se había retirado con su séquito, unos emisarios de Motecuzoma se anunciaron. Prueba de que yo estaba instalado en el centro de los juegos del poder. Pero permanecía prudente; sabía que tanto en Mexico como en Tlaxcala todos vacilaban todavía entre negociar una alianza con nosotros o exterminarnos pura y llanamente. Me mantenía alerta. Es posible que el soberano azteca haya tenido miedo al verme cerrar un pacto con los tlaxcaltecas. Pero su idea seguía siendo la misma: cubrirme con regalos con la esperanza de verme partir. ¡Tal procedimiento sólo alimentaba mi botín de guerra! Solicité, sin embargo, sin muchas esperanzas, una nueva demanda de audiencia con Motecuzoma. Los embajadores mexicanos me dijeron cortésmente que la transmitirían y se retiraron.

Emocionados por el hecho de que había recibido una embajada de Mexico, los cuatro señores de Tlaxcala decidieron pasar al acto y concretar la perspectiva de una alianza. Vinieron a verme los cuatro con gran pompa para invitarme a entrar a la ciudad. Nuestra entrevista fue extraña; nuestros interlocutores se habían volcado en una suerte de fascinación ante la pareja que formaba con tu madre. Esa pareja mixta no era fácil de entender. Los intrigaba. ¿Quién era esa mujer indígena de evidente belleza al lado de un hombre blanco, señor del fuego y de los caballos? ¿Quiénes eran esos recién llegados que no comían carne humana pero respetaban prácticas rituales, se expresaban en nahuatl y querían instalarse en el país? Estábamos fuera del marco de comprensión habitual. ¡Agregaría que la mayoría de los miembros de mi tropa, hombres rústicos, tampoco comprendían cómo lograba yo ganar batallas sin librarlas!

Entramos en Tlaxcala el 18 de septiembre, casi un mes después de nuestra partida de Cempoala. ¿Cómo describirte la escena? Tuvimos un éxito de curiosidad. La gente había subido a sus techos o se apretujaba en las calles. En cuanto a nosotros, reinaba la desconfianza. Los embajadores de Motecuzoma nos lo habían advertido: seríamos ejecutados si entrábamos en Tlaxcala. Nos instalaron en el recinto del templo principal y a nuestros amigos de Cempoala en un templo adyacente. Se nos proveyó de toda la alimentación necesaria. Di la orden de conservar nuestro sistema de vigilancia: montar guardias, hacer rondas, dormir con la espada a un lado, vigilar los caballos. Decidí que nadie tenía derecho de salir de los límites de la residencia que se nos había asignado.

La noche no fue placentera. Al día siguiente, para hacer que las cosas se movieran, hice dar misa al pie del Gran Templo en un altar improvisado. Estando enfermo el padre Olmedo, fue el padre Juan Díaz quien celebró la primera misa en Tlaxcala. Invité a los cuatro jefes de la ciudad, quienes me honraron con su presencia. Sentían confusamente que en mi actuar había una parte de provocación. Y respondieron con el mismo tono. Me ofrecieron con cierto protocolo unas piedras verdes de baja calidad y telas tejidas con fibras de maguey que sólo llevaban los campesinos, ¡explicándome que no conseguiría nada más puesto que la gente de Mexico les robaba todas sus riquezas! Así, jugamos al gato y al ratón todo el día. Pero hubo un primer cambio importante. Los dignatarios de Tlaxcala decidieron dirigirse a mí diciendo *Malitzine*. Ello significaba "dueño de la venerable cautiva". En su vocabulario de guerreros, Marina me estaba, a partir de entonces, consustancialmente asociada. Era un elemento extremadamente positivo. La idea de la pareja se había impuesto. Y tras la noción de pareja estaba la idea de linaje, de descendencia, tan importante para los nativos. Imaginarás cuánto lo era también para mí en la perspectiva del mestizaje.

Al día siguiente tuvo lugar una ceremonia conmovedora. Los jefes de Tlaxcala vinieron a nuestro aposento para ofrecernos a cinco de sus hijas. Eran jóvenes y bellas, vestidas como princesas. Estaban destinadas, según sus padres, a mis principales lugartenientes. "Les ofrecemos a nuestras hijas como esposas para que tengan con ustedes una descendencia, pues son nuestros hermanos, ustedes tan valientes y bravos en combate". Así se expresaba el viejo Xicotencatl. Le di su hija a Pedro de Alvarado. Los demás jefes se expresaron de la misma manera. Pero sólo querían entregar a sus hijas a los hombres de a caballo; ¡las jóvenes princesas debían tener esposos de buena casta! Obedecí. Las cinco jóvenes mujeres estaban acompañadas por trescientas sirvientas, reflejo de su alto rango. Hubo que conseguir lugar para toda esa gente, pero el curso de los acontecimientos colmaba mis más secretas esperanzas.

Con Tlaxcala, el pacto quedaba sellado. Bautizamos a todas esas jóvenes mujeres, agotando la lista del santoral. Permanecimos veinte días compartiendo la vida de nuestros nuevos aliados en un ambiente de buen humor y de respeto mutuo. No dejaba ahora de maravillarme. Tendía a pensar que todo aquí era mejor que en Castilla. La hierba era más verde y los árboles subían hasta el cielo. El canto de los pájaros valía al del ruiseñor y los ojos de Marina me devolvían la imagen de una felicidad llena de confianza.

CAPÍTULO 11

CHOLULA

Había negociado un lugar para un crucifijo y una imagen de la Virgen en el templo principal de Tlaxcala. Acoger a las divinidades de los migrantes era aquí una práctica común. Los sacerdotes de los ídolos no lo objetaron, pero estimaban que nuestro aporte era algo redundante. En su panteón ya tenían una virgen madre, Tonantzin, y numerosos dioses sacrificados. Aceptaron, sin embargo, nuestros objetos de devoción de buena gana. El cristianismo entraba por la puerta trasera, vigilado por ídolos de notable anterioridad. Habrá que ser paciente.

Éramos muy felices en Tlaxcala, pero no perdía de vista mi objetivo: llegar hasta Mexico. Así que lancé la voz de partida. Mis aliados me ofrecieron una escolta de cien mil guerreros. Mi pequeña tropa se estaba convirtiendo en un cuerpo expedicionario. Decidí desviarme hasta Cholula, a sólo pocas leguas. Cholula era una ciudad de primera importancia, económica y culturalmente. De muy antigua fundación, poseía la pirámide más alta de Mexico. Se hablaba un nahuatl muy puro que honraba a sus habitantes. Mis amigos de Tlaxcala, en particular el jefe Maxixcatzin, que mucho me apreciaba, me desaconsejaba firmemente el ir. Oficialmente, Cholula pertenecía a la misma alianza que Tlaxcala, pero desde nuestra llegada, la gente de Cholula había sido sensible a la influencia de Mexico y algunos de sus dirigentes eran considerados como poco seguros.

De hecho, los embajadores de Motecuzoma, que de alguna manera habían tomado residencia permanente a mi lado, me alentaban a hacer escala en dicha ciudad. Era sospechoso. Pronto llegó información alarmante: Cholula se preparaba para tendernos una trampa y organizaba una emboscada en toda regla. Los conspiradores les temían sobremanera a los caballos. En las calles habían cavado fosas disimuladas a la vista para entrampar nuestras monturas; en otro lado, en las callejuelas más estrechas, un conjunto de varas se había colocado para impedir el paso de los caballos. Los techos de las casas se habían transformado en depósitos de municiones. Nuestras jóvenes casadas de Tlaxcala, muy bien informadas, tenían miedo a acompañarnos. Supe además que Motecuzoma había enviado veinte mil guerreros para detenernos: la mitad ya estaba presente en la ciudad, la otra nos esperaba a la salida, escondida en los bosques. Ir a Cholula era meterse en la boca del lobo. Sin embargo, aún a sabiendas, mantuve mi proyecto. ¿Por qué? Estoy consciente de que te debo una explicación.

Mi querido Martín, te confesaré lo inconfesable. Cholula era más que un mercado grande, más que una bella ciudad, más que campos de maíz hasta la lejanía; era lo que llamaríamos una ciudad santa. Era un lugar de peregrinación muy frecuentado. ¿Y adivina a qué divinidad se veneraba? A Quetzalcoatl. A partir del momento en que había decidido jugar con la ambigüedad de mi persona, de vestirme de negro y de rojo, de sugerir por mi actitud que podía tener algún vínculo con el muy antiguo dios del este, Cholula era una prueba interpuesta en mi camino. Si iba, ello acreditaba mi componente divino. Si no iba, ello eliminaba dicha hipótesis.

Del trasfondo del asunto sólo hablé con tu madre. Has de saber que me impulsó a tal viaje a sabiendas de que conocía el riesgo. Recibí su propuesta como una inmensa marca de confianza que todavía me conmueve al escribir estas líneas tantos años después.

De entrada, la situación se veía mal. La gente de Cholula se negó a dejar entrar a los guerreros tlaxcaltecas que nos acompañaban. Hubo que convencerlos de acampar ante los muros de la ciudad. Con ello perdíamos gran parte de nuestra protección; sin embargo, conseguí ser acompañado por el destacamento de Cempoala y por los tlaxcaltecas que llevaban mi artillería. Fuimos recibidos en la entrada de la ciudad con una suntuosidad que sonaba falsa. Esta vez, el incienso me pareció una cortina de humo que ocultaba malignas intenciones.

Los de a caballo, debidamente informados del lugar de las trampas colocadas a la mitad del camino, supieron evitarlas avanzando por los costados de la calzada. Nos llevaron a nuestro lugar de residencia, que tenía la particularidad de estar rodeado por altos muros. De alguna manera, quedábamos encerrados. Por seguridad, aprehendí a los cuatro embajadores de Motecuzoma que manifestaban un comportamiento equívoco; serán susceptibles de servirme de rehenes en caso necesario. El ambiente no inspiraba confianza.

Al día siguiente de nuestra llegada, dejamos de ser alimentados. Era una señal más que alarmante. Tuve una intuición: hacer jugar al clero contra el poder político. Hice traer a mis aposentos a los dos sacerdotes principales que llevaban por título el nombre *Quetzalcoatl*. Los colmé con regalos que mostraban la consideración que les tenía. Y Marina los interrogó en mi presencia. Sentí que estaban dudosos en cuanto a nosotros. Y que no avalaban el actuar de sus jefes. Me revelaron que Mexico les había puesto precio a nuestras cabezas y que parte de los dirigentes de Cholula, traicionando a sus aliados tlaxcaltecas, habían organizado la trampa en la que habíamos caído. Agregaron una información interesante: Motecuzoma nos quería vivos para sacrificarnos en la cima del Gran Templo de Mexico Tenochtitlan. Era la práctica prehispánica. No se mata en el campo de batalla sino en la piedra de los sacrificios. La gente de Cholula había obtenido quedarse con veinte cautivos españoles solamente; todos los demás debían ser llevados a Mexico bajo custodia de los veinte mil guerreros mexicanos que habían sido enviados aquí con tal propósito. Nuestros días estaban contados.

Más tarde por la noche, a Marina se le acercó una de las esposas de un alto dignatario de Cholula. Con el afecto que le mostró a tu madre, le propuso que fuera a refugiarse en su casa para evitar correr con la misma desastrosa suerte de mi tropa. Para entrar en confianza y como prueba de simpatía, ¡hasta le ofreció la mano de su hijo! En el transcurso de la conversación, Marina supo que el asalto a nuestro campamento tendría lugar al día siguiente.

Con esa información, decidí organizar nuestra salida. Debíamos extraernos absolutamente de esa trampa. De inmediato puse en pie con todos mis capitanes las modalidades de nuestra huida. Siendo el ataque la mejor defensa, al amanecer llamé a todos los dirigentes de Cholula. Los hice entrar en el patio de la residencia que se nos había asignado y mandé bloquear las salidas. Utilicé nuestra arma secreta: los caballos. Recibimos a los jefes de la ciudad montados en nuestras bestias. Marina habló. Con sus palabras, yo revelaba que sabía todo de la conspiración. Fácil era jugar al son de la traición, traición hacia las tlaxcaltecas, traición de la palabra que se me había dado personalmente. Bueno era insistir en las divisiones del poder, abrumando a aquellos que habían sido sobornados, respetando al clero que no quería enemistarse con los dioses. Marina denunciaba la sumisión de Cholula a Mexico, que iba en contra de siglos de independencia. De entre los acusados, unas voces se alzaron para incriminar a Mexico, que había presionado, había amenazado, había comprado conciencias. Los embajadores de Motecuzoma observaban. Concluí que tal deslealtad no podía permanecer impune.

A mi señal, todos los jefes de Cholula fueron muertos por el filo de la espada, a excepción de los sacerdotes, a quienes había decidido perdonar. Sabía que llegaría una reacción. Para salir de la ciudad, debíamos recorrer cerca de legua y media. Los guerreros emboscados en todas las casas, agazapados en los techos, no nos facilitaron la huida, pero su vacilación nos benefició. Habían recibido la orden de apresarnos vivos; ahora bien, la situación ya no era la misma. El combate degeneró en un cuerpo a cuerpo confuso, pero teníamos la ventaja de la sorpresa y los guerreros de Cholula carecían de cualquier mando. Los cuatro embajadores de Motecuzoma nos sirvieron como escudos humanos. Casi todos logramos salir del mal paso, tanto los españoles como nuestros amigos de Cempoala, los de a caballo y los de a pie, las esposas de mis capitanes y los cargadores a cargo de la artillería. Le entregué entonces la ciudad a los cien mil guerreros tlaxcaltecas que esperaban afuera. No te diré que no hubo represalias: ¡la mitad de la ciudad fue saqueada!

Hice que los combates cesaran bastante rápido. Recibí una delegación de los jefes de los barrios que se desentendían de la acción llevada a cabo por las autoridades centrales. Declararon estar a favor de concluir una alianza conmigo. Lo hice poner por escrito ante notario. Había que evitar a toda costa que la situación se convirtiera en una guerra convencional. Convoqué a un gran llamado de reconciliación; los tlaxcaltecas devolvieron a sus cautivos a pesar de algunas protestas; hice reabrir el mercado de Cholula, limpiar las calles, reparar los templos.

Aproveché el vacío político que había creado para nombrar un nuevo señor. Después de consulta, opté por uno de los hermanos del soberano difunto. Ruptura y continuidad. Informé que marcharía hacia Mexico. Acepté por supuesto la escolta militar que ahora me proponía Cholula. Y, por fin, les di autorización a los embajadores mexicanos de transmitirle a Motecuzoma los acontecimientos que habían presenciado. La trampa de Cholula, tan meticulosamente preparada, no había funcionado. Sabía lo que se murmuraba en la Corte de Mexico. La ciudad santa me había protegido. Éramos *teules*. Esa palabra era ambigua puesto que significaba, a la vez, "señor" y "dios". Pero se impuso tal vocabulario. A partir de ahora, era percibido como un elemento atípico, incontrolable. Y una duda se instalaba en las mentes de las poblaciones: quizá los dioses de los recién llegados eran más fuertes, más poderosos que los suyos.

CAPÍTULO 12

TENOCHTITLAN

Las lluvias habían cesado, los campos habían reverdecido, el aire era sereno. Organizaba mi expedición hacia Mexico. Gran parte de esa preparación fue para mí más intelectual que material. Pasaba largas horas con Marina, quien me servía como informante. Mi curiosidad por el mundo mexicano no tenía límites. En seis meses, nuestra conversación se volvió más fluida, más espontánea; progresábamos harmoniosamente en la comprensión de nuestros idiomas naturales. Prefería que tu madre me hablase en nahuatl; me exigía a su vez que lo hiciese en castellano. Nos entendíamos.

Fue a propósito de la naturaleza del poder en Tenochtitlan que tuvimos una conversación determinante. El título que llevaba Mote-cuzoma era el de *tlatoani*. A menudo lo traduje como "emperador" para no dejarle el monopolio de ese rango a Carlos V. Pero estoy consciente de que esa traducción es imperfecta; la palabra quiere decir "aquel que habla", "aquel que tiene la autoridad de la palabra". Dejé a un lado el verdadero sentido del título puesto que en la Biblia el poder de la palabra le pertenece a Dios. Dios crea el mundo por la palabra. "Dios dijo: 'que la luz sea' y la luz se hizo". Temía ser tachado de herético al convertir a un rey pagano en otro Yahvé. El *tlatoani* mexicano tenía su doble en un "viceemperador" que no era ni el jefe de los ejércitos ni el jefe de los sacerdotes. Me intrigaba su función y por su título: se llamaba *ciuacoatl*, "serpiente-mujer". Marina me reveló la historia: era la de la dominación de los hombres sobre las mujeres. Originalmente, las ciudades eran administradas por una pareja. Un hombre y una mujer. A grandes rasgos, antaño había un

92

rey y una reina. Representaban los dos sexos de la sociedad. Era un símbolo. Pero las antiguas funciones correspondientes a las mujeres fueron acaparadas en un momento dado por los hombres. Piensa, mi querido Martín, ¡que se empezó a representar a hombres con un bebé en los brazos o moliendo maíz! Todos los antiguos papeles femeninos, toda la jerarquía de los oficios históricamente ocupados por mujeres se volvieron tareas masculinas. Así fue como la función de *ciuacoatl*, que era el antiguo título de la reina, fue ocupada por un hombre.

Entendí la ventaja que de ello podía obtener. Imponiendo a tu madre como mi *alter ego*, le enviaba una señal a la mitad femenina de la población. Marina tenía su revancha. También entendí otra cosa. El mundo indígena funcionaba como un ensamble de parejas opuestas: el día/la noche, el calor/el frío, el poniente/el levante, la derecha/la izquierda, el cielo/la tierra, el hombre/la mujer, etc. Ahora bien, en una sociedad organizada con base en el binarismo, el hecho de despojar a las mujeres de su poder político desestabilizaba el sistema. Cuando aparecíamos uno al lado del otro, tu madre y yo, restablecíamos el equilibrio. Nuestra pareja tomaba un valor simbólico más allá de nuestras propias personas. Proyectábamos una suerte de imagen sobrenatural que conmovía los corazones y las conciencias.

Mi cortejo llegó a Uexotzinco, la tercera ciudad aliada de Tlaxcala. Fui bien recibido y las autoridades me ofrecieron jóvenes princesas según el ritual que ahora conocemos bien. Pusieron a mi disposición un destacamento de diez mil guerreros. Ahora contaba con el apoyo de ciudades importantes: Cempoala, Tlaxcala, Cholula, Uexotzinco. Ya había logrado un buen recorrido desde mi llegada encabezando una pequeña tropa de extranjeros blancos y barbados perdidos en medio de millones de indios hostiles. En realidad, nadie entendía lo que estaba pasando, pero había creado algo. Quizás un deseo por el mestizaje.

Motecuzoma había comprendido que ya nada podía detenerme. Pero no lo quería aceptar. Él o alguno de sus prójimos. Intentó, una y otra vez, hasta el último momento, que me desviara de Tenochtitlan. Sus embajadas no tuvieron ningún efecto a pesar de los suntuosos regalos que me mandaba cada vez. Proseguí mi marcha con una idea muy precisa de los atajos que debía tomar. El 2 de noviembre de 1519 llegamos al puerto de gran altitud que pasa entre los dos volcanes y marca el límite de las tierras de Tlaxcala y Mexico. Había alcanzado mi objetivo. La capital azteca estaba a mis pies. Perdimos el aliento. Por el escaso aire y los vapores de azufre que emanaban del Popocatepetl, pero también por el estupor causado por lo que estábamos viendo. O creíamos ver. ¿Podíamos creerlo? Algunos de mis hombres pensaban que estaban soñando. Personalmente, la primera idea que cruzó por mi mente fue del tipo literario; pensé en la materialización de un invento novelesco. Pensé ser Amadís de Gaula. Tenía el sentimiento de que la ficción se tornaba realidad. Luego me pregunté si no eran mis deseos que estaban tomando forma, mi imaginación que hacía existir mis sueños. Me interrogué. Me interrogué sobre la dificultad de ponerle palabras a lo que estaba viendo: todo era indecible. Con el tiempo, sé por qué. Pensábamos todos estar frente a un paisaje sublime, con un lago inmenso bordeado de colinas azuladas que se extendían hasta perderlas de vista. Pensábamos admirar una maravilla de la naturaleza. Pero en verdad todo en ese paisaje era humano, todo estaba construido, todo estaba vivo: las calzadas que sobrevolaban las aguas, las pirámides que lanzaban los humos de incienso hacia el cielo, las estelas de las canoas que dibujaban figuras aleatorias, el color de las flores cultivadas en el techo de las casas. Aquí, la naturaleza era humana, la belleza era el invento de los constructores de la ciudad. No estábamos preparados para entenderlo y no disponíamos de las palabras para decirlo.

Sentí cierto vértigo al imaginar lo que me quedaba por hacer. Entrar en la ciudad. Convencer a Motecuzoma y a su corte. Inventar un futuro. ¿Sabría hacerlo? La brillante mirada de Marina contestaba mis dudas.

Nuestra imponente columna inició la bajada hacia el valle de Mexico. Diego de Ordaz se había encargado de una misión delicada: bajar al interior del cráter del Popocatepetl para recolectar el azufre necesario para la pólvora. Aunque fuese simbólica, mi artillería necesitaba pólvora y había agotado mis reservas. Seguíamos un sendero forestal en ningún modo hecho para ver transitar algún día un ejército. Era estrecho y empinado, pero nos convino. No nos apuramos; ya no tenía prisa, el objetivo estaba a la vista. Tan poca prisa tenía por la angustia que me agobiaba. Te lo confieso, mi querido Martín, casi me dejé llevar por la procrastinación. Pero Marina llevaba buen paso, tenía que seguir. Nombraba como de costumbre los lugares que atravesábamos: Amaquemecan, Tlalmanalco, Ixtapalocan, Ixtapalapa.

Habíamos llegado al principio de la inmensa calzada que corría hacia el centro ceremonial de Mexico. Motecuzoma había organizado un derroche diplomático sin precedentes. Nos encontramos con un comité de bienvenida de altos vuelos; habían acudido en persona los señores de Texcoco y de Tlacopan, quienes codirigían la Triple Alianza con el soberano mexicano. Noté también la presencia de los señores de Colhuacan, de Coyoacan y de Ixtapalapa, parientes cercanos del tlatoani. Venidos en palanquines, con suntuosas vestimentas, todos exhibían un protocolo sofisticado en un espectacular despliegue de plumas verdes. El intercambio de regalos, con unos y con otros, me pareció eterno; pero me resigné, estoico sobre mi caballo, que de vez en cuando sí manifestaba su impaciencia con un relincho de llamativo efecto en los indígenas.

Por fin, nuestro cortejo emprendió el avance. Los señores del valle de Mexico lo encabezaban, los españoles seguían; mis tropas indígenas estaban agrupadas en la retaguardia. En realidad, había que abrirse paso en una multitud de curiosos surgidos de quién sabe dónde, hombres comunes, mujeres y niños, amontonados a nuestros pies. Por mucho tiempo había temido este recorrido por la calzada de Ixtapalapa, que me parecía dejarnos expuestos, pero por su inesperada presencia, esa muchedumbre nos ofrecía en definitiva una excelente protección.

En ese día del Señor, 8 de noviembre de 1519, entraba a Mexico Tenochtitlan. Estaba vivo, había escapado a las flechas de los indios, a las disenterías, a las fiebres, al veneno de la traición. Había transitado por una estrecha cresta, la del deseo del mestizaje, que me liberaba de las armaduras y del uso de la fuerza: no había caído. Quería tomar posesión de Mexico para impedir que un funcionario real mal preparado se lanzase en la aventura: había ganado esa carrera de velocidad. En el fondo, quería sentarme en el trono del glorioso Motecuzoma: casi lo lograba. Quedaba un misterio: ¿por qué lo había querido? ¿Qué me había impulsado a amar esta tierra hasta querer ser su amo?

El soberano estaba ahora a unos pasos. Bajaba de su palanquín y las escobas apartaban el polvo bajo sus pies. Me apeé. Tomé la mano de Marina y caminé en dirección de Motecuzoma; pero su guardia personal me dio a entender que no debía acercarme. Después de algunas palabras de bienvenida —nadie en realidad sabía qué decir— saqué el collar que llevaba para esta ocasión; era la insignia de una orden de caballería que había pertenecido a mi abuelo. Se lo entregué al chambelán de Motecuzoma y se lo colocó al cuello. No era un simple intercambio de buenos modales, era un acto profundamente simbólico. Al pie de las pirámides de la gran Tenochtitlan, el soberano mexicano entraba en mi familia y se integraba a la caballería hispánica. En reciprocidad, recibí un collar con camarones de oro y de coral. Lo tomé como una alusión al mar oriental, el mítico mar en el que había desaparecido Quetzalcoatl, el muy real de donde yo provenía. Los doscientos miembros del séquito de Motecuzoma desfilaron frente a mí, inclinándose y tocando la tierra con la mano. Deduje que estaba aquí en casa.

Partimos en cortejo hasta la casa del antiguo emperador Axayacatl, el difunto padre de mi huésped. Al paso del soberano, todos bajaban la vista y giraban la cabeza. En el umbral del palacio, sin miradas indiscretas, Motecuzoma tomó mi mano, un gesto considerado sacrílego en el protocolo de la Corte. Nadie podía tocar al tlatoani. Con dicho acto, el soberano me daba a entender que a partir de entonces compartíamos la misma esencia. Me guio hacia un banco de piedra, una especie de estrado bajo recubierto por una piel de jaguar y me invitó a sentarme. Era el trono de Axayacatl. Como Motecuzoma permanecía de pie frente a mí, invité a Marina a alcanzarme. El señor de Mexico nos miró largamente, luego abandonó el lugar, claramente perturbado. "Los dejo. Están aquí en su casa. Descansen, coman, pónganse cómodos. Vendré a verlos de nuevo".

Había alcanzado mi objetivo. Dejaba mi incrédula mente recorrer los largos muros del inmenso palacio. El tiempo había detenido su marcha. Mi cuerpo me regresó a la realidad. Tenía hambre.

CAPÍTULO 13

VISITA GUIADA

Motecuzoma había aceptado llevarnos a visitar Tlatelolco, la ciudad gemela de Mexico Tenochtitlan, que ocupaba aproximadamente la mitad de la isla en la que estaba edificada la capital azteca. Hubiera podido ser un simple barrio de Mexico, en este caso el barrio del mercado, pero por complejas razones cosmográficas era una ciudad en sí misma que componía un extraño binomio simbólico con Mexico. Había notado que al gran Motecuzoma le disgustaba aparecer en público con nosotros en su propia ciudad, pero, curiosamente, no había objetado acompañarnos a Tlatelolco. Salimos con el cortejo en un despliegue de plumas verdes y de capas bordadas, Motecuzoma en su palanquín y nosotros montados en nuestros caballos. Fingiendo bajar la mirada, la gente nos miraba a escondidas. Me quedaba claro que estaba muda de estupor. Pudimos deambular por el inmenso mercado de Tlatelolco y subir los ciento catorce escalones de la pirámide principal. En efecto, a pedido mío, el soberano de Mexico había consentido presentarnos a sus dioses.

Heme entonces en la cumbre del Gran Templo de Tlatelolco, en donde se elevan los santuarios de sus dioses tutelares. Lo que resiento entonces es insensato. Nunca me había sentido tan dividido. A mi alrededor, hasta donde alcanza mi vista, todo es orden y belleza. Me inunda un embriagador pulso de vida. El polvo de los caminos, el reflejo plateado de los canales, el azul de los horizontes, el maíz de los campos y el humo de los templos, el ritmo de los tambores, el soplido de los caracoles, el bullicio del mercado, todo se funde para engendrar un sublime y conmovedor espectáculo, en los confines de lo inimaginable. Sin embargo, basta que gire la cabeza para apercibir en el antro de los santuarios, tan oscuros como el infierno, la sangre de los sacrificios coagulada en el piso y el corazón de las víctimas quemándose en los braseros. La muerte irrumpe brutalmente como una negra noche ocultando el luminoso talento de los hombres que supieron levantar este mundo de grandeza. Permanezco mudo, fascinado por esa vertiginosa mezcla de géneros.

En ese instante, mi decisión está tomada. Echaré a andar la conversión. Guardaré casi todo de las costumbres indígenas, pero no el sacrificio humano. Hay que expulsar la muerte a la periferia, al limbo de la sociedad, lejos del mundo doméstico. No se puede, no se debe instalarla en el centro de la ciudad con obsesiva permanencia. La muerte no debe monopolizar ni el tiempo ni el espacio de los vivos.

Habrás notado, mi querido Martín, que en este momento hablo como si ya fuera amo de la ciudad. Pues bien, no era el caso. Pero todo sucedió así en mi cabeza. El efecto del contraste que percibí en lo alto de la pirámide de Tlatelolco, en el interior del santuario de Uitzilopochtli y de Tezcatlipoca, me incitó instintivamente a oponerme al sacrificio humano. Y creo que mi relación con Motecuzoma se tornó más distante a partir de ese instante. Sentí que no deseaba cuestionar la tradición sacrificial por la simple razón de que era milenaria y que hasta entonces había funcionado. El soberano era el guardián de una ortodoxia atemporal; en el fondo, bien podría poner en juego su trono, pero defendía a capa y espada sus creencias y no quería ser el agente del renunciamiento. "Estamos muy contentos con nuestros dioses y no queremos cambiarlos": tal era su dogma, repetido al infinito hasta el final de su vida. Me tomaría en realidad una decena de años logar inclinar el fiel de la balanza y hacer construir la primera iglesia.

Esa visita a Tlatelolco, que nos había permitido atravesar la ciudad bajo buena escolta, generó inquietud entre mis hombres. Quedaba claro que no éramos libres de nuestros movimientos. De vuelta al palacio de Axayacatl, en el que estábamos alojados, debí enfrentar los reproches de todos mis capitanes: "Aquí somos prisioneros".

"Somos muy pocos frente a esas multitudes". "Moriremos atravesados por flechas mientras dormimos". "O peor aún, sacrificados en el altar de Uitziloboch". "Hay que capturar a Motecuzoma y tenerlo como rehén". "Sí, capturemos sin tardar al tlatoani. Es el único que nos puede servir de escudo".

Intentaba ganar tiempo. Pero los reclamos surgían por doquier. Sentía claramente que subía el tono, que el furor se autoalimentaba: "Si no quieres capturar a Motecuzoma, nosotros nos encargaremos de ello. Es para nosotros cuestión de vida o muerte".

Estaba consternado al ver a qué velocidad se desbarataba lo que había tejido pacientemente. La angustia de mis hombres barría con mi estrategia diplomática; la violencia, transformada en pulsión irracional, volvía con estruendo, alimentada por el miedo que leía en las miradas.

Para apaciguar la situación, tuve que prometer que reflexionaría sobre la manera de capturar Motecuzoma sin exponernos a una reacción fatal. En teoría, era imposible; éramos totalmente dependientes de la buena voluntad del soberano mexicano; quedábamos definitivamente atrapados, encerrados en la jaula. El palacio de Axayacatl era una tumba tácita. Los malos recuerdos de Cholula se hacían presentes: nos habíamos salvado una vez. ¿Podría repetirse la historia? ¿No había tentado al diablo entrando en Tenochtitlan? ¿No había cometido un inmenso pecado de orgullo?

Dudé durante dos días, concentrado, vigilante. Dormíamos vestidos, la espada a un lado; el jefe de la guardia organizaba los rondines; el ambiente era tenso. Y, abruptamente, el destino me envió una nueva señal. El Cordero abrió el séptimo Sello. Recibí una mala noticia que de inmediato transformé en oportunidad. La carta venía de Veracruz y me informaba que mi lugarteniente, Juan de Escalante, jefe de la guarnición que había dejado allá, acababa de fallecer con su caballo y seis españoles más, asesinados por un pariente de Motecuzoma, quien había guerreado contra nuestros aliados de Cempoala. Ya tenía mi pretexto. No tardé mucho en preparar la puesta en escena de nuestra entrevista con Motecuzoma. Pedí verlo con toda urgencia. Nos dio audiencia en su palacio. Entré acompañado por treinta hombres armados. Después de las cortesías de costumbre, le informé con tono neutro del ataque a mi campamento de Veracruz y le pedí explicaciones. Y ahí, los dioses mexicanos lo abandonaron. Insistió en negarlo todo: no estaba al tanto, había que traer a Mexico al culpable para que fuese juzgado, lo lamentaba mucho, sólo tenía una palabra, éramos sus amigos, etcétera.

Imaginarás, mi querido Martín, que si Motecuzoma hubiera asumido los actos antiespañoles de Veracruz —que por supuesto él había fomentado—, me habría dejado sin argumentos y yo no estaría aquí para hacerte el relato de la entrevista. Todo se jugó con una indescriptible vacilación del alma. Fue cuestión de nada, de una actitud, de una inflexión de la voz, ¿yo qué sé? Pude mantener el tiempo necesario una influencia sobre él y su valor se desbarató. Frente a mí, flaqueó. En verdad, ese vuelco en las fuerzas no estaba escrito.

Honestamente, lo que vendría no sería fácil de echar a andar, pero podía lograrse. Mis capitanes hablaron a voz en cuello, causando molestias en la corte de Motecuzoma, poco acostumbrada a ese tipo de manifestaciones. Marina se vio obligada a traducir. ¡Los capitanes proponían apresar al soberano hasta que la justicia fuese impartida! Motecuzoma entró en pánico. Dejé que la presión subiera algunos minutos más: mis capitanes mostraban una firme determinación. Hice desalojar la sala y le pedí al tlatoani hablar con él a solas. Con calma y serenidad. Sus consejeros salieron con mis hombres. Dejé que Marina se quedara conmigo. Quedaba claro que las violentas intervenciones de mis soldados facilitaban mi tarea. Podía así presentarme como el moderado, el convencido admirador, incluso el amigo. Pero me fueron necesarias cuatro horas de larga discusión para persuadir a Motecuzoma de venir a vivir con nosotros en el palacio de Axayacatl. Como siempre, tu madre estuvo excelsa. Yo mismo hubiera caído ante el encanto de su voz y la música de sus palabras. Quedó convenido que el tlatoani nos alcanzaría por voluntad propia, que no llamaría a la rebelión y que gozaría de todas las prerrogativas reales en su nueva residencia. Vendría acompañado por cinco consejeros y familiares. Las apariencias estaban a salvo y teníamos al jefe del altiplano en nuestro poder. No era una solución definitiva, pero nos daba un respiro. Un suspiro, como decía mi maestro de música en Medellín.

Hablaba con Motecuzoma varias veces por semana, siempre acompañado por Marina, aprovechando la inquietud que provocaba su presencia. Intenté varios flancos de ataque sobre la religión, traté de explicar la organización del poder en España, hablé algo de geografía, algo de filosofía, algo de historia. Sin éxito. A decir verdad, sin ningún éxito. Sin embargo, logré hallar un eco con el soberano; sólo había una posible entrada: el mestizaje. Era un tema prehispánico de importancia y Motecuzoma estaba interesado en esa dimensión de nuestra presencia. Se les atribuía a los toltecas el origen de los oficios del metal y del arte lapidario, el invento del maíz de todos los colores, del algodón que crecía ya teñido. Tenían la reputación de haber aportado el saber, la escritura y el calendario. ¿Qué podíamos aportar nosotros, los españoles? Hablamos del hierro, del bronce, de la pólvora y de los caballos; pero, finalmente, el gran Motecuzoma quedó convencido por una idea: la trascendencia. Le parecía mejor tener un dios que había logrado la creación del mundo más que varios que habían fracasado, aun intentándolo cuatro veces. Avanzaba mis peones. Motecuzoma se acercaba poco a poco a mi bando y una especie de cordialidad fincada en la curiosidad recíproca no tardó en manifestarse. Nos apreciábamos. Entre nosotros reinaba la confianza, una admiración mutua y un verdadero placer en el intercambio. Me enseñó a jugar *patolli*, un juego ancestral que adapté durante mi estancia en Valladolid, reemplazando los frijoles rojos por caballitos. Por supuesto, conservé el tablero de cincuenta y dos casillas, que es una referencia al ciclo calendárico de los antiguos mexicanos. ¡Sonreí mucho al ver la Corte de Castilla apasionarse con ese nuevo juego de sociedad! El mestizaje funcionaba en ambos sentidos.

Pero ahora me doy cuenta, mi querido Martín, de que no tomé tiempo para describirte al tlatoani. Entiendo bien que sientas curiosidad por conocer sus rasgos, su porte, su manera de ser. A decir verdad, Motecuzoma me impresionaba. Con natural prestancia, encarnaba su función. Era un gran señor, representativo de su pueblo. Era uno de ellos y su jefe a la vez. Teníamos aproximadamente la misma estatura y la misma corpulencia; tenía más años que yo, pero no aparentaba su edad. Tenía, como tú, los ojos negros y el pelo lacio. Hablaba muy lentamente, en voz baja, lo que aquí es signo de distinción, de ponderación, de dominio de sí mismo. En igual estilo, sus gestos eran mesurados, calibrados, eminentemente calculados. Se esforzaba por ser impasible, tal como lo dictaba el protocolo, pero cuando sonreía contagiaba su entorno con peculiar simpatía. Desde los primeros días, me atreví a cruzar su mirada, lo que ningún cortesano osaba hacer por deferencia. Se acostumbró a ello y nos mirábamos a los ojos. Tu madre, en cambio, respetaba la usanza y mantenía la mirada baja durante nuestras entrevistas. Pienso que durante nuestros intercambios saqué gran provecho de dicha situación; acostumbrado a escudriñar la mirada de mis interlocutores, era capaz de leer los pensamientos del soberano; no existía tal reciprocidad: la práctica del cara a cara le era desconocida.

Todos aquellos que conocieron a Motecuzoma quedaron impresionados por los lujos de su vida. Imagina que nunca comía dos veces en la misma vajilla y que en cada comida se le presentaban decenas de guisados de los que jamás probaba bocado. Todos los días vestía ropa nueva. Su baño cotidiano nos parecía una desmedida exageración. Sin embargo, ese hombre colmado vivía en una soledad organizada; aislado por el protocolo encargado de su seguridad, debía comer solo en una sala inmensa; al retirarse para descansar, no podía más que dialogar con su propia conciencia; también oí decir que sus actividades nocturnas eran tan furtivas. La soledad era inherente a su función. De cierta manera, me volví para él un inesperado compañero, un *alter ego* que podía frecuentar. Quizá me agradecía secretamente por romper con su aislamiento.

En la práctica, había en Mexico dos bandos políticamente opuestos: los que profesaban un rechazo absoluto y visceral a la presencia española y los que eran sensibles a la novedad que se introducía. Cada paso de Motecuzoma en mi dirección radicalizaba aún más al bando de los opositores. No podía aceptar indefinidamente esa situación, aun si yo mismo la había creado. Lo confieso humildemente, mi alianza con Tlaxcala complicaba aún más la situación. Sin embargo, fui obligado a tomar enérgicas medidas. Aparté a los soberanos que me eran hostiles y nombré sucesores menos vindicativos. Castigaba las ofensas. Daba muestras de autoridad. Sentenciaba. No era la mejor política hacia los aztecas, pero debía complacer a mi tropa. Mis capitanes más turbulentos fueron relegados: recibieron misiones de confianza en regiones lejanas, oficialmente para sellar nuevas alianzas susceptibles de consolidar nuestra presencia en todo el territorio.

Motecuzoma había empezado a sobornar a la guardia que lo vigilaba permanentemente. Como dadivoso señor, regalaba suntuosa ropa de gala; me hacía sonreír imaginar a mis capitanes vestir paños indígenas, aunque fuesen bordados con hilos de oro. También ofrecía joyas de oro y jóvenes mujeres; en esos casos debía prestar más atención. Por eso vigilaba de cerca la continua rotación de los guardias.

Navegábamos en el equívoco. Le había asignado un paje, el joven Orteguilla, que hablaba bastante bien nahuatl. Oficialmente, era para su comodidad, pero en realidad era un espía. Mandé fabricar dos bergantines con remos y velas que nos permitirían patrullar el lago. Era un elemento de nuestra seguridad; podía servir como medio de evacuación en caso de urgencia. Pero invitaba a menudo Motecuzoma a embarcarse para ir a una pequeña isla en medio del lago que era el coto de caza del soberano. Hacíamos carreras con sus guardaespaldas, que nos acompañaban en canoas. Después de haber cazado numerosos venados y liebres, él hacía que se alargara más el regreso, maravillado por el viento en las velas. Volvía feliz a su cárcel dorada.

Jugué mucho con la ambigüedad de nuestro ser. ¿Éramos señores o dioses? ¿Extranjeros venidos de otra parte o una rama de la familia chichimeca? ¿Era yo Quetzalcoatl? ¿Era yo el planeta Venus, que aquí llamaban Tlahuizcalpantecutli? ¿Era yo el dueño del viento? En nuestras conversaciones con el tlatoani, Marina citaba las tradiciones que contaban cómo el dios-serpiente había partido hacia el este, se había subido a una balsa hecha de serpientes entrelazadas, había desparecido en plena mar después de haber prometido que regresaría. También evocaba los últimos días de Tula, que habían terminado con la partida de Quetzalcoatl, escoltado por los "enanos del viento". Insistía en el carácter provisional del poder ejercido por los hombres, sobre la volatilidad del destino, sobre el regreso cíclico del tiempo. Motecuzoma decía que lo discutiría con sus sacerdotes, pero cada vez lo sentía más perturbado. Dudaba. La presencia de Marina lo intrigaba. Era tal su inquietud que un día le sugerí darle una dimensión legal a la presente situación, reconociendo la soberanía del emperador Carlos V. Lo tranquilicé al explicarle que bastaba con pagar un tributo en oro y que esa fidelidad le garantizaría la protección del gran señor más allá de los mares.

Debes saber, mi querido Martín, que logré mis objetivos: el soberano de Mexico aceptó declararse vasallo del rey de España y convenció a algunos de sus súbditos de hacer lo mismo. Algunos. No todos, cierto es. Pero pude ponerlo todo por escrito, debidamente, ante notario. En fin, ante *mi* notario, que escribía lo que le dictaba. Pero con total respeto a la legalidad. ¿Lo ves? Mis estudios en Salamanca no fueron en vano.

El tiempo pasaba suavemente. Habíamos alcanzado un punto de equilibrio entre la aceptación y el rechazo. Tenía el sentimiento de que cada día que transcurría jugaba a mi favor, que se instalaba una benéfica costumbre. Quedaría brutalmente desmentido.

CAPÍTULO 14

NARVÁEZ

Seis meses habían transcurrido desde nuestra llegada a Tenochtitlan. Una bella mañana de abril, Motecuzoma me mandó llamar. Tenía dos asuntos pendientes con él: quería que desposara a una de sus hijas según el rito azteca y yo negociaba desde hacía tiempo para que reservara un lugar en la cima del Templo Mayor con el fin de instalar un crucifijo y un retrato de la Virgen que le había entregado. No sabía de qué asunto quería tratar esa mañana.

Me encontré con el soberano mexicano de un humor furibundo, la mirada fija, la nariz retraída, la tez sombría. Comenzó con el asunto del crucifijo. Los sacerdotes de los ídolos, me decía, se oponían categóricamente a albergar símbolos cristianos en el Templo Mayor; pero, además, los jefes de los ejércitos expresaban ahora su voluntad de exterminarnos. Querían acabar con nosotros. Pura y llanamente. Entre dos fuegos, el tlatoani decía haber negociado nuestra expulsión; le parecía preferible que partiéramos de inmediato a cambio de salvar la vida. Tuve que guardar la calma mientras me caía el mundo encima. Le di a entender a Motecuzoma que si nos íbamos, él partiría con nosotros. Igualmente le recordé que era mi prisionero y, además, vasallo de Carlos V: "Será la oportunidad de presentarse a nuestro gran emperador que ya ha oído hablar de usted. No cabe duda alguna de que se apreciarán".

Motecuzoma no había pensado en esa eventualidad. Pero entendía claramente ahora que el exilio le haría perder el poder. A partir de ahora, nuestros destinos estaban ligados. Irremediablemente ligados. Le aseguré con voz firme que accedía a su deseo y que nos iríamos.

Pero tendríamos que construir tres barcos para volver a Cuba. Reanimado por mi actitud conciliadora, que sólo era una estratégica retirada, Motecuzoma ofreció prestarme leñadores para trabajar conjuntamente con nuestros carpinteros de marina. Acepté. Ganaba una tregua razonable: teníamos por delante al menos tres meses. Tiempo suficiente para evaluar la situación. Tiempo para comprender lo que se estaba tramando. No quería darme por vencido, pero en lo más hondo de mi alma, te confesaré, mi querido Martín, estaba inquieto. Algo estaba sucediendo que no comprendía. ¿De dónde provenía ese terremoto que fracturaba nuestra tambaleante cohabitación?

Sólo unos días más tarde conseguí la explicación de la ira imperial. El jefe mexicano tenía a la mano información que no me había llegado cuando se nos notificó nuestra expulsión. Simplemente, estaba mejor informado que yo y ya lo sabía todo de la expedición de Narváez, que apenas descubría, aterrado.

El gobernador de Cuba, Diego Velázquez, era de tenaz rencor. No quería aceptar su puesta al margen. Persistía en el objetivo de hacer de las tierras mexicanas una extensión de la isla de Cuba, lo que estaba muy lejos de ser razonable. Sólo tenía una obsesión: eliminarme ahora que estaba a punto de triunfar. Esta vez, lo había apostado el todo por el todo. Había invertido todos sus recursos, toda su fortuna, toda su energía en montar un cuerpo expedicionario considerable semejante a un ejército invasor: mil doscientas personas, dieciocho barcos, ochenta caballos, noventa ballestas, setenta arcabuces y veinte piezas de artillería. ¡Y los recién llegados arribaban con mujeres y niños! Y para colmo de infortunio, Velázquez había escogido a Pánfilo de Narváez como jefe de la expedición. Narváez, el verdugo de los taínos. Era en sí un símbolo, el del permanente recurso a la violencia. No puede imaginarse una personalidad tan diametralmente opuesta a la mía.

Los barcos acababan de llegar a Veracruz y mi capitán, mi fiel Sandoval, me avisaba del desembarco. Esperaba mis instrucciones. Esa mala noticia me irritaba, pero en realidad era un gran alivio. La actitud de Motecuzoma se volvía comprensible; era la llegada de esa tropa de invasores la que había provocado la cólera de las autoridades de Tenochtitlan. Porque ofrecer hospitalidad a quinientos chichimecas blancos y solteros era una cosa, padecer una invasión era asunto de otra naturaleza. El primer acontecimiento cabía en el marco de los usos prehispánicos, el segundo correspondía a un proyecto de colonización que merecía una firme reacción. En realidad, yo estaba furioso: la presencia de esposas españolas echaba por tierra mi sueño de mestizaje. Y lo que yo sentía, los mexicanos lo sentían también. Ahora comprendía su decepción. No querían escoger entre los buenos y los malos españoles, los medían con la misma vara y querían regresarlos a todos a su casa.

Sabía ahora lo que tenía que hacer: enfrentarme a Narváez. Eliminar la amenaza que representaba para mí y para mi proyecto. En estos terrenos, me sentía cómodo.

Narváez no tenía todos los ases en mano. Llegaba sin autorización de la Audiencia de Santo Domingo, que en ese entonces era la jurisdicción de referencia.

Así que di inicio a mi contraofensiva en el plano jurídico. Le envié a mi rival un emisario, el padre Olmedo, con el fin de que conociera los documentos que permitían dicho desembarque. ¡El derecho no era ciertamente la preocupación de Narváez! Supe incluso que el representante de la Audiencia que acompañaba la expedición le había ordenado dar la vuelta, estimando que esa llegada a Veracruz de un grupo de españoles adversos habría de romper la paz civil y poner en peligro a las poblaciones indígenas. En respuesta, Narváez mandó encerrar al auditor en el fondo de la bodega del barco. Quería pasar a la fuerza. Marchó hacia Cempoala para presentarse ante el cacique gordo como mi sucesor designado. Fue mal recibido, pero decidió unilateralmente ocupar mi casa. Sembraba la confusión, pero yo tenía confianza en mis aliados. Mis espías pusieron manos a la obra y pronto tuve la lista completa de los recién llegados. Huelga decir que los conocía a casi todos. Pude concebir una estrategia adaptada y bien enfocada. Envié cartas personales a quienes podía influir, describiéndoles el control que tenía de la situación y el gran beneficio que obtendrían al aliarse conmigo. Pero dicha tarea de desestabilización de las almas no podía dispensarme de ir a Veracruz para derrotar a Narváez.

Partí el 10 de mayo. Le había explicado el fondo del asunto a Motecuzoma, quien entendió la situación. Finalmente, estaba satisfecho de que me encargara en persona de aniquilar la amenaza que provocaba la llegada de esta nueva ola de cristianos. Como muestra de apoyo, el soberano me acompañó en mi partida a la calzada de Ixtapalapa. A decir verdad, era difícil distinguir en su actitud la parte de coacción y la de su libre consentimiento. Pero ahí estaba el símbolo: constituíamos una autoridad compartida. Dejé Tenochtitlan en manos de Pedro de Alvarado, al mando de ochenta españoles. Minúscula guarnición para controlar una capital de trescientos cincuenta mil habitantes. Pero no tenía otra alternativa. Pasé por Tlaxcala para hacerme de un destacamento indígena. Hice fabricar armas no convencionales, como largas picas con puntas de obsidiana afiladas. Marina me susurró una idea genial: durante el ataque, llevar corazas mexicanas hechas de algodón trenzado. Llevé un centenar.

Debía tomar por asalto Cempoala, donde estaba instalado el cuerpo expedicionario de Narváez. Pero debíamos contrarrestar nuestra inferioridad numérica; éramos uno contra diez. Así que elegí el efecto de sorpresa. Desoyendo las reglas cristianas, ataqué un domingo, además, el domingo de Pentecostés, de noche, y bajo una lluvia torrencial. Jugaba a nuestro favor un perfecto conocimiento del terreno; nuestros espías habían sido sumamente eficaces. La lluvia neutralizaba la artillería, los arcabuces y hasta los centinelas que se habían puesto a resguardo. Nuestras corazas de algodón nos volvían invisibles y silenciosos mientras que las cotas de malla de nuestros adversarios brillaban de noche. Dividí a mis soldados en cuatro escuadrones; cada uno tenía un claro objetivo. Sandoval, mi amigo de Medellín, tenía por tarea capturar a Narváez, quien ingenuamente se había instalado en la cima de la pirámide. La operación fue un éxito total. Nuestras largas picas, muy ligeras, hicieron maravillas. La sorpresa fue total. Narváez perdió un ojo durante un fugaz combate cuerpo a cuerpo. Lo mandé encadenar en un barco en Veracruz. Ahí permaneció por cuatro años. Nuestros aliados de Cempoala se vieron aliviados por nuestra victoria y por la vuelta al *statu quo* anterior. Entablé una conversación personalizada con cada uno de los hombres de la expedición; convencí a algunos, compré o amenacé a los demás; confisqué todas las armas y todos los caballos antes de devolverlos a su dueño una vez firmado nuestro contrato. Tuve pocas pérdidas. Menos de una veintena de refractarios que terminaron como su jefe, encadenados en el fondo del barco. Mi propia tropa salió reforzada de tal acción; yo ganaba hombres, caballos, armamento, víveres. También ganaba un estatus moral inédito, el de un *tepeuani,* el de un conquistador indígena.

Propuse repatriar a Cuba a las familias que acompañaban a ciertos miembros de la expedición. Algunos aceptaron y sus familias quedaron a salvo; algunos, menos listos, se rehusaron. Pero no volvieron a ver jamás a sus mujeres ni a sus hijos, quienes perecieron casi todos durante la violencia que brotaría meses después. Esta vez, me quedé con los barcos después de haberlos desarmado. Estimé que era hora de tomar el control de la costa del golfo y envié hombres hacia el este, hacia Coatzacualco, y hacia el norte, hacia Panuco. Mi dominio se fortalecía. Marina se enfrentaba a la incertidumbre del futuro con estoicismo; se acomodaba en lo trágico de mi vida de soldado. Era mi rosa de los vientos, mi brújula en la confusión de esos tiempos opacos. La amaba.

CAPÍTULO 15

NOCHE TRISTE

Apenas tuve tiempo para saborear mi victoria. Recibí en Veracruz un correo que una vez más me traía una mala noticia. Alvarado me informaba de la rebelión de Tenochtitlan. La ciudad se había sublevado y no lograba controlar la situación. Los españoles estaban encerrados en el palacio de Axayacatl, en mala postura, y todos me pedían ayuda.

Me entenderás, mi querido Martín, que maldije a Alvarado. Su estatura de gigante lo llevaba a veces a cometer actos de violencia cuya consecuencia no medía. Era valiente en combate pero peligroso en sus impulsos. ¿Qué había hecho para que estuviéramos en tal situación? En pocos días, había aniquilado los efectos de un año de paciente acercamiento, en el que todas mis palabras, todos mis actos habían sido sopesados en el fiel de mi intuición. Lo había calculado, evaluado, medido. Había aprendido a vivir siempre alerta, atento a las señales, al acecho de los presagios, auscultando el contexto del momento. Forcé el destino con prudencia de sabio. Fingí ser el dueño de los acontecimientos hasta que llegué a serlo. Ahora la adversidad irrumpía en la historia sin haber sido convocada. Como para darme a entender que no tenía derecho a la ausencia, que debía estar en todos los frentes a la vez, que debía terminar en persona la obra inacabada.

Ensillamos los caballos y tomamos rumbo a Mexico. En un silencio casi total. Cada uno percibía el drama y lo interiorizaba. Marina no abría la boca. Las ciudades que atravesábamos se mostraban reacias a proveernos de víveres. El país parecía estar en letargo. Los venados

111

ni siquiera huían al acercarnos. El canto de las aves, que normalmente me maravillaba, no lograba relajarme. El ambiente era pesado.

Entramos por la calzada norte, la de Tepeyacac, más corta que la del sur, así que menos expuesta. Cruzábamos miradas hostiles; algunos vecinos murmuraban insultos que Marina me traducía. El viento de la insurrección se llevaba mis sueños, me reducía a ser un jefe militar en perdición. Llegamos a nuestro campamento en medio de un silencio de muerte. Vi las heridas infligidas al recinto del palacio de Axayacatl, huellas tangibles de un ataque en toda regla. Nos encerramos en una ciudadela sitiada: ¿existían otras opciones? Mi entrevista con Alvarado fue patética, pero mucho cuidé de no enfrentarme con él. Me controlé. Lo escuché, entrecortando sus explicaciones con una letanía falsamente empática. Yo repetía: "entiendo, entiendo", mientras que mi ser se hundía en la incomprensión más absoluta. Mi lugarteniente me contó una historia confusa y poco creíble. Según él, los mexicanos habían informado a la guarnición que celebrarían la fiesta de Toxcatl en el recinto del Gran Templo, a pocos metros de nuestra residencia. Alvarado dio su autorización. Llegado el día, mientras los mexicanos bailaban al son de los tambores, Alvarado surgió de improviso en el atrio del templo con cuarenta soldados y, por sorpresa, todos los que participaban a la fiesta fueron muertos por las espadas. Alvarado confesó esa matanza sin motivo aparente, pero nunca la explicó. En el momento, se negó a justificar sus actos. Se encerró en un hermético silencio, evitando mi mirada, probablemente por vergüenza o por temor a ser apresado. Años más tarde, cuando debió responder ante la justicia por su gesto, argumentaría que, siendo el ataque la mejor defensa, quiso frustrar el asalto a nuestro campamento, previsto para el final de la ceremonia. Unas mujeres tlaxcaltecas, quienes eran nuestras cocineras, le habrían reportado haber visto armas disimuladas y grandes vasijas preparadas para la cocina del sacrificio. Atemorizado por la perspectiva de terminar en el estómago de nuestros huéspedes, Alvarado había lanzado el ataque. ¡Hizo creer que esa barbarie era en legítima defensa! Te sorprenderá, mi querido Martín, pero nunca supe lo que impulsó a mi lugarteniente a actuar de tal modo. En cuanto a la tropa, todos me dijeron que sólo habían obedecido órdenes; pero confesaron que el terror les habitaba desde mi partida. Ahora bien, el miedo es mal consejero.

Por supuesto, la locura de Pedro de Alvarado desató una revuelta. Una gigantesca ola se abatió sobre nuestro campamento. Los ochenta hombres de la guarnición no estaban en situación de resistir a la multitud enardecida. Estuvieron a nada de morir en los asaltos. Fue un milagro que sólo tuviéramos que sufrir siete bajas mortales.

Después de mi extraña entrevista con Alvarado, fui a saludar al gran Motecuzoma. Lo encontré conversando con la pequeña corte que compartía su cautiverio. Nuestra entrevista fue de lo más desconcertante. Entendí de inmediato lo trágico de la situación: el tlatoani azteca había sido despojado de su autoridad. Mi prisionero no sólo ya no tenía autoridad alguna sobre los acontecimientos, sino que también había perdido su valor simbólico. Entendí durante la conversación por qué nuestra guarnición se había salvado *in extremis*: las negociaciones en torno a la sucesión del emperador habían provocado la suspensión de la acción militar. Dos candidatos estaban en competencia y la elección había quedado suspendida por quince días. Supe que el nuevo elegido no era otro que Cuitlahua, señor de Ixtapalapa, preso también al lado de Motecuzoma. El hecho de tener en nuestro poder al futuro soberano nos dejaba un delgado margen para la negociación. Motecuzoma me pidió convocar un Consejo al día siguiente; acepté, pero le dije que lo copresidiría.

Como era un cónclave de hombres, no pude imponer la presencia de tu madre. Por consiguiente, tuve que dar mi primer discurso político en nahuatl. Era demasiado tarde para cambiar de dirección, demasiado tarde para volver a la racionalidad, demasiado tarde para salir del conflicto. Me quedaban los ojos para llorar. Alvarado había saboteado mi sueño de harmoniosa cohabitación.

La presión era enorme para que liberara a Cuitlahua. Acepté, a contrapelo, con dos condiciones: que fuésemos abastecidos —nos moríamos de hambre— y que pudiéramos disponer de veinticuatro horas para preparar nuestra partida. Solté a Cuitlahua con cierta solemnidad. Me quedé con los demás prisioneros. Quería creer que tendríamos un respiro; conocía la lentitud del proceso de consagración de un nuevo tlatoani; me aferraba a esa esperanza. Pero los mexicanos hicieron a un lado todas sus reglas. Dos horas más tarde, investido a toda prisa, fuera de todo rito y de todo protocolo, Cuitlahua lanzaría el ataque al palacio de Axayacatl.

¿Cómo salir vivos de esa trampa? En un ambiente de sacrificio, intenté varias escapatorias. Un primer reconocimiento a caballo me confirmó el diagnóstico: estábamos rodeados; los puentes habían sido cortados en las tres calzadas. Los bergantines que había inaugurado Motecuzoma habían sido quemados. Como último recurso, encabecé una operación que consistía en intentar retomar el control del Gran Templo. Desde el punto de vista táctico, ello nos hubiera permitido aflojar la presión alrededor de nuestro refugio, pues constantemente nos caía una lluvia de proyectiles lanzados desde lo alto de la pirámide que dominaba nuestro campamento. Esperaba también sacar provecho moral y simbólico puesto que, en el pensamiento indígena, la captura del templo principal de una ciudad simbolizaba su caída. Lanzamos varios ataques infructuosos; los tenochcas defendían su templo con rabia y valentía. Veía paralelamente el ardor de mis hombres declinar. El quinto intento fue el bueno; la batalla en la cima del templo duró tres horas. Tres horas de cuerpo a cuerpo duro y sangriento. La energía de los indios era inagotable, su bravura admirable. No me atreví a contar los muertos, pero terminamos por ser los dueños de la situación. No encontré la imagen de la Virgen, ni el crucifijo que Motecuzoma había prometido instalar a un lado de Uitzilopochtlti y de Tlaloc. Mandé quemar los santuarios siguiendo la lógica de las prácticas en uso en el país. El poder del nuevo jefe apenas electo había temblado. Disponíamos de una pausa que aprovechamos para curar nuestras heridas y preparar nuestra huida.

Concebí la construcción de dos tipos de máquinas de guerra. Una inspirada en la tortuga gala, la otra adaptada a la topografía de Tenochtitlan y que era una especie de puente móvil. Teníamos con nosotros carpinteros eficaces y solicité las habilidades de nuestros aliados tlaxcaltecas. Había dos puntos vulnerables importantes en el itinerario de nuestro escape: los alrededores cercanos de nuestro campamento atrincherado y el paso de las zanjas de la calzada, donde los puentes habían sido intencionalmente retirados. Lo más delicado era la salida; estábamos en una zona urbanizada y la terraza de cada casa funcionaba como puesto de tiro. La amenaza provenía de arriba; así, había que imaginar una especie de techo que sirviera como escudo encima de nuestras cabezas. Hicimos una prueba que no resultó satisfactoria. El dispositivo era demasiado pesado, poco manejable y protegía muy poco a los combatientes. En cambio, el puente móvil pareció ser eficaz.

Las escaramuzas reiniciaron con más fuerza. Estábamos acosados. Intenté negociar una tregua, pero ya no tenía interlocutores. El odio oficial estaba en su punto máximo. El nuevo soberano mexica quería nuestras cabezas como trofeos para poder exponerlas en el *tzompantli* del Gran Templo. La moral de mi tropa declinaba simétricamente; el desánimo y el miedo habían sentado sus aposentos en el palacio de Axayacatl. Así que intenté una última gestión; le pedí a Motecuzoma intervenir para hacer un llamado a la calma. Claro que sabía que había sido destituido, pero creía que aún conservaba cierta aura entre su pueblo, que sus palabras podían tener el efecto deseado. Y necesitábamos de un alto al fuego para partir; quería intentarlo todo para evitar morir asediados. Motecuzoma aceptó a regañadientes. Había perdido toda empatía, toda energía, todo deseo de vivir, caminaba como sonámbulo.

Lo ayudamos a subir al techo del palacio. Se acercó a un parapeto almenado. Yo estaba a un lado, fuera de la vista desde la calle; vi su mirada girando hacia el Gran Templo incendiado, viendo la gran plaza desfigurada por los combates, deteniéndose en su antiguo palacio hoy habitado por los tlaxcaltecas que eran parte de mi guardia cercana. Humillación suprema. Ya no reconocía la ciudad de la que había sido amo y que veía como el centro del universo; mi irrupción lo había trastocado todo. El pregonero hizo sonar la concha y anunció el discurso del emperador. Era un acontecimiento sin precedentes, puesto que nunca el tlatoani tomaba la palabra en público. ¿Estaba yo violando un uso milenario o un tlatoani destituido podía usar de nuevo su libertad de expresión? El primer minuto fue euforizante; Motecuzoma hablaba con naturalidad, reencontraba los automatismos del lenguaje político, florido y poético, pero sus detractores merodeaban alrededor del palacio. Se escuchó un primer insulto, un segundo, más lejano; luego, subió el murmullo de la multitud; se le reprochaba el haber pactado con nosotros, el haber aceptado el vasallaje de un emperador desconocido, más allá de los mares. Pensó en Huemac, el soberano tolteca que debió huir de su ciudad para refugiarse en la caverna de Cincalco. Él también quería ir a Cincalco, encerrarse, disolverse ahí. Me lo había dicho.

Voló una primera piedra. Y otra más, seguida por decenas. Descubrí, aterrado, que lo estaban lapidando. ¡El gran Motecuzoma recibía el castigo de los adúlteros! Sus oponentes le reprochaban su relación conmigo. Porque negaba el principio del *jus soli*, la ley del suelo. El soberano mexicano tenía ciento cincuenta mujeres que lo enraizaban en la tierra, en la gleba de las milpas. Yo era un nómada y me devolvía a mi condición de viajero de paso; no había sabido echar raíces. Sólo representaba una efímera aventura.

La andanada de piedras interrumpió el discurso del antiguo soberano. Mis hombres se precipitaron para protegerlo y ponerlo a buen resguardo. Pero por mala suerte una piedra lo alcanzó en la sien. Motecuzoma sangraba. Fue transportado a su casa con sumo cuidado, pero se negó a ser curado. Quería que se le dejase morir. Dejó que su energía vital abandonara su cuerpo; agonizaba en conciencia, dulcemente acogido por la desesperación. Conversé largamente con él durante sus cuatro días de agonía. Se negó a ser bautizado como había previsto para fusionar nuestras religiones, de haber habido un futuro. Pero ya no había futuro. Pidió hablar con Marina a solas. Tu madre quedó callada por el tenor de su conversación. Me mandó llamar para confiarme ante testigos a su hijo Chimalpopoca y dos de sus hijas. Murió con sentimientos contradictorios en cuanto a mí; con derrotismo, me hacía responsable de su destitución y de la ruina de su imperio, pero en un mundo totalmente predestinado, ello equivalía a considerarme como un actor de la marcha del mundo. Yo era, en el fondo, el agente del destino. Por ello, el antiguo soberano alimentaba hacia mí cierta fascinación, ambigua, hecha de estima y de deferencia. Para mí, las cosas eran más sencillas: sentía por él una suerte de amistad en la que se mezclaban complicidad y afecto. El punto crítico era de otra índole: a pesar de las apariencias, el tlatoani de Mexico no tenía prácticamente ningún poder. Constantemente se hallaba en busca de consenso, constantemente era dependiente de grupos de presión opuestos, sometido a una plétora de intereses privados. Arbitraba, pero no gobernaba. Por este hecho, me era imposible tener una relación de igual a igual. Más tarde, se le describió como una personalidad débil o vacilante; es una opinión. En realidad, su personalidad no estaba en causa. El hombre era inteligente, considerado, intuitivo, culto. Su problema era de orden estatutario. En razón de la naturaleza del poder en el Mexico antiguo, la función suprema confería a su detentador una capacidad de decisión muy limitada. Lo experimenté cruelmente. Y Motecuzoma se vio expuesto, sin hallar en el aparato del poder la protección que le hubiese permitido manejar la situación inédita que representaba nuestra llegada. Su fallecimiento era una gran pérdida. Lo lloré como se llora a un padre.

Entregué su cuerpo a las autoridades. Esperaba que fuesen organizados funerales solemnes. Pero hubo desacuerdo entre su sucesor y una parte de su Consejo. Mucho después, supe que fue enterrado en Chapultepec en una ceremonia nocturna. Sólo puedo desearle haber hallado la paz en Cincalco.

Había que concluir. El 30 de junio, dos días después de la muerte del gran Motecuzoma, empezando la tarde, reuní en el palacio de Axayacatl a todos los castellanos y a todos los tlaxcaltecas que nos acompañaban. Hice cerrar las puertas y nadie estuvo autorizado a salir. Anuncié que partiríamos esa noche a las doce, en total secreto y silencio, por la calzada del oeste, que lleva a Tlacopan. Formé los equipos. A la vanguardia, Gonzalo de Sandoval, Diego de Ordaz, Francisco de Saucedo y Francisco de Lugo, con quinientos soldados y cuatrocientos tlaxcaltecas encargados de la instalación de los puentes móviles, más cincuenta soldados y doscientos tlaxcaltecas encargados del transporte de la artillería. La mayoría de los caballos estaría en ese frente. En el centro, el grueso de la tropa, bajo mi autoridad. Siete caballos heridos, una yegua y ochenta tlaxcaltecas llevaban el botín, el quinto real, mi propio quinto y el oro de la tropa, bajo supervisión de oficiales reales. Un destacamento de treinta soldados y trescientos tlaxcaltecas estaba destinado a la protección de Marina, de las princesas de Tlaxcala, de los hijos de Motecuzoma, de nuestros prisioneros y de las mujeres que eran nuestras cocineras. La responsabilidad de la retaguardia recayó en Pedro de Alvarado; iba con él gran parte de los soldados venidos con Narváez.

El intento era peligroso. Para incitar a mis hombres a tomar el riesgo de esa salida, los estimulé con la droga clásica: el oro. Les abrí el cuarto del tesoro. Después de haber tomado lo que estimaba poder llevar, quedaban todavía impresionantes cantidades de oro y de piedras preciosas que actuaron como poderoso euforizante. En particular, vi a los hombres de Narváez abalanzarse sobre todo lo que brillaba; se llenaban los bolsillos de lingotes al punto de no poder caminar. Los que tenían caballos llenaron las alforjas de sus monturas. Otros, más prudentes y conscientes del peligro que tendrían que enfrentar, sólo tomaron algunas piedras verdes o algunas joyas fáciles de colocar en el fondo de un bolsillo. El resto quedó abandonado en el lugar.

A medianoche llovía ligeramente, la noche era negra. Conteníamos la respiración. El cortejo se puso en marcha en un silencio casi total. Habíamos engrasado los ejes de los soportes de los cañones y envuelto con tela las pezuñas de nuestros caballos. Los primeros diez minutos nos salvaron: logramos llegar hasta el primer puente, instalar nuestra pasarela y franquear el obstáculo. Lo atravesé mientras Sandoval ya estaba obrando en el segundo puente desplegando otra pasarela. Fue entonces cuando sonó la alarma. El eco de las conchas y los gritos de guerra nos rodearon. Y todo se volvió horror y espanto. En la noche, en un instante, surgieron miles de combatientes que llegaban por la laguna o por la calzada. Los había en todas partes, alrededor, por delante, por detrás, a los lados; estábamos presos en una pelea apocalíptica. Debí librar un violento combate para franquear el segundo puente, asediado por las canoas que surgían de las sombras. Pude salvar a Marina y a Luisa, la mujer de Alvarado, así como a las dos hijas de Motecuzoma; el grupo del botín con sus caballos heridos tuvo tiempo para pasar a la otra orilla, pero la yegua que llevaba el quinto del rey fue muerta a golpes de picas y su valioso cargamento desapareció en el agua del lago. Nuestra pasarela no tardó en ser destruida por los mexicanos. Cada quien se salvó como pudo, nadando, caminando sobre lo cadáveres, evitando las flechas tiradas un poco al azar. La artillería debió ser abandonada. Nuestros prisioneros no sobrevivieron.

Del lado del primer puente, todo se volvió un desastre. Nuestra pasarela fue pronto arrancada por los combatientes y toda la retaguardia se halló entrampada. Hubo quienes murieron ahogados, hundidos en el fondo del lago por el peso del oro que les impedía nadar; hubo quienes tuvieron la fatal idea de regresar para encerrarse en nuestra antigua residencia y murieron sacrificados; hubo quienes enfrentaron valientemente la adversidad y murieron destripados, lacerados, atravesados, sofocados por el número de asaltantes.

Para marchar hacia Tlacopan y alcanzar tierra firme, tuvimos que librar combates cuerpo a cuerpo contra batallones de indios colocados en la calzada esperándonos desde hacía días para cortarnos el paso. Los mexicanos, bajo el mando de Cuitlahua, habían entrado en una lógica de exterminio. Mi querido Martín, no te contaré en detalle esos momentos de infierno, bajo la lluvia, en la oscuridad, con el olor a sangre, con el sabor de la desesperación en la boca, con la angustia que suda la piel. Simplemente quiero decirte que, para mí, lo más difícil fue avanzar sin mirar atrás: sentía el drama que tenía lugar tras de mí, pero todo auxilio era imposible. Estábamos condenados a salvarnos en una trágica huida hacia adelante; pero tener que abandonar a nuestros compañeros atrapados entre los dos puentes fue un dolor lacerante que todavía me asalta al escribir estas líneas. No puedo olvidar esos llamados de auxilio cubiertos a medias por los gritos de guerra alucinantes de los mexicanos. Todavía los oigo perforar mi oreja y herir mi alma. La derrota es una herida que nunca cicatriza.

En Tlacopan, me senté en un tronco de árbol, al pie de un ahue-huete. Vi llegar a Alvarado caminando, con cuatro soldados y ocho tlaxcaltecas. ¡Es todo lo que quedaba de la retaguardia! El alba me sorprendió postrado y meditabundo. Creo que lloraba cuando Marina vino a tocarme el hombro y me sonrió. La mitad de los ocho mil tlaxcaltecas que nos acompañaban murió; simétricamente, la mitad de los españoles había perdido la vida en los combates. Nos quedaba más que una veintena de caballos, casi todos heridos. Ya no teníamos artillería, no habíamos comido nada en veinticuatro horas, estábamos agotados. Sí, creo que lloré. Lloraba por la pérdida de mis compañeros de aventura, la muerte de mis aliados indígenas, la de los mexicanos que se habían sacrificado inútilmente, también lloraba por mi sueño desvanecido, por mi pasión segada en pleno impulso. Te diré: en ese momento, de no haber sido por la sonrisa de tu madre, me hubiera quedado prostrado en aquel tronco de árbol esperando a que la muerte viniera también a recogerme. Todo estaba perdido. Estaba aniquilado por el fracaso.

Pero Marina vino hacia mí. Y, en el corazón del desastre, tomé conciencia de que quería que nuestra historia de amor sobreviviera, perdurase, se eternizara. Para que así fuese, tenía que levantarme, retomar el combate, para que la vida continuase, para que la aventura prosiguiese. Me levanté. Y entonces sucedió algo increíble. Me volví otro. Un jefe de guerra animado por el valor y la determinación, capaz de transmitir a los demás su certeza interna y su fe en el presente. Un minuto antes, estaba por los suelos y, en un instante, estaba transfigurado. Estuve pasando de un grupo a otro distribuyendo palabras de aliento, agradeciendo a unos, felicitando a otros, apiadándome de los heridos. Tenía palabras para cada uno, en castellano o en nahuatl. Infundía esperanza en los corazones devastados, movilizaba de nuevo las energías que se pensaban desvanecidas, les daba nueva confianza a los heridos, curaba las llagas del alma con el bálsamo de mis palabras, pero créeme, mi querido Martín, no era ficticio. Estaba sucediendo algo indecible, concreto, físico. Una suerte de ardor renacía.

Había que hacer un último esfuerzo para salvar la vida; teníamos que caminar una legua hacia el oeste para alcanzar las tierras otomíes.

En la cima de una colina se erguía un templo dedicado a Ometochtli, el dios del pulque. El santuario nos sirvió de refugio. Y cuál no sería la sorpresa de nuestros hombres cuando vieron a habitantes de la región trayendo tortillas, chiles y agua. Por lo visto, el repudio a nuestra presencia no era total. Había un destello de esperanza. Nos alimentamos. Organicé los rondines y dormimos entre los magueyes, en un sueño aturdido, sacudido por gritos de guerra.

CAPÍTULO 16

TEOTIHUACAN

Desperté atormentado por el dolor. Sufría por una fea herida en la mano izquierda, tenía dos costillas aplastadas, la cabeza pesada, el sabor de la derrota en el fondo de la garganta. Los gemidos de mis compañeros importunaban el silencio de la madrugada. No podíamos permanecer en ese lugar. Debíamos huir. Puse en marcha un grupo exhausto y desmoralizado. Atendimos a los heridos como pudimos. Para reconfortarnos, formamos una columna apretada; necesitábamos apoyo, solidaridad, altruismo. Nuestra supervivencia se organizó en una suerte de fraternidad instintiva. Sólo avanzábamos si el otro avanzaba un paso. Caminé llevando a mi caballo por las riendas con mi mano válida. A decir verdad, titubeábamos sin saber si había que imputarle nuestro estado al desamparo moral o a nuestra inanición.

Algunos escuadrones mexicas nos seguían a lo lejos. Por sorpresa, un pequeño grupo de guerreros arremetió contra un caballo cojo que llevaba un herido en ancas; mataron al caballo y remataron al herido. Lloramos a nuestro compañero de armas y comimos al caballo hasta el cuero, que hicimos hervir.

Nuestra azorada columna caminaba lentamente hacia el norte, a prudente distancia de la orilla del lago. Luego bordeamos la colina del Tepeyacac, atravesando por los juncos, pisando un suelo saturado de agua que cedía ante nuestros pasos. Estaba seguro de que nadie vendría a perseguirnos en una zona tan poco hospitalaria; logramos un descanso. Llovía todos los días y estábamos empapados hasta la médula. Pero debíamos seguir. En nuestra mira flotaba la frágil esperanza de llegar a Tlaxcala.

Tuvimos que volver a pisar tierra firme; nos encaminamos hacia Otumpan. Y ahí, nos topamos con cien mil guerreros desplegados en formación de combate. Los escuadrones cubrían el horizonte hasta el infinito. Los gritos de guerra retumbaron con esa intensidad que me helaba la sangre. Ya no había nada que hacer. Entonces renuncié. Estoy seguro, mi querido Martín, que entiendes dicha renuncia. Todo lo que estaba en mi poder, lo había hecho; lo había intentado todo, diez veces había forzado el destino; pero esta vez era el final; me dolía la cabeza, el brazo, el costado, mis hombres estaban exhaustos. Éramos un puñado frente a un Estado milenario y poderoso. Ya no tenía idea, ni fuerza, ni ánima. Renuncié.

Una nube me cegó la mirada; perdí el equilibrio. El cielo comenzó a dar vueltas, los elementos se confundían, el agua, el fuego, el viento, la noche. Fue entonces que Marina se me acercó. Me explicó; me señaló al jefe con penacho, allá arriba en la colina. "Él es quien manda", me dijo. Y vi al jefe con penacho, allá arriba en la colina. "Estamos en Teotihuacan", me murmuró. "Esa colina es la cima de la gran pirámide. Está ahora recubierta de tierra. El sitio está abandonado pero sigue siendo sagrado". Escuchaba la música de las palabras que formaban un murmullo o un rezo... *Tzacualli, coatepantli, teteotin, cemanauatl...* Conocía la existencia de Teotihuacan, que había sido, según la historia de los aztecas, el escenario de la creación del mundo. La ciudad había dominado las tierras altas durante varios siglos, antes de que el poder se enraizara en Tenochtitlan. El mito tomaba forma ante mis ojos incrédulos.

"Tienes que matar al jefe de los ejércitos y apoderarte de su penacho y de su escudo". La voz de Marina había cambiado de tesitura. Ahora era una súplica. "La pirámide mide sesenta varas de altura. Puedes subir a caballo, a galope, por detrás, por sorpresa".

Hice cuentas. Sólo había tres caballos en estado de galopar y de lograr ese esfuerzo extraordinario. El mío y dos otros. Así que busqué dos jinetes capaces de montar; sólo encontré uno. Uno sólo. Te doy su nombre, pues ese hombre es un héroe: Juan de Salamanca. No hubiera debido considerarme como hombre apto para el combate; en realidad, era incapaz de sostener las riendas. ¿Pero acaso tenía otra opción?

Ambos nos lanzamos en esa carrera contra la muerte. Llevábamos la esperanza de toda la tropa y dicha responsabilidad nos transfiguraba. Alcanzamos la cima de la pirámide en un fulgor que creó la sorpresa. Y cumplimos con nuestra misión. Mi caballo, sobre sus patas traseras, tiró al suelo al jefe de los ejércitos aztecas y Juan se precipitó para cortarle la cabeza. Sus guardias y su séquito corrieron en desbandada gritando aterrados. Todavía nos veo en el furor de la batalla agitando como poseídos la cabeza del jefe de los ejércitos y las insignias de plumas que definían su función. Quizá no lo creas, mi querido Martín, pero tu madre tenía razón. Después de un breve tiempo de indecisión, el campo de batalla quedó vacío de combatientes. Escuchamos un lamento como surgido de las entrañas de la tierra. Un sordo clamor corría por las antiguas plazas ceremoniales; los mexicanos huían. Habíamos ganado la batalla. Acariciamos el cuello de nuestros caballos con infinita gratitud. Juntamos cuidadosamente nuestro botín de guerra, los tocados, los escudos, los cetros, los estandartes, los brazaletes de plumas. Puse todos esos objetos bajo mi brazo válido y bajamos al paso. Juan de Salamanca llevaba su cabeza trofeo por el cabello cual si fuese un sacrificio azteca. La energía de la desesperación había generado nuestra metamorfosis; habíamos capturado la esencia sagrada del lugar; habíamos pasado al otro lado.

Pudimos marchar hacia Tlaxcala sin ser inquietados. En Zultepec, no lejos de la frontera del territorio tlaxcalteca, tuvimos que soportar un rudo golpe. Lo sabes, los indios tenían por costumbre exponer cerca de sus santuarios los cráneos de los sacrificados, ensartados por sus sienes. Nos dieron náuseas al ver los rostros todavía reconocibles de nuestros compatriotas, mujeres y niños llegados con Narváez, y hasta un caballo decapitado que había conservado después de la muerte una horrible expresión de sufrimiento.

Marchamos con las nubes, escoltados por los aguaceros. La llegada a tierras tlaxcaltecas fue un alivio. Ya habíamos sido abastecidos; teníamos tiempo para esperar a los que renqueaban; los turnos de guardia eran reducidos. Estábamos conscientes de que éramos sobrevivientes. No sabía si debía agradecer al cielo o maldecir mi presunción.

La recepción que nos ofreció Tlaxcala fue alegre y cálida. Maxicatzin me hizo repetir varias veces el relato de nuestro combate en Teotihuacan; no alcanzaba a creerlo, pero mi relación lo reforzaba en su intuición: éramos *teules*, seres aparte, poseedores de una fuerza desconocida en esta tierra. Diagnosticó que Cuitlahua no sobreviviría a tal derrota. Esa posibilidad no le disgustaba. Nuestro botín de guerra maravillaba a los altos responsables de la ciudad, incluida nuestra cabeza-trofeo, que fue colocada bajo resguardo en el muro de los cráneos.

Curamos nuestras heridas; todos teníamos. Algunos murieron por ellas. La llaga en mi mano izquierda era severa; una flecha había alcanzado los tendones; perdí el uso de dos dedos. Un mes de inactividad restauró los cuerpos pero dañó las mentes. Sin la presión de la supervivencia cotidiana, mis hombres se dejaron ir por el desánimo. Se planteaban preguntas sobre el sentido de sus vidas, sobre las perspectivas del porvenir. Nuestro botín se había hundido en gran parte en las aguas de la laguna, el oro se les había escapado de las manos. No me lo perdonaban. De proveedor de riqueza me había convertido en un agente del desorden, en el responsable de su súbita pobreza. ¿Cómo podría resucitar sus sueños?

Los hombres venidos con Narváez que habían sobrevivido al desastre eran los más rencorosos. En su breve aventura mexicana, habían conocido sobre todo la experiencia de la derrota, en Veracruz, luego en Tenochtitlan. Nadie, mucho menos Velázquez, les había explicado la situación antes de su partida de Cuba. Muchos habían abandonado sus bienes, sus casas, sus esclavos en pos de un espejismo. Estaban furiosos y decididos, costara lo que costara, a volver a su isla. Incluso habían redactado un requerimiento que me acusaba. En cuanto a mi tropa, más aguerrida, más lúcida, ya comprometida con una vida mestiza, estaba claramente desmoralizada. Más aún por haber roto con Cuba. Ninguno de mis hombres tenía solución de repliegue. Nuestra vida estaba aquí; no había alternativa; debíamos ganar o morir.

Nuestra guarnición de Veracruz no había sido atacada, lo cual era un alivio; pero los refuerzos que había pedido nunca llegaron a

Tlaxcala. El oro y las armas habían sido robados en el camino y nuestra escolta asesinada. El único sobreviviente había sido desvalijado y dejado por muerto en un descampado; logró llegar a Tlaxcala donde pudo hacerme su reporte antes de morir de sus heridas.

En cuanto a nuestros aliados indígenas, el contexto también era delicado. Incluso si los cuatros señores de Tlaxcala insistían en confirmar su fidelidad, sentía que existía cierto malestar. Sellar una alianza con potenciales ganadores podía presentar una ventaja estratégica, pero hoy estaba debilitado y derrotado. Había perdido la batalla de Mexico. Mis aliados cuestionaban la pertinencia de nuestro pacto. El hijo de Xicotencatl militaba abiertamente en mi contra y abogaba por una alianza con los mexicas. Aunque las autoridades no se adherían a esa postura extrema, se respiraba cierto perfume envenenado. A decir verdad, mi tropa no era muy presentable: unos andaban cojos y lisiados, cuerpos y almas heridos por la vida, encorvados, deshechos, aturdidos. Incluso mis capitanes —a quienes, sin embargo, prodigaba las máximas atenciones— daban la impresión de no querer hacer otra cosa más que jugar a los naipes.

Los jefes de Tlaxcala decidieron someterme a una prueba. Me solicitaron ayuda para apoderarse de Tepeaca, una aldea que era un enclave azteca en territorio tlaxcalteca. Querían cerciorarse de que la magia de los *teules* podía funcionar en provecho suyo. Acepté el desafío: ¿podía hacer otra cosa? Éramos sus huéspedes. Pero sabía que me sería imposible movilizar a mis hombres. Estaba en situación de fracaso por donde se viera. Así que en mi mente preparé un discurso de renuncia.

Te confesaré, mi querido Martín, que no pegué los ojos en toda la noche. Incansablemente, buscaba las palabras que le darían elegancia a mi penosa abdicación. Por la mañana reuní a mis hombres; cuatrocientos cuarenta sobrevivientes. Mis hermanos de combate. En realidad eran héroes y me preparaba para abandonarlos a su suerte. Tras las pirámides se perfilaban las cumbres nevadas de los grandes volcanes. El aire era puro y fresco, el sol risueño. En otras circunstancias, me hubiera sentido feliz. Tenía el sentimiento de estar en casa.

Temblaba ligeramente. Di inicio a mi discurso tal y como lo había pensado, con el el trato que había escogido: "Caballeros". Sucedió entonces algo inexplicable. Escuché salir de mi boca palabras inéditas que sólo obedecían a su propia voluntad. Las escuché componer una oración que tenía su música y su ritmo, su ardor y su emoción. Me sorprendí al pronunciar palabras surgidas del limbo de mi consciencia, palabras que había eliminado inexorablemente de mi vocabulario: esperanza, grandeza, honor, fraternidad, lealtad. Hablé de la victoria de David sobre los filisteos. Emocionado, escuchaba mis propias palabras, que proclamaban mi profundo deseo de proseguir con la lucha. En ellas percibía el soplo de la vida, sentía una energía que creía perdida. Provenía de la tierra y del cielo, de las nubes, de los rayos del sol, de la mirada de mis hombres, del horizonte gélido que nos rodeaba. El deseo por el futuro renacía. Mi discurso dio frutos. En ese instante tuve la certeza de que, durante toda mi vida, las palabras me salvarían. Tenía que escribir.

CAPÍTULO 17

TEPEACA

Libramos la batalla de Tepeaca. Y la ganamos. A decir verdad, estaba harto de la violencia y la muerte y debí esforzarme por llevar a mis hombres al combate. Pero todos se involucraron con valor y determinación; nuestros caballos hicieron maravillas. Excepcionalmente, autoricé tomar prisioneros, que serían esclavizados. Estaba escrito en las leyes de la guerra en España, pero siempre me había rehusado a hacerlo aquí. En esta ocasión, era una manera de acallar los reproches de los soldados y de satisfacer al tesorero del rey, quien seguía encolerizado por la pérdida del quinto real. También jugué con la ambigüedad de mi estatuto: en Tepeaca, con mis batallones venidos de Tlaxcala, de Uexotzinco y de Cholula era más un jefe de guerra indígena que un capitán español.

Los señores de Tlaxcala estaban más que satisfechos; gracias a nosotros, habían expulsado a los mexicas de su territorio. Se renovó nuestro pacto. Bañado en sangre y en sufrimiento, pero renovado. En cuanto a nosotros, ese puesto de avanzada nos permitía controlar la ruta de Veracruz, estratégica a todas luces. En el lugar de mi espectacular victoria, fundé una villa de españoles que llamé Villa Segura de la Frontera. Para administrarla, nombré ediles y abrí libros de contabilidad. Me remordía secretamente haber empleado la violencia para imponerme, no obstante era una revancha sobre el infortunio. Un llamado a seguir mi instinto.

Sin haberla aquilatado inmediatamente, esa victoria de Tepeaca, lograda tan costosamente, tuvo una inmensa repercusión. Apenas instalado el cabildo, una delegación venida de Cuauhquechollan solicitó hablar conmigo. Mi querido Martín, no estoy seguro de que tu madre haya estado sorprendida por la naturaleza de las reivindicaciones de sus embajadores. El dramático escenario que nos describían ya lo habíamos escuchado: depredación excesiva de la producción agrícola, robo de mujeres, esclavitud de jóvenes, humillación permanente de los dirigentes. En pocas palabras, la ciudad de Cuauhquechollan pedía mi intervención para ayudarla a sacudirse del yugo mexica. Lo que había hecho en Tepeaca, querían que lo hiciera para ellos. En contrapartida, me aseguraban que en caso de victoria se reconocerían como vasallos del rey de Castilla.

No fingí gozar de mi disfrute. Ensillamos los caballos y, con el apoyo de un escuadrón de guerreros de Tlaxcala, de Cholula y de Uexotzinco, marchamos sobre la guarnición azteca de Cuauhquechollan. Esta vez, prácticamente no hubo combate. Tomamos el control de las tiendas donde se conservaba el tributo y abrimos los arsenales en los que se almacenaban las armas. Observé incluso que estaba resguardada gran cantidad de esas largas picas que habíamos utilizado contra Narváez y que aquí estaban destinadas a matar a nuestros caballos. La campaña sólo duró tres días. Las autoridades indígenas de la ciudad se colocaron bajo mi protección. Mi notario atendía y consignaba todo por escrito.

Cundió el ejemplo de Tepeaca. Después de Cuauhquechollan, una decena de ciudades acudió buscando ayuda. Una quería que fuera árbitro en un problema de sucesión entre dos candidatos al poder. ¡Otras se unían espontáneamente a nuestra causa argumentando que nunca habían matado a un español! Algunas de esas ciudades estaban más allá de cuarenta leguas. Mi territorio se agrandaba. Tuve que armar una expedición a Itzocan, importante ciudad al sur de Cuauhquechollan. Eché fuera a los mexicas. Tomé el control de la ciudad y quemé el templo de los ídolos. Lo confieso: me enardecí. Ciertamente era un uso indígena, pero en esa coyuntura me sirvió de pretexto. Intenté adelantar algunos peones en el tablero de la cristianización. A petición de las autoridades, tuve que designar a su nuevo jefe. Hice consultas y escogí a un joven niño de diez años, pariente de Motecuzoma, a quien hice acompañar de un consejo

129

de regencia tripartito; dos señores eran originarios de Itzocan y el tercero lo era de Cuauhquechollan. Como hecho notable, logré que ese joven jefe fuese bautizado antes de acceder al trono. Creo que fue el primer jefe indio en ir a la pila bautismal. El padre Olmedo permanecía incrédulo. Con cierta compunción, el sacerdote llamaba a la situación que ahora prevalecía la *pax cortesiana*.

Tomé entonces la decisión de suspender el tiempo. De detener las hostilidades. De poner la vida entre paréntesis. Les di descanso a mis hombres: ¿querían jugar a los dados? Lo harían a placer. Y me retiré del mundo. Con una pluma y una resma de papel. Me encerré en una choza de indio para escribir. Escribí todo un mes sin descansar. Sentía un soplo en mí, un ardor que parecía inalterable. Era llevado, portado, transportado. Me embriagaba con el roce de la pluma, con el espectáculo de las páginas ennegrecidas, pero también con la indecible satisfacción de hallar las palabras para decir lo que había preparado en mi cabeza. No estoy seguro, mi querido Martín, de que mis hombres hayan comprendido mi proceder. En este asunto, estaba solo. Y bien solo. Esta vez, Marina no podía compartir mi preocupación de escritor. Me protegía, recibía las embajadas en mi nombre, velaba por mi tranquilidad y mi concentración, pero no sabía lo que hacía realmente. De hecho, escribía un testamento que negaba su nombre. Ante la incertidumbre de la época, les redacté una carta de amor a los habitantes de este país. Lo sabes, rondaba la muerte; mi propia vida estaba permanentemente amenazada; mi súbito fallecimiento podía darse en cualquier momento. Así que debía librarme de un deber moral: dejar una huella de mi fascinación por esta tierra, fascinación visceral por la magnificencia de sus paisajes, fascinación intelectual por la grandeza de sus hombres, por su talento como constructores, como agrónomos, como demiurgos. Imaginé una estratagema. Esta carta, se la dirigiría oficialmente al joven Carlos, rey de Castilla y de León, emperador romano germánico. Pero todo lo que escribiría estaría destinado a la imprenta. Quería que el mundo entero conociese la naturaleza de mis convicciones y comprendiese el sentido de mi aventura. Lo confieso, el procedimiento era tortuoso: le proponía al rey nombrar esta tierra "Nueva España", mientras me regodeaba en describirla sistemáticamente más bella, más grande, más fértil, más rica que nuestra vieja España. ¡Mi elogio de Mexico mostraba que no obraba como cortesano! Y mi insistencia en hablar del *gran* Motecuzoma sugería entre líneas que nuestro rey quizá le era inferior.

Sería ese amor no disimulado por el mundo indio, esa profunda empatía la causa del éxito de mi libro, que debía salir de las prensas del impresor Cromberger en Sevilla, dos años más tarde. Pero había algo más, que colinda con el misterio, quizás incluso con la magia. Cuando escribo en Tepeaca, soy todo excepto un conquistador triunfante. Aunque cuento con algunas alianzas, aunque conquisté el apoyo de Tlaxcala, sigo siendo el hombre que fue echado de Tenochtitlan. Digámoslo: soy un derrotado. Pero al releerme, no percibo de ninguna manera esa dimensión. Mi pluma, autárquica y benefactora, borra el traumatismo del fracaso, cura lo más hondo de mi herida. Al imponer ese tono de distante serenidad, al insistir en mi propia fascinación, me ayuda a dar el paso, reordena mis ardores. En el fondo, constato que mi pluma anticipa mi victoria. Mi *Carta de relación enviada a su S. majestad del emperador* firmada el 30 de octubre en Tepeaca exorciza la muerte, construye un futuro. Lo ves, mi querido Martín, al escribir aquí encontré mi salvación y recobré mi fuerza mental, que vacilaba.

Una mañana, Maxicatzin me mandó llamar; tenía fiebre y pústulas en el rostro. Entendí que nos había alcanzado la epidemia de viruela, importada por el cuerpo expedicionario de Narváez. El jefe me anunció la muerte de Cuitlahua, el efímero tlatoani mexicano. El rumor la atribuía a la viruela, pero mi amigo tlaxcalteca no lo creía. Pensaba firmemente que había sido asesinado por sus oponentes, quienes no le perdonaban el habernos dejado con vida en Teotihuacan. Supe más tarde como hecho cierto que su sucesor, Cuauhtemoc, había mandado ejecutar a varios de sus oponentes para acceder al trono. Pero nunca supe la verdad sobre el final de Cuitlahua.

Maxicatzin murió al tercer día. Lo lloré y guardé luto un mes entero. Un mes de veinte días del calendario local, pues abiertamente mezclaba el uso castellano con el de las prácticas autóctonas. Después de consultar con los otros tres señores de Tlaxcala, escogí a su sucesor de entre sus hijos. Como Maxicatzin era un hombre joven, sólo tenía herederos de muy poca edad. Pero para él era esencial que su linaje guardase el poder; así que escogí a su hijo mayor, un adolescente cordial y abierto. Sería, como su padre, un aliado constante. Emocionado por la situación, el viejo Xicotencatl, ciego, pidió ser cristiano. Imaginarás mi alegría. Organizamos una gran ceremonia, conmovedora, bajo las copas de árboles seculares cuyas bóvedas valían por todas las catedrales del Viejo Mundo. El padre Olmedo lloraba. Xicotencatl eligió hacerse llamar don Lorenzo de Vargas.

Puse orden en mis tropas. Después de mi encierro voluntario en Tepeaca, era necesario. Expulsé a los nostálgicos que sólo soñaban con volver a Cuba. Los puse a todos en el mismo barco después de haberles esculcado los bolsillos. Confisqué el tercio del oro que estaba en su posesión: había que pagar los gastos de la travesía. Envié cartas a los jueces de la Audiencia de Santo Domingo y a los frailes jerónimos que en aquel entonces estaban a cargo del gobierno de las islas. Envié un plenipotenciario a Castilla, Diego de Ordaz, para que fuera recibido por el Consejo de Su Majestad. Desempeñó muy bien su embajada y recibió armas nobiliarias, en las que figuraban el volcán Popocatepetl, al interior del cual había descendido valientemente para proveernos de azufre. También tenía como misión secreta entregar el manuscrito de mi *Relación* escrita en Tepeaca al impresor Cromberger. Debía también considerar asuntos más triviales y envié un barco a Jamaica —donde tenía amigos— con el objetivo de traer caballos y yeguas; necesitábamos urgentemente incrementar el número de nuestras monturas, que habían sufrido muchas bajas en la guerra.

Finalmente redacté ordenanzas para el buen gobierno de mi pequeño ejército. Ya fuera a los naipes o con los dados, a partir de entonces quedaba prohibido apostar armas, caballos o esclavos. Las violencias hacia las mujeres serían severamente castigadas. Las peleas serían reprimidas. Los españoles no tenían derecho a insultar a los indios ni, por supuesto, a pegarles. Impuse precios razonables para los intercambios de bienes entre particulares, especialmente para la ropa proveniente de Europa. Como nos hacía falta prácticamente de todo, el mercado negro floreció sin control. Lo puse en orden. Reconstituí mi tropa; creé cuadrillas de peones y escuadras de jinetes; para cada una nombré un capitán y oficiales. Estábamos en orden para marchar.

Celebramos Navidad en Tlaxcala con la esperanza hondamente anclada en el corazón. ¿Confesaré que nuestras festividades mucho se parecían a unos consejos de guerra? La fe y la confianza estaban de vuelta, nuestra venganza sobre nuestro infortunio estaba tomando forma. Sin embargo, tendría que esperar todavía ocho meses para entrar en Mexico.

CAPÍTULO 18

LOS BERGANTINES

Tenía una certeza: la batalla de Tenochtitlan sería una batalla naval. Así que precisaba de barcos. ¿Dónde mandarlos construir sino aquí, en Tlaxcala? Me objetarás que estábamos a más de treinta leguas del lago de Mexico y que nos separaban altas montañas. Pero el asunto ya había sido negociado y resuelto: mis aliados se encargarían del transporte. Los bergantines serían llevados a cuestas por el camino de Texcoco. Los cascos llegarían ya fabricados, pero los aparejos y los bancos serían ensamblados *in situ*. Había retomado el modelo que había elaborado el año anterior, doble propulsión a vela y a remo. Única novedad: hice agrandar la proa para poder alojar una pieza de artillería. No era algo anodino. En realidad estaba fabricando naves de guerra. Los tlaxcaltecas derribaron árboles como maestros; nuestros carpinteros adiestraban a los equipos indígenas, que sobresalían en el trabajo de la madera y estaban apasionados por tal desafío. Hice venir de Veracruz todo lo que habíamos conservado de nuestros barcos barrenados, hierros y clavos, cabos y cables, anclas, velas y jarcias, estopa y brea.

Entre el ruido de los martillos, sostuve una larga discusión con Marina. Mientras me lamentaba al constatar que la fuerza era más eficaz que mi deseo de mestizaje, la conversación derivó en la naturaleza del poder en el mundo indígena. Tu madre intentó convencerme de que la fuerza no era lo operante; las ciudades que se aliaban a mí no obedecían a un sentimiento de miedo; ¿qué miedo hubiera podido infundir un grupúsculo como el mío, además? Éramos poco más de cuatrocientos, perdidos en la inmensidad mexicana. No. Lo que los nobles indígenas buscaban en mí era una figura de autoridad. Marina aprendía de estos últimos días. Se me pedía permanentemente que arbitrara conflictos que nadie sabía resolver en el marco de los usos y costumbres. Decía que, finalmente, los jefes no tenían ningún poder; eran esclavos de la perpetua búsqueda del consenso. Los caciques habían comprendido empíricamente que yo representaba una alternativa. Mi fuerza consistía en poder tomar libremente decisiones que no eran cuestionadas de buenas a primeras. De cierta manera, representaba el derecho, una instancia superior, un concepto.

Volví a la diplomacia y salí de gira para entrar en contacto con las ciudades del valle de Mexico. Era en realidad diplomacia armada, pero, en mi idea, las tropas multiindígenas que me acompañaban en esta ocasión tenían una función disuasiva. Buscaba reanudar el diálogo con las ciudades instaladas en los bordes del lago. Empecé por Texcoco. La ciudad había sido evacuada ante mi llegada y el soberano gobernante se había refugiado en Mexico; tomé acta de tal abandono y procedí de inmediato a designar su reemplazante. Coloqué en el trono a un hijo del antiguo soberano Nezauaulpilli, un tal Ixtlilxochitl, quien se oponía al poder del actual señor, uno de sus medio hermanos. Como cada supremo dignatario tenía en promedio ciento cincuenta hijos, cuya mitad eran varones, los pretendientes eran innumerables. Y cada sucesión se transformaba en un sinfín de guerras entre clanes. Ese nombramiento de Ixtlilxochitl fue bien recibido y aprobado por las dos ciudades satélites de Texcoco, Coatlinchan y Uexotla. Ocho días después, la ciudad volvió a poblarse y cada quien se ocupaba de sus asuntos cotidianos. El control de Texcoco, miembro de la Triple Alianza, se hizo sin disparar un solo tiro.

Ahora las buenas noticias se iban acumulando. Ayer, una embajada de Chalco vino a solicitar nuestra protección. La ciudad de Chalco, al sureste del valle, era un obstáculo estratégico que dominaba el acceso al gran lago. Poder contar con Chalco como mi aliada era una ayuda providencial. Al tanto de experiencias anteriores, la ciudad de Otumpan también acababa de jurarme lealtad. Para extender mi control sobre todo el flanco oriental del lago, me vi forzado a limpiar algunos focos de resistencia, a enfrentar guarniciones mexicas.

Pero los soldados de Cuauhtemoc se rehusaban ahora a combatir; nuestros enfrentamientos eran poco violentos, poco costosos en vidas humanas. Ayer marché hacia Tlacopan, dándole la vuelta al lago por el norte. No te mentiré si te digo que volver sobre los pasos de nuestra despavorida huida tuvo el valor de un exorcismo. Me deshice de los demonios de la Noche Triste. No fui bien recibido en Tlacopan, pero pude permanecer ahí una semana sin ser inquietado de ninguna manera. Ahí se me detesta con circunspección.

Los trece bergantines acababan de ser entregados en Texcoco. No puedes imaginarte, mi querido Martín, el espectáculo que fue aquello. Los tlaxcaltecas asumieron brillantemente nuestra alianza. Marcharon durante cuatro días, con fanfarria, divisas desplegadas, estandartes al viento, sin ser inquietados por los mexicas. Mis capitanes cabalgaban al lado de los jefes de Tlaxcala con gran pompa. El convoy movilizó ocho mil hombres que se turnaron para llevar en hombros las tablazones, las ligazones y los mástiles. El transporte de las vituallas estuvo a cargo de más de dos mil tamemes y veinte mil aguerridos soldados garantizaron su seguridad. La música de las conchas y de los tambores acompasaba esa marcha con obsesionado frenesí. ¡La columna se extendía sobre dos leguas y cuando entró en Texcoco, el desfile duró seis horas! Las embarcaciones fueron almacenadas en un terreno baldío al borde del lago y puestas bajo estricta vigilancia. Tuvimos que excavar una verdadera zanja para su botadura. A decir verdad, ese proyecto tiene una dimensión gigantesca y entre la organización que requiere la empresa, la vigilancia que debe desplegarse en cada momento por las amenazas de la parte contraria, entre la gestión de las tropas indígenas y las rivalidades entre mis capitanes, no tuve mucho tiempo para dormir.

Recibo más buenas noticias: varios barcos han llegado de Cuba con el objetivo de engrosar nuestras tropas. Traen caballos, pólvora, arcabuces, barricas de sardinas, jamones curados. Hice desmontar dos cañones que armaban un barco para traerlos aquí, a Texcoco. Los hombres son refuerzos invaluables. Oficialmente, todos esos recién llegados vienen para ayudarme, pero debo ser prudente. Seguramente hay partidarios de Velázquez infiltrados. El rey me envió a un nuevo tesorero, un tal Alderete, nativo de Tordesillas; es una buena señal, es un reconocimiento; el rey no impugna mi presencia en Nueva España, le apuesta a mi potencial éxito y busca sacar provecho. Marina me anima a reforzar mi seguridad personal; la escucho, como siempre. Acabo de dotarme de una guardia pretoriana que me cuida noche y día.

Me doy cuenta de que me es imposible iniciar el sitio naval de Mexico sin haber asegurado mi retaguardia. Debo tener cuidado de no ser sorprendido en un movimiento envolvente lanzado por los habitantes del sur del valle. Consolido mi control sobre Xochimilco y bajo hasta Yauhtepec, en tierra caliente. Constato que debo neutralizar la principal ciudad de la región, Quauhnahuac. Es una fortaleza atrincherada, inaccesible, que no quiere rendirse. Sus habitantes saben que no iniciaré un sitio interminable y se aprovechan de su situación inexpugnable. Esperan verme abandonar el lugar al menor costo posible. Pero hay en mi tropa un tlaxcalteca que me revela la existencia de un pasadizo secreto, en la cañada, lejos de la entrada de la ciudad. Hay que escalar una pared casi vertical, pero, si no se tiene vértigo, la vía es practicable. Helo entonces que sube a mano limpia, seguido por cuatro de mis hombres que sólo llevan un simple cuchillo en su camisa. Llegados a la cumbre, atan una soga y ahora un destacamento puede subir a su vez, cuchillo en la cintura. Mientras retengo a los habitantes del lado de la vía de acceso, fingiendo querer forzar la entrada de la ciudad atrincherada, mis hombres sorprenden a la defensa por detrás. El combate se detuvo con la primera cuchillada. Pactamos la neutralidad de la ciudad; no pedía nada más.

Estábamos en el mes de mayo. Las pruebas con los bergantines fueron satisfactorias; cabe una veintena de personas en cada uno; toda embarcación tiene su capitán, quien decide las maniobras, y su equipaje, dividido entre remeros y soldados, todos españoles. La tropa terrestre ya recibió órdenes de despliegue. El sitio puede empezar. Como existen tres calzadas que comunican Tenochtitlan con tierra firme, inicialmente quería conservar libre la calzada del norte para que los habitantes pudieran huir sanos y salvos. Pero no conseguí que mis capitanes aceptaran esa estrategia; tuve que ceder al cabo de diez días y mi fiel Sandoval recibió orden de asegurar el bloqueo del norte, al pie de la colina de Tepeyacac, donde existía un santuario dedicado a Tonantzin, hoy transformado en ermita consagrada a la Virgen María. En realidad, fue Cuauhtemoc en persona quien prohibía a sus súbditos cualquier huida por las calzadas. Vencer o morir. En ambos bandos habíamos entrado en una lógica de enfrentamiento exacerbado que para mí representaba un fracaso moral. Sin embargo, tenía que librar esa batalla. Me apoyaba ahora un gran número de grupos indios que confiaban en mí. Era de los suyos. Pero deseaban ardientemente la caída de Mexico. Su guerra era una revancha. En cuanto a mis hombres, aspiraban a ganar en nombre de Cristo, con la esperanza de ser beneficiados con una encomienda que les permitiría vivir tranquilamente el resto de sus vidas. Su guerra era una inversión. Mi persona combinaba motivaciones fundamentalmente contradictorias. Me adaptaba a ello.

Logramos controlar la ribera occidental del lago abandonada por sus habitantes. Ello nos permitió bloquear el acceso a la calzada de Tlacopan pero, sobre todo, pudimos hacernos con Chapultepec. De ahí parte el acueducto que lleva agua dulce al corazón de Mexico. Alimentado por un poderoso ojo de agua, atraviesa el lago por más de una legua. Es una maravilla. Lo cortamos para que los mexicas quedasen sedientos. La trampa se cerraba sobre los sitiados. Echaba a andar un sitio clásico, pero al mismo tiempo comandaba una guerra atípica que confundía a la parte contraria. Por ejemplo, quería respetar los usos tradicionales al convertirme en el amo del Gran Templo, símbolo del poder tenochca. También, en esa perspectiva, multiplicaba las incursiones a pie, a caballo o en barco. Combinaba guerra de posiciones y asaltos imprevisibles. Improvisaba ampliamente dentro del plan establecido. Pero la guerra sigue siendo una operación peligrosa. En esos enfrentamientos, perdimos hombres de valor. Sobre la calzada de Ixtapalapa, las tropas de Cuauhtemoc capturaron un día a unos cincuenta de los nuestros. Los desdichados fueron sacrificados y decapitados. Al día siguiente, los aztecas nos lanzaron sus cabezas bautizándolas con los nombres de Malinche, Tonatiuh, que era el apodo de Alvarado, o Tequani, que era el apodo de Sandoval. ¡Créeme, hay que tener valor para aguantar aquello! Yo mismo conocí la angustia de combates arriesgados y estuve a nada de perder la vida. Mientras combatía a pie, llegado a poca distancia del Gran Templo, estuve rodeado por el adversario. Me salvé *in extremis* gracias a la irrupción de un jinete que me llevó en ancas para evacuarme.

Finalmente, no tomé Mexico el 30 de junio de 1521 como lo esperaba. No pude borrar en ese día de aniversario el recuerdo del desastre de nuestra expulsión. Nuestras escaramuzas eran infructuosas. Los mexicas se defendían magníficamente. Para eximirnos, te confesaré, mi querido Martín, que no estábamos completos. Tuve que enviar con toda urgencia un destacamento a Quauhnahuac atacada por una ciudad rival, en este caso Malinalco. Ello sucedía en el peor momento, pero no podía abandonar a mis recientes aliados; tampoco podía dejar que se abriese otro frente en mi retaguardia y hallarme sorprendido por un movimiento de tenaza. Tenía que enfrentar lo más urgente. Vencimos en Malinalco de manera expedita, pero esa falta de tropas fue cruel en el momento de nuestros ataques. Tuvimos bajas. Y cada quien quiso responsabilizar al otro por nuestros muertos. Mis capitanes se disputaban, sobre las tácticas, sobre las estrategias, por la falta de valentía de uno o del otro. Permanentemente repartía palabras de consuelo. "Claro que no, estuviste sobresaliente, te felicito por tu compromiso. Eres el más fiel de los fieles. ¡Vaya que demostraste tu valentía!". Acababa más agotado que de haber manipulado la espada un día entero.

Fueron nuestros barcos los que capturaron a Cuauhtemoc. Fue el sitio naval el que permitió la rendición de la ciudad; duró tres meses. Tres meses de sufrimiento para las familias retenidas como presos tanto en Tenochtitlan como en Tlatelolco. Veinte veces le propuse a Cuauhtemoc y a su allegados llegar a un acuerdo de paz. O aceptar al menos dejar salir a las mujeres y los niños. Pero nadie confiaba en la palabra del otro. Cuauhtemoc ejecutaba a todos los plenipotenciarios indígenas que le enviaba, lo cual sólo exacerbaba el odio de la gente de Texcoco, de Chalco y de las demás provincias que estaban de mi lado. Hablamos en medio del lago, frente a frente, de pie en una embarcación. Pero la mente de Cuauhtemoc estaba habitada por el suicidio.

Sin embargo, el 13 de agosto, a media tarde, subió a un barco grande con su familia, sus hermanos, su gente de confianza, los príncipes de Tlacopan y de Texcoco. Intentó huir. ¿Para ir adónde? A la fecha no entiendo su gesto. ¿Qué esperaba? ¿Que el diluvio que se abatía en ese entonces sobre Mexico lo escondería de nuestra mirada? Con nuestros bergantines y nuestras seis mil canoas aliadas, dominábamos el lago. Lo interceptamos. Su embarcación fue tomada sin violencia, sin resistencia. Cuando el soberano estuvo frente a mí, me sorprendió su juventud; debía tener la misma edad que nuestro emperador Carlos. Unos veinte años. Todavía conservaba rasgos infantiles. Cuauhtemoc se precipitó sobre el puñal que llevaba yo a la cintura, lo tomó y me lo tendió, arrodillado; creo haber sido el único en comprender su gesto. Me daba a entender con ello que merecía la muerte por sacrificio que lo haría acompañar al sol en su recorrido, la única redención del cautivo. Decidí algo distinto.

Desde nuestro campamento en la calzada de Coyoacan, se veía con claridad las llagas abiertas de la gran capital azteca, herida por los incendios, devastada por la inhumana batalla que acababa de librarse. El gran templo de Tlatelolco seguía humeando. Lo que no veíamos desde tan lejos eran las calles cubiertas de cadáveres sin sepultura, las ratas que corrían por doquier, la huella de la muerte incrustada en las plazas y en los mercados, en las calzadas, en los canales y hasta en las casas destrozadas. Lo que no olíamos era el hedor de la muerte que se había instalado como amo del lugar, como un desafío a la vida. No me gustó hacer esta guerra, pero sí el ganarla. Para que sea la última. Para que cristalice mi proyecto para la Nueva España.

Tuve que cerrar los ojos sobre lo que sucedió después y todavía hoy lucho por olvidarlo. Hay que saber que en caso de victoria, un jefe pierde todo su poder. Como en una extraña mutación de alquimia, los más bajos instintos del hombre resurgen. La tropa, ebria de su propio frenesí, se abandona a sus impulsos. El problema es que tenía conmigo varias tropas: los españoles que querían oro, los indios que aprovechaban la oportunidad para liberarse de las reglas del canibalismo y el pequeño grupo enviado por Su Majestad, obsesionado por la idea de reducir a la esclavitud a todos los cautivos. Si a ello le agregas la violencia ejercida contra las mujeres y la pura voluntad de destrucción que animaba a los grupos indígenas históricamente sometidos, tendrás una idea de la situación. Era desolador, pero mi voz habría sido inoperante de todos modos. La victoria engendra una euforia que alimenta la incontrolable dinámica del saqueo. Cerré los ojos durante tres días. Me quedé cara a cara con tu madre, anonadado por la victoria. Marina estaba aliviada al ver terminada esa guerra. A pesar de mi oposición, aprobé organizar una borrachera para la tropa de los españoles; mucho cuidado tuve de no aparecerme. La embriaguez nunca ha sido mi fuerte, así que imagínate para mí el espectáculo de los borrachos… En cambio, acepté compartir algunos momentos, de bastante pompa, con los jefes de la coalición, los dignatarios de Tlaxcala, de Texcoco, de Chalco, de Coyoacan, de Quauhnahuac, de Matalatzinco. Con cierta solemnidad, en cuclillas sobre nuestros bancos, intercambiamos palabras de agradecimiento. La realidad era todavía demasiado fresca como para ser creíble. Aterrizábamos suavemente en los vapores del tabaco.

Más tarde fui llamado por uno de mis capitanes. Me avisaba que Alderete, el perceptor del rey, estaba torturando a Cuauhtemoc y a Tetlepanquetzal, el soberano de Tlacopan, para que confesaran dónde se hallaba el tesoro de Motecuzoma. Era indignante y, sobre todo, no tenía la intención de ceder ni un ápice de mi poder a los funcionarios del fisco. Hice que parara el suplicio del aceite hirviendo. Ni Cuauhtemoc ni Tetlepanquetzal habían hablado. Siguió un periodo de locura en el que cada uno de mis hombres salió en busca del desaparecido tesoro. Sondearon los muros y los techos, excavaron en los jardines, incluso bajo las jaulas de las fieras en espera del sacrificio. Los indios, por su parte, exploraban la laguna; circulaban rumores; cada quien creía saber dónde había sido ocultado el tesoro. Cuando hubiera sido necesario quemar los cadáveres en descomposición para evitar las epidemias, cada quien se ocupaba en esa trágica búsqueda.

El fuego sin embargo cumplió con su cometido y terminó con los restos mortales. Mi primer gesto fue restablecer el funcionamiento del acueducto de Chapultepec; el agua permitió lavar, limpiar, purificar. Luego vino el plan de reconstrucción; pareció pertinente destruir todas las casas para reconstruirlas mejor. Pero el costo psíquico de tal medida era inconmensurable. De la guerra iba a nacer otra ciudad, otra capital para un nuevo país. No obstante, el corazón de la Nueva España se erigiría sobre ruinas. ¿Sería viable? Por fortuna, en el pensamiento indígena, la conquista no era una maldición, sino una obra de creación. Todas las grandes ciudades se consideraban el fruto de una conquista y a los héroes fundadores se les glorificaba. Así que a mí también se me glorificó. Pero resultaba difícil hacerle entender a nuestro rey ultramarino que él, en cambio, no tenía ninguna legitimidad de ocupar este territorio. Los mexicanos sólo aceptan a los combatientes. Había recibido la coronación por las armas; era un ser que correspondía a sus criterios de autoridad. Tu madre decía in tlacatl in tetzauitl, era "un hombre, un prodigio". Por el contrario, la lejana España no tenía materialidad alguna. Así como los caciques reunidos a mi alrededor podían concebir la idea de una autoridad por procuración —utilizaban, por ejemplo, embajadores—, de igual modo les era imposible concebir un conquistador inmaterial. La conquista es un asunto de hombres, de sangre, de valor, de voluntad, de presencia; me había insertado en una categoría del poder mexicano, lo que no podría jamás hacer la Corona. En el fondo, era tlatoani. Mientras que el rey Carlos no lo sería nunca. Era tlatoani porque así lo había querido, porque me complacía hablar nahuatl, porque me gustaba el maíz y el chile, el olor de la cal, el negro cabello de las mujeres, los tentáculos de los magueyes, las corazas de algodón y las flores de cempoalxochitl. Y al rey ni siquiera le apetecería. No tiene ganas de ser otro, ni siquiera de conocer al otro.

Instalé mi campamento en Coyoacan. Marina estaba feliz y yo estaba feliz por su felicidad. Habíamos salido de la guerra. Se nos ofrecía la paz. Me separé de la mitad de mis guardaespaldas. Tenía la mente tranquila.

CAPÍTULO 19

COYOACAN

Nos alojamos en las casas del señor de Coyoacan tal como estaban. Ello significaba tomar posesión de todo el centro de la ciudad. En verdad, no teníamos ni el deseo ni la fuerza para construir casas para nosotros. No me desagradaba el ocupar un lugar de poder indígena. Coyoacan estaba situado en la ribera occidental del lago, cerca de la calzada que llevaba a Mexico. Sólo nos separaban algunas leguas, pero era moralmente importante estar como en el campo, en medio del canto de los pájaros. Teníamos que digerir la violencia, reencontrarnos con el equilibrio, volver a la vida cotidiana, a la rutina civilizada. Caminar por los diques. Olvidar los gritos de guerra y la sangre derramada. Pensar el futuro.

Había indemnizado suntuosamente al señor del lugar, quien era pariente cercano de Motecuzoma. Su palacio se volvió mi palacio, es decir, un lugar de poder compartido en el que los antiguos dignatarios se cruzaban todos los días con mis lugartenientes y mis capitanes. Éstos intentaban con gusto balbucear algo de nahuatl; se limitaban a unos saludos, a unos trozos de frases utilitarias, pero ya era un indicio.

Al principio, me benefició cierto descanso; sentí un extraño sentimiento de libertad. Hacer la guerra es de todos modos una suerte de ascesis, pero ser jefe de guerra es una presión inhumana. No puedo creer que a algunos les sea gustoso. Se pasa el tiempo resolviendo conflictos dentro del conflicto. Nunca se duerme. Se olvida el hambre, la sed, la permanencia del ser. Quedamos reducidos a pulsiones. La derrota desalienta, pero la victoria agota. No hay salvación en la guerra. Al contrario, la paz me parecía eminentemente

144

lúdica. Libre del peso de las responsabilidades, me dejaba llevar por la gracia de lo imprevisto. Volvía a nacer.

Volví a escribir. Empecé el relato del sitio de Tenochtitlan, pero los acontecimientos estaban demasiado frescos. Manipular tales recuerdos me hería. Pasé a otro tipo de literatura: conspiré, mi querido Martín. Preparé una respuesta a las campañas de desprestigio que había sufrido por parte del obispo de Burgos, monseñor Juan de Fonseca. Te describo un poco al personaje puesto que no tienes ninguna razón para conocerlo. Este hombre de Iglesia había sido capellán de la reina Isabel y por casualidad se había hecho su consejero para los asuntos de las Indias. Había recibido la orden de proteger a Colón contra viento y marea. Después de la muerte de la reina, conservó su puesto con el rey Fernando, quien, en verdad, prefería los asuntos de faldas a la administración de las Indias. Ese Fonseca, quien también era obispo desde 1495, se había puesto del lado del gobernador de Cuba, Velázquez, y había maniobrado para desacreditarme; quedaban huellas de una antigua rencilla proveniente de la guerra civil que había enfrentado a nuestras familias hace unos cincuenta años. Su ira hacia mí era ampliamente irracional. Así que empecé por restablecer la verdad de mi actuación. Elaboré expedientes, forjé argumentaciones, reuní pruebas, consigné testimonios. Expliqué mi actuar y la filosofía que lo sustentaba. Envié esos expedientes a mis allegados y a mis abogados, así como a los enemigos de Fonseca. Circularon a placer en las altas esferas. Y tuve la satisfacción de ganar esa batalla. Se me ratificaron mis funciones como capitán general de Nueva España, hice que expulsaran a Fonseca del Consejo de Indias, y Diego Velázquez, quien me detestaba tanto, fue destituido de sus funciones en Cuba. ¡Y te diré que ambos murieron por ello! Una vez más, mi pluma fue la que me salvó. De nada sirve conquistar si es para ser desposeído; hay que ser capaz de defender el territorio en las antesalas. En ello me empeñé; rodeé las inercias, neutralicé a los celosos y le di una realidad al futuro.

Elaboré mi estrategia de conversión. Necesitaba eclesiásticos preparados, inteligentes, sutiles. Hice un llamado a los franciscanos; sólo los quería a ellos. Formaban una orden independiente, completamente distinta a la Iglesia secular; tenían una lectura del mensaje cristiano que podía adaptarse a la realidad india. Así que le escribí al superior de la orden de los hermanos menores, al que ya había contactado cuando estaba en Tepeaca, para concretar mis deseos. Quería que los franciscanos obtuviesen el monopolio de la autoridad apostólica en la Nueva España y que los primeros apóstoles encargados de la conversión proviniesen del convento de Belvis, aposentado en las tierras de mi familia. Pensaba, en efecto, que la proximidad de dichos religiosos con los Monroy, que habían apoyado la creación del convento, les facilitaría la comprensión de la situación. En ese sentido le escribí al rey Carlos y al papa Adrián VI. Si fui diplomático con el Soberano Pontífice, fui explícito con el rey: me opuse firmemente a la llegada de cualquier clérigo secular. ¡Desde la donación de las Indias Occidentales a España por el papa Alejandro VI, los reyes católicos tenían la autoridad que les permitía nombrar en sus reinos a los sacerdotes y a los obispos! Podrás entender que no quería de modo alguno esa dependencia. Quería tener el control del proceso de conversión y en torno a ello tenía las ideas bien claras.

Seguí con atención la reconstrucción de Tenochtitlan. Treinta mil obreros se afanaban en reinventar la ciudad. Sería una ciudad mixta, mestiza, pensada por arquitectos indios, quienes de todos modos eran los únicos disponibles. A todos mis soldados que se quejaban de la desaparición del tesoro de Motecuzoma les di solares bien situados; así pudieron emprender proyectos en lugar de lamentarse.

Tu madre me anunció que estaba embarazada. Lo viví con gran alegría. Fue un periodo apacible; fue amada, atendida, mimada. Mandaba traer tabaco y fumaba todos los días, sola, en sus aposentos. Me decía que le gustaba esa somnolencia que la invadía. Sus puros eran preparados con hojas que le llegaban todavía rebosantes de savia; eran recolectadas al pie de la Sierra Madre, ahí donde el calor del golfo forma una mágica y olorosa neblina. Normalmente, sólo los *ticitl*, los médicos, están autorizados a fumar el puro. El tabaco forma parte de la cura tradicional. Pero tu madre gustaba del ritual ahumado del tabaco, con su mezcla de olores y sabores que engendraban una peculiar embriaguez. ¿Por qué me habría de oponer? Su vientre se redondeaba en ese agradable palacio que tanto amo aún muchos años después.

Desde la rendición de Cuauhtemoc, siete meses habían transcurrido. El olor a sangre se había desvanecido entre la felicidad doméstica. Hacia finales del mes de marzo de 1522, retomé mis hojas de papel y mi pluma escribió el relato de la batalla de Mexico, casi por sí sola, como un navío que conociera espontáneamente la ruta de los vientos. Guardé la idea de la carta abierta que había aplicado en Tepeaca. Le escribía oficialmente a Carlos V, pero en realidad me dirigía a mis lectores. No tuve necesidad de inventar dramaturgia alguna, no tuve que torcer el relato: lo dije todo, lo reporté todo, tal cual había sucedido. El drama se impregnaba en cada página sin que tuviese que hacer resaltar nada. Sufría con los combatientes, me compadecía del dolor de los sitiados, maldecía las disputas en nuestras filas. No oculté que patrullaba casi todas las noches en nuestro real para que reinara el orden: estaban los españoles que apostaban clandestinamente su botín con los naipes: los sancionaba; estaban los indios, denunciados por el olor, que intentaban discretamente cocinar el muslo de su adversario destazado: los castigaba. Contaba la tristeza que en mí engendraba la destrucción de la más bella ciudad del mundo. Me describía como hombre herido más que como triunfante vencedor. Terminé mi obra el 15 de mayo. Marina me amaba en mi papel de escritor; le parecía que la pluma me hacía bien; era un símbolo guerrero entre los aztecas; entre nosotros, era el arma de los historiadores y de los filósofos. Yo pertenecía a los dos bandos.

Estaba en mi etapa de familia. Giré instrucciones para traer a Coyoacan a mi esposa taína —Toalli, de quien ya te hablé—, así como a nuestra hija Catalina, tu hermana mayor. No había contemplado invitar a la otra Catalina, la Marcaida —a quien había desposado obligado y forzado— para que formara parte del viaje. No lo tomó así y asumió el embarcarse a bordo del barco que había enviado para Toalli. Te imaginarás la escena, mi querido Martín. Dos mujeres a bordo disputándose al mismo marido, dos rivales, una indígena, la otra española, ambas legítimas, ¡pero en dos tradiciones diferentes! Mi hombre de confianza aplazó la partida y envió otro barco hacia

Veracruz para recibir instrucciones mías. Tuve una idea algo violenta, lo concedo: le propuse al piloto del barco que desembarcara a los pasajeros en Coatzacualco, a ochenta leguas de Veracruz. Pensaba que el recorrido terrestre entre pantanos, mosquitos y bestias salvajes desalentarían a Catalina Suárez Marcaida, mientras que para mi familia indígena no sería escollo alguno, puesto que estaba acostumbrada al clima. Me equivocaba: la española sufrió, gimió, padeció, resistió, aguantó, soportó. Llegó a Veracruz a pie, ayudada por la misteriosa fuerza de la solidaridad femenina que se había creado entre ella y Toalli.

Naciste, mi querido Martín, en octubre de ese año 4-conejo, en Coyoacan. Estaba inmensamente feliz de tener un hijo varón y Marina estaba feliz de que yo fuera feliz. Pero, más secretamente, estaba colmado por el hecho de que mi primer hijo varón fuera mestizo, que fuera a la vez mexicano y castellano. Eras uno de los primeros en mezclar la historia de Extremadura y la del Anahuac. Colmabas mis deseos y cristalizabas mi esperanza. El año de 1552 fue un año fasto. Los aztecas decían que los años conejo favorecían a los trabajadores y recompensaban el esfuerzo. Estaba ampliamente convencido.

Supe durante el embarazo de tu madre que el navío que había enviado a España con el quinto real había sido tomado por los franceses en las costas de La Coruña. La captura fue obra del pirata Jean Fleury, hábil conocedor del golfo de Gascuña y capitán de un velero de carrera cuya velocidad rebasaba por mucho la de nuestras carabelas. Al rey Francisco I debió intrigarle mi envío: ciertamente había algunas joyas de oro, pero había sobre todo libros indígenas en piel de cérvido, objetos de bellas plumas, finas piedras, jade, flautas y un tambor. Además, había hecho embarcar animales vivos, en particular aves tropicales en grandes pajareras; en un barril, había acomodado unos *axolotl*. Te explico: en la laguna de Mexico vive una extraña criatura, una suerte de pez con patas, de piel lisa, entre gris y rosa, con branquias externas. Esas presas son comúnmente consumidas aquí y las he comido más de una vez. El sabor es refinado. Quería hacerle conocer esa criatura a un amigo de mi antiguo preceptor que en aquel entonces trabajaba en la elaboración de un bestiario. Ese barril capturado por los franceses con todo el equipaje y todo el cargamento del barco fue llevado al castillo de Blois; y ahí, cerca de una chimenea, ante los ojos de un observador francés, ¡los ajolotes se transformaron en salamandras! El fenómeno encantó al rey de Francia y, a partir de ese año de 1522, decidió colocar la imagen de una salamandra coronada en todos los techos de sus castillos. Claro está, era una manera para él de burlarse del monopolio marítimo de España; la salamandra mexicana reinaba en casa del rey de Francia a pesar de la prohibición de navegación en la Mar Océana. Además, al mostrar esas salamandras de la Nueva España a sus invitados, Francisco I tenía por costumbre repetir: "Quisiera que se me muestre la cláusula del testamento de Adán que me excluye del reparto del mundo". Dulce venganza artística. Cuando me enteré de la anécdota varios años después, me dio cierto orgullo el saber que *mis* ajolotes se habían convertido en el símbolo del rey de Francia y que las trescientas representaciones con las que había decorado el castillo de Chambord le rendían finalmente homenaje a la laguna de Mexico, el único lugar del mundo en el que viven esas criaturas que no son más, de hecho, que larvas de salamandra cuya fantasía es la de reproducirse en estado larvario. Ya me dirás, mi querido hijo, el capricho del destino.

Marina te contemplaba en tu cuna cuando se anunció la llegada de mi otra familia. No tuve problemas con Toalli, quien simpatizó con tu madre. Fue diferente con Catalina Suárez. No entendió nada del mundo mexicano, nada de mi política de integración, nada de mi vida privada. Se encerró en una extravagante hostilidad hacia los caciques indígenas. Me reclamaba esclavos y oro; un día quería un carruaje; otro día, una barca para pasear por el lago. Mientras que la ciudad era todavía un campo en ruinas, la modestia y la discreción hubieran sido de mejor gusto. Gobernada por imprevisibles impulsos, tenía el don del escándalo. Murió providencialmente una noche de noviembre, en su cuarto, después de una celebración oficial. Su hermano Juan, quien fuera mi amigo de toda la vida, me explicó que sufría desde hacía mucho tiempo de un mal de madre y que, ya desde joven, se desmayaba por nada. Culpó a la altitud de la ciudad de Mexico, que probablemente no le era conveniente a sus bronquios.

El asunto Marcaida se arregló por sí mismo. Catalina fue enterrada en las dependencias del palacio de Coyoacan, donde descansa en paz de Dios.

Durante el año siguiente a la caída de Tenochtitlan, me beneficié de la *paz azteca* teorizada por el padre Olmedo, ese precario equilibrio inducido por el temor a las represalias y la experimentación del modelo introducido. Había recogido la sumisión de la provincia de Oaxaca, había recibido una embajada de buena voluntad por parte del cacique de Michoacan, cuya actitud era esperanzadora. Pero la pausa en la violencia se vio ensombrecida. Un frente se había abierto en Panuco, al norte del golfo. Era consecuencia de atropellos cometidos por un pequeño grupo de españoles enviados por Francisco de Garay en 1520. Ese Garay, de oscuros orígenes, era cuñado de Cristóbal Colón; lo había acompañado en el segundo viaje para luego obtener de la Corona el nombramiento de gobernador de Jamaica, cuando la presencia española en esa isla era todavía muy limitada. Como muchos otros, estaba enfermo de celos hacia mí y un día se hizo nombrar "adelantado de Panuco", un título sin contenido que sin embargo le permitió montar tres expediciones al norte de la costa del golfo de Mexico. El rey había creído definir una frontera entre mi Estado y el suyo, pero era un engaño. Garay recibió la jurisdicción de las tierras que se extendían "al norte del *río de las palmas*". ¿Pero de qué palmeras y de qué río se trataba? Aquí hay palmeras cerca de todos los ríos y ríos en cada legua; no era ni una definición geográfica ni una referencia a un lugar existente.

El problema provenía de los brutos soldados que había reclutado Garay; algunos habían sido desembarcados y abandonados a su suerte cuando su jefe fue muerto. En tierras de Nueva España, esos soldados perdidos, librados a sí mismos, habían generado disturbios inaceptables. Ciertamente, muchos habían fallecido a manos de los indígenas, pero habían tenido tiempo para proyectar una deplorable imagen de nuestra presencia y de nuestra religión. Decidí intervenir y arreglar personalmente el asunto. Volví a ponerme en marcha.

No sin gusto volví a disfrutar del empuje de esas campañas, esos arrasadores ritmos, esos olores de la naturaleza de madrugada, ese sentimiento de dominar el espacio en el momento de escoger el lugar del campamento, como si el hombre se encontrara repentinamente en el centro del mundo. Lo que me conmueve de la guerra —que en realidad no es de mi agrado— es el nomadismo que implica. Lo desconocido del mañana, lo imprevisible de las situaciones, pero también la confrontación con el destino que siempre avanza enmascarado.

Marina me acompañó, como siempre. Te quedaste en brazos de una nodriza en Coyoacan. Aguilar retomó su vocación primigenia de intérprete, pues los habitantes del lugar hablan una variante del idioma maya. La expedición de Panuco fue un éxito y la paz civil volvió. Fundé una villa que nombré San Esteban del Puerto; dejé una guarnición de un centenar de hombres, nombré un administrador y un alguacil. Establecía los límites de mi territorio.

De camino de regreso, escogí para Veracruz otra localización, más tierra adentro, algo más lejos del mar, en medio de los manglares, en el fondo de una ría. Nombré la nueva instalación como mi ciudad natal, Medellín. Más arriba del embarcadero, a la sombra de las pirámides indígenas, fijé el lugar de la iglesia y del ayuntamiento. Mi sueño de fusión de dos mundos estaba tomando forma. Estaba feliz.

Al volver a Coyoacan, tuve la dicha de descubrir un ejemplar impreso del relato que había escrito en Tepeaca. Se lo había hecho llegar por mis propios medios al gran impresor Cromberger, instalado en Sevilla. Y noté con satisfacción que había respetado una de mis sugerencias: publicar el libro el día del aniversario de mi entrada a Tenochtitlan, un 8 de noviembre. Ahora bien, la edición que tenía en las manos estaba fechada el 8 de noviembre de 1522. Todo un símbolo. Tres años después, exactamente el mismo día, sale de las prensas de Cromberger el relato impreso de mi aventura mexicana. Mi vida se desplegaba ahora en misteriosas reiteraciones, haciendo eco al tiempo cíclico de los aztecas.

CAPÍTULO 20

LOS DOCE APÓSTOLES

No era muy alto, pero esbelto y de buen parecer. Tenía buen porte; caminaba con pasos amplios. Era franciscano, pero había elegido seguir siendo lego. Había entrado en las órdenes para ocultar un secreto de familia. Hijo natural del emperador Maximiliano de Austria, era por lo tanto medio hermano de Felipe el Hermoso, padre de Carlos V. Era, pues, tío de Carlos. Había sido su profesor en Gante; conocía todo lo que debe enseñársele a un joven príncipe; era además pintor y músico. Había renunciado a toda vida pública por culpa de un tartamudeo, que resultaba, en ciertas ocasiones, bastante incómodo. Al entrar en los frailes menores, había elegido llamarse Pedro: así se le conocería durante su apostolado. Llegó a Coyoacan un bello día de agosto de 1523 con dos de sus correligionarios de Gante. Les sugerí instalarse en Texcoco en el palacio de Ixtlilxochitl, quien quería convertirse a nuestra religión. Naturalmente, esos flamencos sólo hablaban francés; los incité secretamente a hacer caso omiso del español y de pasar directamente al nahuatl. Acataron mi sugerencia y en pocos meses los tres se volvieron excelentes hablantes de lengua nativa.

Como verás, mi querido Martín, esa llegada de los tres primeros franciscanos me llenó de alegría. Sabía ahora que, del otro lado de la Mar Océana, mi llamado a los frailes menores había sido escuchado. Además, estaba feliz al constatar que personalidades de tal calibre se sentían atraídas por el reto de la conversión de los indios. Pedro de Gante me proporcionó valiosas informaciones sobre su exalumno. Por otra parte, yo era sensible al hecho de que pudiese traer con él a fray Juan de Tecto, quien había enseñado teología en la Sorbona durante catorce años. Ese hombre de reflexión me fue de gran ayuda para afinar mi estrategia de conversión.

El testarudo Garay volvió. En persona, esta vez. Pero a contratiempo. Cuando intentó desembarcar por cuarta vez en Panuco, ya había recibido los originales de mi nombramiento oficial como capitán general de Nueva España. También había recibido copia de la carta del rey pidiéndole a Garay no instalarse en Panuco, que de ahora en adelante quedaba bajo mi jurisdicción. Es probable que la información no le haya llegado pues, apenas desembarcado, quiso internarse tierra adentro. En esa expedición azarosa y patética, llevada a cabo sin objetivo ni proyecto, en medio de pantanos salados e inhóspitas estepas, el gobernador de Jamaica perdió a un gran número de sus hombres y caballos. De hambre, de sed, de heridas, de mordeduras, de improvisación, de inadaptación. Los sobrevivientes se amotinaron y terminaron encontrando refugio con nosotros en San Esteban del Puerto. Todos los capitanes de Garay se rindieron con sus barcos. En un impulso de humanidad, invité a mi antiguo rival a celebrar Navidad conmigo en Mexico. Aceptó.

En la vieja capital azteca, nuestras casas estaban todavía inacabadas. Pero la vida volvía a su curso normal y al pie del Gran Templo, aún herido, la plaza central tenía buena cara. Garay quedó maravillado por la dimensión de la ciudad, por su entorno verde, por el resplandor de la laguna, que huía bajo las calzadas. Nuestro encuentro quedó sellado por la cordialidad. Entre tragos y abrazos, nos inventamos un parentesco: tenía un hijo casadero, le ofrecí la mano de Catalina, mi hija cubana. Claro está, sólo tenía ocho años; habría que esperar un poco, pero fijé una dote en una acta notarial.

Con la grandeza de los vencedores, también invité a Pánfilo de Narváez a Mexico para las fiestas de Navidad. Estaba aliviado por dejar su calabozo de Veracruz. Después de la misa de gallo a la que asistimos en la capilla privada de mi nuevo palacio, celebramos la Nochebuena todos juntos con mucha alegría, con Narváez, Garay y todos mis capitanes. Había recibido a Narváez el día anterior para anunciarle que le daría la libertad con dos mil pesos de viáticos para volver a Cuba. No dejaba de elogiarme con irrisoria exageración. Lo escuchaba, divertido, sin dejarme engañar por nada del mundo. Francisco de Garay se sintió mal a la mañana siguiente; despertó con un fuerte dolor de costado. Murió en mi casa tres días después. El médico diagnosticó una pleuresía. Quizá no estaba hecho para el poder.

Tomar el control del país no era flaco asunto. Las provincias se rebelaban una tras otra, particularmente en Oaxaca, en Guatemala, en Chamula. Y ello debido a una razón que cabía en una palabra: *encomienda*. Recuerda, la conquista había sido una operación privada. Finalmente, lo financié todo yo, exceptuando caballos y espadas, que son armas personales. La inversión decidida por mis hombres, quienes eran alimentados, alojados y curados pero no pagados, debía ser recompensada. Claro está, había un botín, del que compartían el sesenta por ciento. Pero era insuficiente. Era mi deber entonces remunerarlos. Y la modalidad en uso desde la Reconquista era la encomienda. Concretamente, debía desposeer a las ciudades indígenas de una parte de sus tierras para atribuirlas a mis soldados. En el papel, se trataba de una operación neutra. Los indios beneficiarios del derecho de uso de esas tierras ancestrales continuaban cultivándolas y seguían conservando su usufructo. El impuesto que pagaban antaño a los señores no cambiaba, pero de ahora en adelante era cobrado por el dueño español. Y yo compensaba la falta de ingresos para los señores dándoles una gratificación personal que tomaba de mi quinto. Pero entre la teoría y la práctica se abrió un abismo. Mis capitanes y mis soldados consideraban las propiedades recibidas como bienes propios cuando eran simplemente "depositadas" en sus manos por el poder público que yo representaba. Mis hombres, de igual manera, tendían a considerar a los agricultores que trabajaban en sus tierras como esclavos: era la negación del espíritu de la institución según la cual el encomendero debía precisamente proteger de la esclavitud a los individuos que tenía a su cargo. De manera explícita, tenían que hacerlos bautizar y cuidar que tuviesen acceso al culto cristiano. Las provincias que se rebelaban protestaban por el aumento de los impuestos y por el afán de lucro de sus nuevos propietarios, que desvirtuaba la relación con el suelo, el espacio y el tiempo, que negaba el vínculo con la tierra madre.

La pacificación de Nueva España no podía hacerse por la fuerza. Yo no podía emplear la violencia para luchar contra una violencia que respondía ella misma a una violencia. Sólo tuve a mi lado a un capitán capaz de comprender la situación, Gonzalo de Sandoval. Siempre fue un buen embajador de la paz. Los demás, como Alvarado, eran partidarios del terror. Practicaban la guerra del viejo mundo. Entré en una fase de mi vida en la que mi papel de justicia mayor tomó más importancia que la conducción de operaciones militares. Evalué los méritos de unos y de otros. Sancioné a mis compañeros esclavistas, les retiré encomiendas a sus depositarios para confiarlas a otros. Legislé por medio de ordenanzas, estableciendo un derecho laboral tomando a la vez reglas del mundo azteca y aquellas de la tradición hispánica. Velaba por el equilibrio de esta nueva sociedad. Era ruda tarea.

A principios del año 1524, de la encarnación del Salvador, vimos llegar una delegación enviada por la Corona. Era un cuarteto que desentonaba con el paisaje. Esos oficiales reales habían recibido diferentes títulos ostentosos, pero todos eran recolectores de impuestos. Uno había sido nombrado veedor, otro factor, un tercero tesorero y el último contador. Habían sido enviados para vigilarme, vigilándose mutuamente. Era un poderoso símbolo. A los ojos del rey, yo sólo existía como proveedor de fondos; Nueva España se resumía a una supuesta montaña de oro. Me complacía bastante esa ausencia de comprensión que prevalecía en Castilla; esa ceguera me daba campo libre para gobernar a mis anchas.

En mayo, recibí un correo de Medellín. El mensajero llevaba excelente noticia: dos días antes de Pentecostés, doce franciscanos habían llegado a Veracruz. Doce, como los doce apóstoles. Me colmaba la benevolencia de Nuestro Señor. Esperaba ese día con impaciencia sin saber en realidad si llegaría. De inmediato dispuse una escolta y preparé su llegada. Su cortejo tardó aproximadamente un mes en llegar a Mexico. Y era un espectáculo conmovedor el ver a esos hombres vestidos con sayal caminar en el polvo de los caminos, los pies desnudos en sus sandalias. Los testigos de su paso se sorprendían: ¿quiénes eran esos españoles que iban sin botas y sin sombrero?

Para recibirlos, organicé una ceremonia a la vez humilde y majestuosa. En la plaza grande de Tenochtitlan, reuní a todos mis capitanes y a todos los dignatarios indios del valle de Mexico y de las provincias vecinas en trajes de gala. Los doce franciscanos se colocaron uno al lado del otro, frente a nosotros, en una sola línea. Me acerqué y me arrodillé ante fray Martín de Valencia, el superior del grupo. Respetuosamente le besé la mano antes de hacer lo mismo con los demás frailes. Llamé entonces a mis capitanes a que repitieran mi gesto. Y todos se postraron ante los religiosos. Viendo eso, los jefes indígenas siguieron la corriente y se arrodillaron ante los recién llegados. Por ambas partes, todos estaban sorprendidos, respetuosos, atentos al otro. Flotaba un soplo venido de otra parte. Un plácido silencio aureolaba la escena. Estaba emocionado.

Tomé la palabra. Era un discurso de bienvenida para los franciscanos, pero en realidad destinado a los jefes indígenas. Marina estaba a mi lado. Formulé los saludos en nahuatl y luego pasé al español y tu madre tradujo. Quería explicar por qué me había prosternado ante los religiosos. Quería dar a entender que la autoridad de Dios es superior a todas las autoridades humanas porque es de otra naturaleza. Había repetido largamente esa partitura con Marina. El asunto era delicado. Había que traducir nociones sin equivalente en el pensamiento indio. Tu madre estuvo a la altura. Fue maravillosa. Supe que ella podría servir de intérprete en los intercambios teológicos que tendrían lugar más adelante. Sucede que había decidido organizar encuentros entre las dos partes para esclarecer el contenido del mensaje cristiano.

Esos coloquios entre los franciscanos y los sacerdotes de los ídolos tuvieron lugar unos días después. Inauguré la primera sesión para mostrar mi grado de apego a las necesidades de la conversión y al acercamiento de las dos sapiencias. Esa primera reunión tuvo lugar en mi casa. No en la sala del consejo que utilizaba con mis capitanes, pero en una gran sala de paredes desnudas en la que había mandado disponer esteras y asientos tradicionales llamados *icpalli*. Todos los asientos eran similares pero su disposición era protocolaria. Por el bien de la reciprocidad, la siguiente sesión tuvo lugar en los aposentos de los sacerdotes aztecas. Ya no sé cuántas sesiones hubo, pero tenían lugar todos los días, alternándose entre mi casa y la casa de los sacerdotes de Quetzalcoatl. Terminaban a mediodía puesto que los sacerdotes de los ídolos les rendían cuentas a los jefes civiles del avance de las conversaciones, y los franciscanos, por su lado, preparaban la sesión del día después. Marina, arquitecta de la fluidez de los intercambios, me las reportaba de noche.

La argumentación de los mexicanos presentaba una falla. Desde mis primeras discusiones con Motecuzoma, repetían al infinito: "Ya tenemos dioses. Nos sirven y nos obedecen desde hace ciclos y ciclos. Estamos muy contentos con ellos y no queremos cambiar". Fray Juan de Tecto tuvo una idea genial; desarrolló la idea de la superioridad del Dios cristiano con un argumento que sólo un extranjero hubiera podido concebir: "La prueba de que sus dioses son menos poderosos que el Dios de los cristianos es que no lograron protegerlos de los españoles, quienes encarnan el castigo de sus pecados de idolatría". Presentar mi victoria como la derrota de los dioses autóctonos era hábil. El argumento dio en el blanco. Algunos de los interlocutores de los franciscanos se vieron tentados a pensar que más valía quedar bien con ese Dios vengador y todopoderoso. Además, no estaban del todo seguros de que yo no fuera un antiguo dios mexicano venido para anunciar el fin de los sacrificios humanos. Y Marina podía ser la diosa Oxomoco o Chalchiuhtlicue. Ante la duda, algunos sacerdotes de los ídolos renunciaron a su ministerio y expresaron su deseo de convertirse. Pronto fueron imitados por personalidades influyentes del poder civil y militar, quienes reclamaron el bautismo. Sólo era una pequeña sacudida, pero la primera línea se había movido.

Fue un antiguo *quauhxicalli* el que sirvió de pila bautismal, uno de esos recipientes ceremoniales labrados destinados a recibir el corazón y la sangre de los sacrificados. No fue una elección por defecto dictada por la urgencia o la necesidad; fue una decisión debidamente madurada que echaba a andar una voluntad y una estrategia: el agua del bautismo sustituía a la sangre de los sacrificios. Los franciscanos de Belvis lo habían entendido. Se inscribirían en la continuidad para captar el sentido religioso de los indios en lugar de luchar contra la idolatría por la fuerza y la coacción. Todo aquello también era obra de tu madre, quien, más allá de la traducción, supo hallar las palabras para convencer.

CAPÍTULO 21

EL GOLFO DE LAS HONDURAS

Mi querido Martín, abordo un tema delicado que te atañe en primer lugar. Es un momento de mi vida que nadie ha entendido realmente, porque en él se mezclan decisiones que parecen contradictorias y elecciones que parecen aberrantes. En muchos aspectos, ese episodio pareció inentendible para mis contemporáneos. Intentaré levantar el velo del misterio de esa expedición a Las Hibueras. Sin embargo, tendrás que leer entre líneas, a veces adivinar, extrapolar, imaginar. Porque el pudor retendrá mi pluma. No voy a extenderme, a desplegarme, a exponerme; intentaré, sin embargo, explicarte lo que sucedió sin estar seguro de lograrlo serenamente.

El punto de partida está sesgado. A principios del año de 1524, Diego Velázquez, mi enemigo íntimo, sigue siendo gobernador de Cuba pero, de alguna manera, estoy anticipando su destitución. Toda la parte de Tierra Firme situada al sur de Cuba, de Las Honduras hasta Panama, está administrada en parte por Velázquez, con el pretexto de la proximidad geográfica, en parte por la Audiencia de Santo Domingo. Ahora bien, ese territorio que se extiende al este del istmo de Tequantepec es históricamente un componente del antiguo imperio mexicano. Por todas partes se habla nahuatl como en Tenochtitlan y, entre el altiplano y Panama, existen rutas comerciales milenarias que siempre han visto circular el cacao, el jade, las plumas preciosas y el caparazón de tortuga. Es ese territorio ancestral el que quise reunificar y colocar bajo mi autoridad. Pero no lo dije así. Al contrario, lo oculté cuidadosamente. Disponía de un pretexto caído del cielo: la búsqueda del estrecho hacia el Pacífico. Era un argumento trillado puesto que sabíamos con certeza que no lo había en esas latitudes. Y era una justificación absurda puesto que Nueva España poseía infinidad de costas en el Mar del Sur. ¡Pero el argumento funcionaba! ¡La Corona lo creía! ¿Por qué ser más realista que el rey? Así que envié una expedición en el mes de enero para tomar posesión de esas tierras. Tratábase, lo habrás entendido, de expulsar a los ocupantes españoles anteriormente enviados por mis rivales, aunque, oficialmente, mis cinco barcos buscaban el famoso estrecho.

Para esa misión de confianza escogí a uno de mis más preciados capitanes, aguerrido y capaz, Cristóbal de Olid. Pero los hombres están hechos de pulsiones, de deseos, de acritud; están moldeados en los celos y en la envidia; algunos tienen además el gusto por el poder. La consciencia moral de mi lugarteniente se derritió ante las ofertas de Velázquez. Éste lo incitó a tomar posesión de los territorios que le había mandado conquistar y de ejercer el poder por cuenta propia. El gobernador de Cuba compró su disidencia con algunos sacos de doblones y vacuas promesas. Naturalmente, Olid estaba siendo manipulado; Velázquez no habría intervenido nunca para atribuirle esas tierras, pero sabía que me estaba complicando la labor. A través de la rebelión de Olid, me apuntaba directamente.

Habiendo recibido la noticia, envié una segunda expedición con fines punitivos. Esta vez se la confié a uno de mis parientes de Trujillo, Francisco de las Casas. Había recibido una instrucción simple: aprehender a Olid. Pero el rebelde se había impuesto por la fuerza y controlaba firmemente la costa de Las Honduras. Las Casas arribó con mal tiempo y no pudo desembarcar. Sus dos barcos fueron arrastrados hacia los arrecifes y se hundieron; sin dificultad, Olid capturó a los sobrevivientes. Los hizo jurar obediencia a su persona y los liberó. Mi primo fue hecho prisionero y encerrado en la casa de Olid, quien se había instalado en el pueblo de Naco, tierra adentro. Ahí encontró a Gil de Ávila encadenado, el antiguo gobernador que Olid había destituido. Los dos cautivos decidieron unir fuerzas para deshacerse de su carcelero. Lograron tomarlo preso después de una cena de mucha bebida, de una épica batalla y de una persecución no menos épica. Todos los hombres de Olid se pasaron a mi bando. Ávila y Las Casas organizaron un juicio expedito para castigar a Olid, quien fue condenado a muerte por alta traición y decapitado de inmediato.

Las Casas ejercía el poder en mi nombre, pero ya no tenía barcos para informarme de la situación. Así que ninguna noticia me llegaba. En realidad, mi primo me había enviado por tierra un mensajero discreto, un indio que pasaba desapercibido y que sólo hablaba nahuatl; él fue quien en secreto me informó de la muerte de Olid; la traición de mi amigo me había lastimado, pero el incidente estaba cerrado. Se hubiera pensado que resultaba satisfecho por haber vengado la traición de mi lugarteniente y establecido mi control sobre esas tierras que ambicionaba. Sin embargo, tomé la decisión de organizar un gran viaje hacia esa región que llamamos Las Hibueras o Las Honduras. El pretexto fue la incertidumbre oficial que reinaba en ese asunto. Pero puedo confesártelo, mi querido Martín, quería simplemente recorrer esos reinos que estaban en el orbe del poder de Mexico desde hacía dos milenios; quería hacer saber que era el nuevo tlatoani y presentarme ante mis súbditos. También había una parte de curiosidad. Me movía el deseo de conocer.

Escribí una nueva *Relación*, que le envié al emperador y a mi impresor. Hacía un reporte de las tribulaciones del año transcurrido, anunciaba la construcción de varios navíos para explorar el Mar del Sur, describía, no sin cierta provocación, el cañón de plata maciza que le hice llegar como regalo a Carlos V al mismo tiempo que mi texto. Al narrar mi descubrimiento de las provincias de Ciuatlan, lo que significa "el lugar de las mujeres", mezclaba lo serio con lo maravilloso: dejé correr mi pluma para forjar una historia de amazonas destinada a que mis lectores soñaran. En una carta más confidencial, le informaba al emperador mi partida hacia Las Hibueras. La suerte estaba echada.

El convoy emprende la marcha el 15 de octubre. Dejo tras de mí el gobierno de Nueva España, cuando había luchado tanto para obtenerlo. Mis allegados no comprenden, Marina tampoco. Puse el poder en manos del tesorero Estrada, del contador Albornoz y del juez Zuazo. Con cierta indiferencia. Te lo digo honestamente. Lo que amo es conquistar. Me gusta ganar, sobre todo cuando es imposible.

Comparativamente, el ejercicio del poder es decepcionante. La rutina siempre amenaza con instalarse. Y cuando ya no siento la emoción, me aburro. En ese mes de octubre, nada me obliga a partir hacia Las Hibueras, pero tengo ganas de prolongar mi conquista. No es ni una huida ni una renuncia; le respondo a un llamado nacido en mi ser profundo.

Dejo a Pedro de Gante y a los franciscanos de Belvis aprender nahuatl, tomarle el pulso a la población, evaluar la inmensidad de su misión. Estoy confiado. Llevo conmigo a los otros dos frailes flamencos. Instalé un ayuntamiento administrado por mis compañeros de combate y por mis allegados. Le confié la gestión de mis bienes personales a mi primo Rodrigo de Paz, con quien mantengo una relación desde mis estudios en Valladolid. Me acompañan Cuauhtemoc y sus primos, los antiguos soberanos de Tlacopan, de Texcoco y de Azcapotzalco. No quiero que alteren la tierra en mi ausencia. También llevo a Salazar y Almíndez, los dos enviados especiales de la Corona a los que no confié poder alguno. No tienen ganas de acompañarme, pero no quiero que estén confabulando a mis espaldas. Unos cincuenta españoles forman parte de la delegación, allegados, amigos; todos hombres de valor, muchos son compañeros de armas desde el primer día. Naturalmente, Marina está en el viaje; no sabría estar sin ella. A decir verdad, es una expedición que se parece a las de los soberanos de gira con su corte. El abastecimiento está asegurado. Me escoltan tres mil guerreros y los jefes indios tienen su propio destacamento. Al convoy, avanzando con música, no le falta brillo. A la entrada de los pueblos somos recibidos por arcos de triunfo cubiertos de palmas y de flores blancas. La tropa está de humor alegre y amistoso.

Camino a la Villa del Espíritu Santo que fundó Gonzalo de Sandoval en el lugar de la antigua Coatzacualco, nos detenemos al pie del más alto volcán de Nueva España, en un pueblo llamado Ahuilizapan. ¡Y ahí es donde tu madre se casó! Sorpresa general: la di en matrimonio a un fiel de entre los fieles, a Juan Jaramillo, que me había seguido por todas partes, incluso a Panuco. Nadie entendió mi gesto. Y menos cuando seguía viviendo maritalmente con ella. ¡Así que de ninguna manera era para deshacerme de ella! Nuestra pareja era de fusión, y así permaneció.

Te entiendo: te cuestionas. He aquí la historia. Marina tuvo la idea de aprovechar el desplazamiento para ir a saludar a su familia. Sí. Lo entendiste bien. Quería volver a ver a la madre desnaturalizada que la había abandonado y vendido como esclava. También quería conocer a ese hermano cuyo nacimiento la había expulsado de su familia. Su madre todavía vivía y su hermano se había convertido en el jefe de Painala. El pueblo estaba en nuestro paso. ¿Por qué no detenerse? Para ella, era una revancha, una dulce revancha. Quería burlarse de su madre exponiendo su éxito; mostrarle que había sabido recobrar un estatuto de princesa por sus propios méritos. No habiendo obtenido lo que le estaba prometido por nacimiento, lo había conquistado por la fuerza de su mente. Y estaba orgullosa de ello. ¿Quizá tenía el secreto deseo de reconciliarse con su madre? Dudaba de que pudiese lograrlo —¿cómo perdonar lo imperdonable?—, pero no podía ignorar su deseo.

Heme entonces organizando un reencuentro de alto riesgo. Pero surgió una cuestión de importancia: Marina no quiere presentarse ante su madre sin el estatuto de mujer casada. Lo cual cae en la lógica si nos colocamos desde el punto de vista indígena. ¿Debí entonces desposarla? Quizá. ¿Pero según qué ley? ¿La cristiana o la india? Reporté mi elección y busqué una solución alternativa. Le propongo entonces organizar su boda con Juan Jaramillo, a quien conoce bien y que es soltero. Será para ella y para mí una puesta en escena, pero, para las apariencias, la ceremonia tendrá lugar ante testigos. Decido que procedamos a esa boda blanca cuando estemos de camino, en algún lugar antes de llegar a Painala. Para darte una idea del carácter ficticio de la ceremonia, hasta imaginé que Jaramillo se casase en estado de ebriedad, lo que permitiría posteriormente, en caso necesario, anular la boda por un tribunal eclesiástico.

Todo marcha sobre ruedas. Llegamos a Painala; Marina le presenta su marido a su madre, insiste en el papel de consejera privada que sostiene conmigo y todo el mundo se suelta llorando. La madre desnaturalizada se retuerce las manos por el dolor del arrepentimiento. Marina le sugiere convertirse para reparar sus faltas, seguramente inspiradas por los demonios que adora. Fue bautizada bajo el nombre de Marta, y su hermano, que no quería quedarse atrás, recibió el nombre de Lázaro. Además, hice de la provincia dirigida por el nombrado Lázaro una encomienda que deposité en manos de Marina. Tu madre recobraba así la autoridad perdida sobre sus tierras natales.

Pero seguimos conviviendo. Marina no me deja ni un segundo. Pero su boda formal la protege desde ahora. En efecto, complementé dicha unión con una generosa libertad al donar a Jaramillo la más grande hacienda de Nueva España, la de Xilotepec. Desde ahora, Marina sería la beneficiaria.

Nuestro cortejo avanza hacia Coatzacualco, donde Sandoval nos recibe con fasto y alegría. Días memorables. Proseguimos nuestra marcha hacia el este, luego hacia el sureste. Pasamos "el río de los monos", amplio río cuya desembocadura se encuentra en Centla. Los recuerdos vuelven a mí: los gritos de guerra, los cascabeles en los arneses de los caballos, la primera aparición de tu madre. Con el paso de mi montura, bajo un sol insolente, me dejo arrullar por mi memoria. Pronto, el paisaje cambia. Los elevados caminos parecen disolverse en aguas estancadas, los hombres se atascan, buscan un vado para pasar; a menudo, se ven obligados a improvisar puentes. El tiempo se dilata. Los caimanes, sorprendidos por tanta agitación, cobran su diezmo; los monos nos señalan con amenazantes aullidos que entramos en su territorio. Las conversaciones se paralizan; entramos en lo desconocido: la naturaleza nos avisa que ahora es impenetrable.

Al borde de la gran selva, ahí donde termina el dominio de las canoas, permanecemos veinte días buscando nuestro camino. No hay habitantes, no hay rumbos conocidos. Es cierto que poseo una brújula, pero los indios desvirtuaron su función para convertirla en objeto mágico. Como indica con precisión el norte, que es el lugar de la muerte en el pensamiento autóctono, me dio el estatuto de un gran sabio y de un gran chamán, puesto que son los únicos en conocer el camino del Mictlan, la estancia de los muertos.

Finalmente nos abrimos paso entre la espesa vegetación; los grandes árboles forman una bóveda que intercepta los rayos del sol; nos extraviamos en la penumbra; damos vueltas, ahogados, sofocados, desorientados. La lluvia cae todos los días. El descontento se instala; algunos indios y dos de los músicos acaban de morir de hambre. El buen orden del principio se transformó en trágico desorden. Llegamos a pueblos muy aislados, pero los hallamos abandonados. Estoy conquistando una naturaleza virgen y rebelde: ¿resulta razonable haber invertido tantos medios, tanta energía, tanto dinero para intentar domesticar ese mundo anfibio donde hay que pelear contra jaguares, caimanes, mosquitos, serpientes y monos araña que nos roban nuestras provisiones? ¿Por qué? Te lo confieso, mi querido Martín, que me sentí un poco solo frente a este imprevisto.

Te narro el ambiente del momento para que puedas comprender cómo y por qué murió Cuauhtemoc. Naturalmente, el antiguo soberano no estaba muy contento con el giro que habían dado los acontecimientos, pero estaba protegido por su personal doméstico, sus guardaespaldas, sus cocineros. El verdadero problema era el hambre. La manada de puercos que nos seguía cuando partimos de Coatzacualco había desaparecido. Era probable que los animales se ahogaran. Ahora bien, una selva desconocida es incapaz de proporcionar la alimentación cotidiana de una tropa de cuatro o cinco mil hombres. Bajo la presión de la necesidad, los indios que componen nueve décimas partes de mi delegación vuelven a la antropofagia. Tímidamente primero. Me entero del primer caso: condeno al culpable y lo hago ejecutar para dar el ejemplo. En los días siguientes, me señalan otros casos. Aplico la misma severidad; los culpables son ejecutados públicamente. Fue entonces cuando Cuauhtemoc y sus primos deciden abiertamente ponerse del lado de los antropófagos. Un día, de boca de un señor de Michoacan me llega una información cierta: Cuauhtemoc hizo sacrificar un guerrero originario de su provincia y se lo comió; lo compartió con sus parientes e incluso consumió el muslo izquierdo, normalmente sagrado y reservado a los dioses. Es una provocación. Debo tomar una decisión delicada: ¿debo aplicarle al antiguo tlatoani la misma justicia que a los soldados rasos? Lo comento a mi alrededor. Marina está a favor de la clemencia, los frailes flamencos por la severidad, mis allegados están divididos. Un elemento imprevisible arreglará el problema. Dos días más tarde, me entero de que un español, envalentonado por la actitud de Cuauhtemoc, también sucumbió a la locura caníbal. Es un músico flautista que tocaba la chirimía en la iglesia de Toledo antes de llegar a Nueva España; devoró los sesos y el hígado de tres de sus compatriotas. Eso ya no puedo tolerarlo. Y mucho menos porque, tras un pretexto alimentario, se perfila la restauración del sacrificio humano, es decir, el volver al paganismo de antaño. Cuauhtemoc está tomando un partido indefendible.

Mandé aprehender a los antiguos señores del valle de Mexico. Abrí una investigación. Los tres asumieron su ostentoso canibalismo, predicando la vuelta al antiguo orden y llamando a la rebelión en mi contra. Además, algunos me reportaron que ese trío preparaba mi eliminación física. Me dio mucha tristeza condenar a Cuauhtemoc y a sus primos, pero mi razón no titubeó. Fueron ahorcados en una ceiba, en lo profundo de la selva, después de rehusarse a convertirse. Marina explicó con las palabras idóneas que la justicia era la misma para todo el mundo, lo cual generó gran respeto. El canibalismo fue totalmente detenido y la expedición prosiguió serenamente.

Llegamos a Chaltuna, una magnífica ciudad al borde de un lago. El hombre organizó ahí espacios verdes en los que los caballos pueden por fin galopar. Nos proveyeron vituallas, dándole nueva esperanza a mi tropa. Aguilar me hubiese sido útil, puesto que los habitantes de aquí hablan maya; pero nuestro intérprete, herido por su cautiverio, murió en Coyoacan poco antes de nuestra partida. Sin embargo, es posible comunicarnos utilizando el nahuatl, gracias a tu madre, como siempre, con encanto y eficacia. Además, Canek, el jefe del lugar, habla muy bien ese idioma por estar en contacto con comerciantes de Mexico, a los que les vende cacao. Le confío un caballo morcillo que se clavó una fea espina en la pata y debe quedar inmóvil. Me promete curarlo. Nuestra despedida es conmovedora. Me asigna unos guías que me permitirán proseguir nuestra expedición sin perderme.

Bajamos ahora hacia el sur. Entro en contacto con pueblos opulentos que viven muy bien del comercio del cacao, del copal, del hule. Las ciudades están aisladas, pero parecen ser autosuficientes. Tienen sus campos, sus lagos, sus cenotes. Posando mis pies de lado, subo los estrechos peldaños de una pirámide de exuberante estilo que sobrepasa la copa de los grandes árboles. La selva ondea hasta el infinito. Unos pericos atraviesan el cielo peleándose, los monos se increpan de árbol en árbol, unas tímidas arabescas de humo se evaporan en el letargo ambiente. Esta inmensidad vegetal me fascina. Tengo ante mí lo contrario del altiplano mexicano; allá, todos los paisajes están construidos; aquí, el hombre sólo parece ser tolerado por una naturaleza de principios del mundo. A todas luces, aquí al hombre le cuesta imponerse; es invitado a sumarse en una creación que lo precedió y que lo rebasa. Es para mí una nueva experiencia.

Mi ruta tuerce hacia el sureste. Por lo menos es lo que me indica mi brújula fetiche. Sufrimos duramente el hambre. Debemos franquear montañas impracticables, como hechas de filosas pizarras. Sospecho que nuestros guías nos están desviando voluntariamente. En su defensa, dicen que sólo conocen las vías navegables y juran que jamás una expedición de tal importancia se ha aventurado por estos lares por vía terrestre. No sé qué pensar. Estamos llegando a Semana Santa con la probabilidad de tener que ayunar por Pascua. Ante tal perspectiva, mis hombres refunfuñan; están de pésimo humor. La incesante lluvia nos desanima; la selva devora nuestra energía. Yo mismo siento un cansancio al que no estoy acostumbrado. Mi primo Juan de Ábalos, extenuado, cayó de su caballo y se rompió el brazo.

A mitad del cortejo navegan a lomo de monturas unos cofres tan bien vigilados como el Arca de la Alianza. Todos sospechan que ahí guardo el oro necesario para el financiamiento de mi exploración; no están equivocados, pero sólo perciben la mitad de la realidad. No adivinarás, mi querido Martín, lo que transporto con tantos cuidados: mis archivos. Sí, lo sé, te podría parecer poco razonable, pero es la pura verdad. Transporto quintales de papel. Hay documentos oficiales, como los originales de mis cédulas de nombramiento, los contratos que me firmó Velázquez, el registro de mis actos de justicia, pero también todos los documentos que me permitirán más tarde escribir esta historia. Si hoy puedo contarte mi vida con precisión es porque, desde un principio, conservé la memoria escrita de mi cotidianidad. Sabía que algún día esos archivos me serían de utilidad. Lo que era, lo reconozco, una apuesta por la vida. Creo que nadie a mi alrededor imaginaba mi vocación de memorialista.

Fray Juan de Tecto dio la misa de Pascua. El flamenco está escuálido y lívido. La fiebre de los pantanos lo contagió. Hace lo posible para mantenerse de pie, pero en cada momento está a punto de desfallecer. Uno de mis capitanes lo sostiene de un brazo. El pobre hombre ya no puede hidratarse, vomita el agua que se le da. Su agotamiento da lástima. Nuestra comida de Pascua se reduce a algunos tamales, pero él no puede probar bocado. Se desmaya. Lo reanimamos friccionándolo. Nos dice que quiere morir de pie: es su última voluntad. Pide que lo atemos a un árbol con una tela bajo sus axilas. Obedecemos su último deseo. Rezó en francés; reconocí el Padre Nuestro. Dio su último suspiro de pie, según su deseo. Fue el más triste de los días de Pascua de mi vida. Hice que lo enterraran al día siguiente en un oratorio indígena sobre el que coloqué una cruz. Recitamos un *De profundis* lleno de grandeza, salmodia rebotada por el eco del gran bosque. Espero que los dioses de la selva cuiden siempre su alma.

Caminamos, caminamos, más y siempre. Búsqueda lacerante. Tengo todo el tiempo para admirar el pico multicolor de los tucanes que saltan de árbol en árbol. En un claro, uno de mis guías me señala un furtivo quetzal en una parada nupcial. Ese pájaro es un mito viviente; lo creía uniformemente verde y ahí descubro su hirsuta cabeza, su pecho de rojo vivo, su increíble cola en abanico donde el blanco inmaculado del exterior contrasta con el negro profundo del centro que se prolonga por sus largas plumas verdes tan apreciadas en Mexico. Sólo se ven dos o tres machos por legua. Cada macho posee un territorio inmenso, aunque da la impresión de que pasa todo el día en la misma rama. Con gusto come una fruta en forma de piña que crece en el hueco de las ramas bebiendo la lluvia del cielo. Mis guías la llaman *pach*; me la dieron a probar; el sabor es sutil.

Llegamos a un pueblo grande a orillas de un caudaloso río. A Marina no le cuesta entrar en contacto con los habitantes, ya que algunos hablan comúnmente nahuatl. Se entera de que un centenar de españoles vive en las cercanías. Me enfrento a sentimientos contradictorios. De algún modo, estoy feliz de haber alcanzado mi objetivo puesto que uno de ellos era encontrar el rastro de mi primo Las Casas. Esa noticia me alivia también porque confirma que hemos salido de la selva inexpugnable. Pero quedo lastimado al escuchar los términos en los que los indígenas hablan de mis compatriotas; enumeran con toda veracidad una lista de atropellos que me conmueven. Que los culpables sean hombres de Gil de Ávila, de Cristóbal de Olid o de Las Casas no cambia nada el asunto. Proyectan una imagen desastrosa de nuestra presencia y de nuestra religión. Sé en ese momento que tendré que involucrarme en esos nuevos territorios para explicar y poner en marcha mi proyecto.

Al tercer día, vemos llegar a tres españoles informados de nuestra presencia. Llegan en una barca y varias canoas. Cruzamos el río. Para que atravesara mi ejército y mi cortejo fueron necesarios dos días completos. La corriente de este río es violenta; desemboca más allá en el mar formando un gran lago apacible, de agua salobre que los nuestros llaman Golfo Dulce. Tu madre observa que los nativos eligieron otro punto de vista; lo llaman Ixtapa, "el lugar del agua salada". Efectivamente, el agua es salada por ser un río pero dulce por ser un brazo de mar. Unos consideran las cosas río arriba y otros río abajo. Ya ves que el mestizaje, que es el encuentro de visiones varias, es un arte difícil.

Finalmente llegué hasta Nito, que es un puerto en el Mar del Norte, en el fondo del golfo de Las Honduras. No sabía en realidad qué conducta adoptar. Pero el destino me envió una señal. Vi una carabela entrar en la bahía; eran españoles que pensaban aliarse con Olid sin saber que las cosas habían cambiado. Ningún trabajo me costó comprar el barco con su cargamento y su equipaje. Los hombres, una treintena, se pusieron de mi lado, aliviados por no tener que enfrentarse a lo desconocido. El barco transportaba trece caballos, setenta y cinco puercos, doce barriles de alimentos salados y gran cantidad de maíz. Festejamos.

La presencia de mi delegación indígena modificaba la percepción que los locales tenían de la presencia española. Los señores del altiplano y de Michoacan llegaban con el aura de su poder y yo no era el jefe del clan de los blancos barbados como los aventureros precedentes. Claro está, había excesos aquí y allá; tenía que resolver pleitos por guajolotes robados, palabras altisonantes o violencia hacia las mujeres. Pero no me enfrenté a una hostilidad mayor. En el fondo, ya fuese en Las Honduras o en Tenochtitlan, estaba en casa.

El fondo de la bahía estaba taponeado por restos de carabelas españolas hundidas, vestigios de huracanes incontrolables. Una de ellas era recuperable; la saqué a flote y la rehabilité. Con la madera de otros tres navíos encallados hice construir un bergantín que navegaba bien en el mar. Envié parte de mi tropa a Naco, tierra adentro, para saldar el conflicto generado por Cristóbal de Olid, para luego embarcarme con los dignatarios mexicanos hacia un puerto que todavía no tenía nombre español. Lo bauticé como Natividad de Nuestra Señora. Instalé un cabildo en debida forma. Luego retomamos nuestra navegación. Al interior de una ensenada paradisíaca, de aguas translúcidas, supe que fundaría una villa. De inmediato supe que se llamaría Trujillo. Medellín de Nueva España era un homenaje a mi familia paterna, Trujillo de Las Honduras honra a mi familia materna. Trasladaba la cuna de mi linaje del otro lado de la Mar Océana. Enraizaba mi sangre en esas Indias Occidentales, ahora ligadas con Extremadura por el capricho de las corrientes, el humor de los vientos y el olor del mar abierto. Era un cumplimiento.

Instalé mi cuartel en Trujillo como si ahí debiera terminar mis días. Legislé, ordené, organicé. Tracé caminos, delimité sectores de habitación, lugares para los talleres; le atribuí su lugar al ayuntamiento, a la iglesia, al malecón, a la cárcel, al matadero. Llevaba conmigo a Marina en canoa y no me cansaba de contemplar los fondos submarinos; observaba los pulpos al acecho, los cangrejos cazando, los peces multicolores, magníficos pero tóxicos. De vez en cuando, recogía ostiones y los abría para buscar la perla que contenían; luego los comíamos con delicia. Esa vida sencilla me encantaba. Pasaba horas en una hamaca, entre languidez y excitación cerebral. En esta falsa inactividad, oteaba el futuro y construía el porvenir. Todas las noches, a la puesta del sol, mantenía una suerte de consejo con los jefes mexicanos que me habían acompañado y a los que se unían dos caciques locales. Nadaba en una felicidad tropical que dilataba el tiempo. Tu madre estaba embarazada. Daría nacimiento a tu hermana María en el barco de regreso. Pero por el momento, yo no quería partir.

Sin embargo, las malas noticias me acosaban. Recibía emisarios que me narraban el desorden que reinaba en Mexico desde mi partida. Todos me pedían auxilio. Pero no podía decidirme a ponerme en marcha. Después de tanto nomadismo disfrutaba del estado presente. La travesía de la interminable selva probablemente me había debilitado. No me reconocía, estaba como paralizado: ¿era la magia de la bahía de Trujillo, la influencia del bochorno, el encanto de la felicidad doméstica o simplemente el efecto de la fatiga? Estaba consciente de que vivía un paréntesis que tendría que cerrar algún día. Sabía que estaba levitando y que tendría que volver a tocar piso. Pero no lograba tomar la decisión de volver a Mexico.

Caminaba por la playa, respiraba con deleite el olor de las algas enganchadas en el arrecife; me sentaba a la sombra de las palmeras que se inclinaban para filtrar la luz del mediodía; la naturaleza se hacía dulce y tentadora. Sucumbía.

CAPÍTULO 22

TURBULENCIAS

Para dejar Trujillo tuve que hacer tres intentos. Los elementos se unían para impedirme salir. Un día, un mástil se rompió durante una virada de bordo a pocas millas de la orilla; en otra ocasión, el día de la partida, estalló una tormenta haciendo imposible la navegación. El tercer intento fue el bueno. Pudimos finalmente levantar anclas el 25 de abril del año del Señor de 1526. Estaba de nuevo listo para el combate. Y sabía lo que me esperaba. Para convencerme de volver a Tenochtitlan, mis amigos habían golpeado fuerte; habían alquilado un barco y me habían enviado al padre Diego Altamirano, un fraile franciscano, un muy querido primo, que ya no me dejaría sino hasta la muerte. Me entregó un valioso análisis del conflicto que desgarraba Mexico en mi ausencia y supo hallar los argumentos morales idóneos para reanimar mi flama.

Para que puedas seguir el drama, mi amado Martín, te resumo los acontecimientos que tuvieron lugar durante mi travesía de la selva y mi estadía en Las Honduras. Entenderás que no deseo entrar en los detalles que demuestran la vileza y bajeza humana. Te cuento, sin embargo, lo esencial. En Coatzacualco, algún tiempo después de la boda de tu madre, los dos enviados de la Corona que había llevado conmigo, Salazar y Almíndez, manifestaron su deseo de volver a Mexico. Eran hombres de la Corte que no estaban hechos para los grandes espacios. Estaban aterrados por la idea de acabar algún día en las fauces de un jaguar. Así que acepté su solicitud y les firmé dos decretos: uno los integraba al gobierno de entonces, el otro los nombraba en sustitución de Estrada y de Albornoz, los otros dos inspectores de impuestos que había dejado en Tenochtitlan. Tenían que sopesar la situación y escoger la mejor propuesta. Claro está, se apresuraron en acaparar el poder, echando a sus colegas a la cárcel. El juez Zuazo, hombre de razón, tuvo conocimiento de mi segundo decreto e impuso un gobierno entre cinco. Estrada y Albornoz salieron de la cárcel y fueron reincorporados al gobierno. Pero el propósito de Salazar y de Almíndez realmente era el gobernar solos, como autócratas. Pronto se hundieron en la arbitrariedad y en el salvajismo. Se enfrentaron a tres tipos de oponentes en su retorcido camino de crueldad: los oficiales reales Estrada y Albornoz, la justicia en la persona del juez Zuazo y el ayuntamiento compuesto por mis partidarios. Eliminaron esas oposiciones en ese orden. Estrada y Albornoz fueron depuestos de sus funciones, fueron aprehendidos y volvieron a la cárcel; le tocó el turno al juez Zuazo, que condenaba las fechorías de los dos infieles; también fue excluido del gobierno y encarcelado; luego, los enviados del rey atacaron las instancias municipales en la persona de Rodrigo de Paz, mi representante legal, quien también era el regidor del ayuntamiento. Todo ello ocurrió en un entramado de violencia, mentiras, rumores, denuncias calumniosas y desvío de la fuerza pública. Los oficiales reales, sean quienes sean, no salvaré a ninguno, estaban obsesionados con el afán de lucro; peleaban entre ellos para robarme mis bienes y despojar a los indios. No vacilaron en pretender que yo estaba muerto para así apoderarse de mis títulos, de mis tierras y las de los señores indígenas. Sembraban el odio y llevaban al país a la rebelión. El dúo Salazar-Almíndez brilló en la ignominia. Le echaron cadenas a mi primo Rodrigo de Paz, lo torturaron indignamente para que confesara dónde se escondía mi tesoro de guerra. Era absurdo; mi oro no estaba en Tenochtitlan puesto que, como lo sabes, estaba conmigo. Finalmente, después de ese interminable suplicio, Rodrigo fue puesto sobre un asno, completamente desnudo, y fue ahorcado sobre el animal. No era una brutalidad gratuita, sino una manera de humillar lo que mi persona representaba; a través suyo atacaban a mi familia, a mi poder, pero también al ayuntamiento que dirigía y al apoyo que dábamos a las instituciones autóctonas. La Corona se desacreditaba, pero yo estaba preparando la respuesta.

Antes de que decidiera volver, había enviado un emisario a Tenochtitlan, a un tal Martín Dorantes, acompañado por cinco dignatarios mexicanos. Llegaron en el mes de enero de 1526. Dorantes llevaba una carta de nombramiento: le encargaba el gobierno a mi primo Francisco de Las Casas, quien ya había vuelto a Mexico; lo nombraba teniente de gobernador. Yo volvía a intervenir en la gestión del gobierno. ¡Ya que los oficiales reales habían olvidado completamente que tenían el poder porque se los había confiado! Los había nombrado en sus funciones y habían abusado. Ahora, después de la afrenta a Rodrigo, estrechaba los lazos familiares, instalaba a mis seguidores en el mando y enviaba señales de pacificación a los mexicanos. Salazar y Almíndez no habían inventado nada mejor que aumentar el tributo de los indios, importando una práctica peninsular ya condenable en Castilla, pero inaceptable aquí. En Castilla, el aumento de los impuestos, asociado a la devaluación de la moneda, arruina al pueblo. Aquí, el tributo forma parte de un pacto social y cultural y está fijado por un verdadero tratado entre las ciudades; que se cuantifique en cargas de algodón, en granos de copal o en capas bordadas, siempre está calculado en función de las disponibilidades locales; integra un equilibrio entre el trabajo de los hombres y el de las mujeres, entre bienes producidos y bienes importados. El tributo refleja también la historia de la ciudad, es la memoria de sus derrotas y de sus rebeliones, de su vitalidad y de sus alianzas. ¿Cómo pude confiarles la gestión del mundo indígena a unos inmaduros colectores de impuestos venidos de España? Retrospectivamente, me lo reprochaba.

El problema residía en que Francisco de las Casas ya no estaba en Mexico cuando Dorantes se presentó, lo cual ignoraba. ¡También él fue hecho prisionero por los malhechores Salazar y Almíndez, quienes lo condenaron a ser decapitado por haber decapitado a Olid! ¡El colmo! Por fortuna, fue expulsado a España, donde pude intervenir para que fuera liberado; pudo volver a Nueva España al año siguiente, donde se casó. Le confié la encomienda de Yanhuitlan, donde fue uno de los primeros en plantar moreras para la producción de seda. Pero mi procedimiento no fue en vano; en ese mes de enero, mis partidarios, reconfortados de saberme vivo, juntaron fuerzas para aprehender a

Salazar para echarlo a la cárcel; su cómplice Almíndez intentó huir a Tlaxcala, pero fue alcanzado por el brazo de la justicia y neutralizado. Estrada y Albornoz asumieron la suplencia del gobierno y el ayuntamiento, hasta entonces amordazado, recobró su autoridad.

Llegué cambiado a Medellín. Mi vientre se había inflado, mi cabello se volvía canoso; esporádicamente sufría de fiebres palúdicas que me hundían en lastimosas sudoraciones; mi estómago, martirizado por todas esas hierbas amargas que tuvo que digerir en la selva, se había vuelto perezoso, caprichoso, indolente. Esos dos años me envejecieron diez. Había recorrido quinientas leguas por sendas que tuve que abrir para recorrerlas en vez de avanzar por los caminos trillados.

Para mi regreso, el clima no fue muy clemente. La punta de Yucatán no quiso dejarme entrar al golfo. Tuvimos que detenernos; mis dos barcos, en desamparo, fueron empujados hacia Cuba por vientos muy violentos del oeste. Tuve que refugiarme en La Habana. Velázquez había muerto y fui bien recibido por mis viejos amigos. Pero Cuba era una página del pasado. No sentí ninguna nostalgia. Compré unos cabos y cables y pudimos volver a la mar. Los vientos habían cambiado y al navegar a favor, sólo diez días fueron necesarios para llegar a Chalchiuhcuecan. Pero el oleaje seguía fuerte. Anclamos las naves lejos del puerto sin poder desembarcar. Marina dio a luz en el barco. Tu hermana nació en la espuma del mar. Le di el nombre de mi abuela paterna, María, para que perteneciera a la familia Monroy, como tú, Martín, que llevas el nombre de mi abuelo paterno. Ustedes son un binomio, no lo olviden nunca.

Hubo que tomar chalupas para alcanzar la orilla; nos llevaban hasta la playa en grupos de cinco o seis, en un ir y venir bailante y azaroso. El equipaje no podía evitar las salpicaduras del mar y llegaba empapado a tierra firme. El mal tiempo le restaba solemnidad a mi regreso, pero me conformé. Estaba feliz de haber retomado el hilo de mi vida anterior. Apenas puesto un pie a tierra, asumí el poder. La mecánica se echó a andar espontáneamente. Con mi cortejo de dignatarios indígenas, caminamos hasta Medellín, donde se concentraban ahora los símbolos de la autoridad, y de ahí organicé mi regreso. Una vez más, escribí. A Estrada y Albornoz, al alcalde de Tenochtitlan, a mis amigos, a los franciscanos. Envié emisarios a las autoridades indias y me puse en marcha. Marina, recién parida, caminaba valientemente a mi lado, con un ojo en su hija bien envuelta en los brazos de una sirvienta. Y era un placer ver cómo era recibido en cada pueblo con discursos de bienvenida, divertidas danzas, declamaciones de poesía, alfombras de palmas y pétalos de flores. Todos me contaban el desorden que engendró mi ausencia y me mostraban la alegría de volver a un orden justo, a una perspectiva, a un futuro. El pueblo se apretujaba por los caminos para vernos pasar. Las mujeres aclamaban a tu madre en su huipil bordado de azul, el cabello sobre sus hombros como siempre se le había visto. En varias ocasiones escuché perfectamente *teteotzin*. Lo repetían; nos consideraban una pareja divina. Estaba emocionado. ¿Quién no lo hubiera estado en mi lugar?

Albornoz se unió al cortejo en Texcoco y Estrada me esperaba en la calzada de Tenochtitlan con gran pompa. Todos los jefes indígenas habían venido a darme la bienvenida. Las calles de Tenochtitlan estaban invadidas por el sonido de las conchas, de los tambores y de las flautas. La euforia era indescriptible. Me había ausentado dos años y he aquí que Mexico me ofrecía un triunfo de emperador romano. Me había vuelto su tlatoani. Los indios me habían comprendido: había restaurado la grandeza del pasado mexicano, había reanudado con el tiempo en el que los altiplanos ejercían la autoridad sobre los reinos de Quauhtemallan, de Cozcatlan y de Panama. La presencia a mi lado de los señores hondureños era prueba fehaciente. Con esta declarada ambición le daba un valioso orgullo al pueblo tenochca. Y me lo devolvía con creces.

Quienes no entendieron nada, en cambio, eran los españoles. Al menos los peninsulares, que seguían totalmente ajenos a las lógicas indígenas y al sentido de mi actuar. Apenas llegado a Mexico en la alegría que acabo de describir, se anunció el enésimo enviado del rey, Luis Ponce de León. Viajaba con una numerosa delegación. ¿Venía para castigar a los horribles representantes de la Corona, los Salazar y esbirros? No. Venía, por el contrario, a destituirme y lanzar un juicio de residencia en mi contra. Era un jovenzuelo, oficialmente de buena cuna, sin ninguna experiencia de la vida. Creo que llegó a Mexico a principios del mes de julio de este año del Señor de 1526. Tres semanas después, estaba muerto. Enfermó poco después de su llegada, víctima de una misteriosa peste que también se llevó a casi toda su comitiva. Ponce de León perdió la cabeza muy pronto. En su lecho de muerte, pidió que le tocaran un aire de pavana y se le vio, tendido en su cama, agitar las piernas esbozando pasos de danza. Le organicé grandiosos funerales, más aún cuando una vez más se me acusó de haberlo envenenado.

¿Acaso, en mi impulso, habría eliminado a cinco de los frailes dominicos que lo acompañaban? ¿Habría asesinado a su servidumbre, fallecidos todos? Te dejo apreciar el nivel de esas acusaciones malintencionadas.

En realidad, Ponce había sido nombrado porque el rumor de mi muerte había llegado hasta la Corte. Hay que reconocer que el dúo Salazar-Almíndez había hecho bien las cosas; ¡incluso hicieron dar misa mortuoria a cargo de los frailes franciscanos de Mexico! Así que el rey había dispuesto de una función que creía vacante. Era un simple problema de comunicación. Los poderes conferidos a Ponce de León no tenían de hecho ningún valor puesto que yo seguía en vida y en funciones. Sin embargo, su carta de nombramiento preveía que fuese acompañado por un visitador en la persona de Marcos de Aguilar. Conocía bien a ese hombre, alma maldita del almirante Diego Colón. Éste lo había impuesto como alcalde de Santo Domingo, librándolo de cualquier elección. Luego fue destituido y echado a la cárcel por malversación. Luego fue liberado con la condición de no ejercer ningún cargo público. Era letrado, pero grotesco. Cuando llegó a Mexico en la comitiva de Ponce, estaba esquelético y sólo se alimentaba con leche de mujer que mamaba directamente del seno de su nodriza. Algunos le hicieron firmar a Ponce, al borde de la muerte, un documento improvisado en el que nombraba a Marcos de Aguilar gobernador de Nueva España. Era patético. Ponce de León, con sólo una furtiva aparición aquí, no tenía poder alguno para nombrar al gobierno de Nueva España. Por supuesto que no reconocí el nombramiento de ese vejestorio enfermo, el ayuntamiento tampoco. Marcos de Aguilar, que soñaba con ser conquistador, murió algunos meses después de un mal venéreo sin haber dejado su cama.

¿Lo ves, mi querido Martín? La autoridad no se establece por decreto. Algunos son aptos para ejercerla, otros no. Es un don de Dios que se encarna aleatoriamente; uno no elige ejercer el poder, uno es elegido por el destino para esa función. Marcos de Aguilar no estaba en la lista de elegidos. Nadie nunca le obedeció.

Para evitar el vacío de poder, el ayuntamiento me propuso nombrarme oficialmente gobernador de Nueva España, capitán general y justicia mayor. Algunos a mi alrededor, de entre mis fieles, no entendieron mi negativa. Confiésalo: ¡hubiera sido cómico que se me dieran títulos que ya poseía! En realidad, aceptar el poder de parte de una autoridad electa era declarar una secesión. Era entrar en una lógica republicana y electiva, era proclamar la independencia de Nueva España, era negar el principio de la realeza; ahora bien, yo no estaba dispuesto a ello. Ya estaba preparando mi próxima jugada: tenía clara mi idea.

Dejé actuar al ayuntamiento, que imaginó un duunvirato Estrada-Sandoval que duró algún tiempo. Estrada estaba ahí para satisfacer al rey, Sandoval para emprender mi política. Luego Estrada confiscó el poder. Se creyó capaz de jugar en mi contra y contra los indios porque era un hijo natural de Fernando de Aragón, y, por lo tanto, tío abuelo de Carlos V. Era una visión errónea. La Nueva España que yo había fundado no era de modo alguno una continuidad de España. Su filiación no le confería a Estrada ninguna autoridad para controlar un país de 18 millones de habitantes, todos indígenas, exceptuando un millar de españoles. A su mando, Mexico no necesitaba un hombre de la Corte. Pero había algo más grave: la persona del "tesorero", ya que ese era su título, encarnaba una política radicalmente opuesta a la que yo deseaba. Alonso de Estrada había sido alcanzado por su esposa aragonesa y sus cuatro hijas, todas nacidas en España, lo cual era un desafío al mestizaje que yo preconizaba y del que eres un vivo ejemplo. Así que púdicamente miré hacia otro lado. Me ocupé de otra cosa, en espera de emprender mi viaje a España.

Primero, escribí, lo que siempre me divierte. Escribí mi aventura en Las Hibueras. Creo que si mis contemporáneos no me comprendieron, las generaciones futuras hallarán un interés por mi expedición dándole algún sentido. Claro está, hay que saber leer mi relato entre líneas. Como en ocasiones precedentes, le escribía ficticiamente al rey cuando mi relato estaba dirigido a mis lectores. El género me limitaba de algún modo, pero conservé esa técnica que había tenido éxito en el pasado.

Después me lancé en la exploración marítima. Carlos V, finalmente sabedor de que no estaba muerto, me nombró en junio del año de 1526 "adelantado del Mar del Sur". Con dicho título, me confería el derecho de explorar el océano Pacífico y por adelantado me nombraba gobernador de las tierras que habría de descubrir. Entre paréntesis, ello era un rotundo desmentido a todos los celosos que querían creer en mi desgracia. Pero para mí era un llamado para extender el territorio de Nueva España.

Ahora bien, existía un pretexto. Magallanes había descubierto el paso del sur cuando redactaba mi *Relación* en Tepeaca; luego murió en Mactan mientras yo le ponía sitio a Tenochtitlan. Y su segundo de a bordo, Juan Sebastián Elcano, terminó la primera circunvalación del globo en el único barco sobreviviente en septiembre de 1522, cuando me había instalado en Coyoacan. Esa aventura marítima fue más bien un desastre —sólo volvieron 38 hombres—, pero entusiasmó a Carlos V, quien decidió darle continuidad. El soberano había armado una imponente expedición hacia las islas Molucas con siete navíos y 450 hombres de tripulación. La flota, bajo el mando de Jofre de Loaísa y de Elcano, tenía que pasar por el famoso estrecho. Elcano tuvo problemas para encontrar el paso y toda la flota encalló; uno de los barcos se despedazó en unas rocas; dos naves desertaron; los otros cuatro terminaron trabajosamente por desembocar en el Mar del Sur, donde desaparecieron. El rey me escribió para pedirme que le llevara asistencia a Loaísa, de quien no tenía noticias. La casualidad de los vientos y de las corrientes quiso que un barco de la expedición se encallara en la costa de Nueva España, cerca de Tequantepec. Claro está, presté auxilio a los sobrevivientes del Santiago, todos dolientes y hambrientos. Recogí sus testimonios muy instructivos. Y decidí enviar mis propios barcos a las islas Molucas.

Una vez consumada mi victoria, mandé misiones de reconocimiento hacia la costa del Mar del Sur, una hacia Michoacan, otra hacia Colima. Mi lugarteniente Villafuerte me había hablado muy bien del puerto de Zacatula, situado en el estuario de un gran río, cerca de una playa acogedora. Ahí instalé mi primer astillero y mandé construir dos barcos. Inicié un tercero en Ciuatlan, cerca de la capital de esa región. Había algo de oro en los ríos que descendían de la sierra. Había sobre todo magníficos árboles, que proveían a placer la madera para nuestros carpinteros de marina. Zacatula convenía perfectamente para el carenado de los navíos, pero la ensenada de Ciuatlan era mejor puerto. De ahí salió mi expedición.

Fiel al espíritu familiar, se la encargué a uno de mis primos, Álvaro de Saavedra. La flota dejó Ciuatlan el 31 de octubre del año del Señor de 1527. Había preparado minuciosamente la expedición. Le di instrucciones muy precisas a mi primo; había que ser prudentes pues al final del Mar del Sur, hacia el oeste, era difícil saber si se estaba en territorio portugués o español. Debo explicarte, de paso, que esa parte del mundo era muy mal conocida. Al famoso meridiano de Tordesillas, definido en 1494 para separar los mares portugueses de los españoles, le correspondía del otro lado del globo un antimeridiano, prolongación de la línea de demarcación. ¿Pero dónde pasaba exactamente ese antimeridiano? Los portugueses se habían establecido en las islas Molucas, que entonces se llamaban islas de las Especias, ¿pero estaban en su territorio o bien del lado entregado a España?

Le di a Saavedra cartas de acreditación para los soberanos exóticos que podría conocer en Tidore, en Cebu o en otras partes. Empezaba citando el primer libro de la *Metafísica* de Aristóteles: "Universal condición es de todos los hombres desear saber". ¿Lo ves, querido hijo? No envié cañoneras ni barcos mercantes; envié una misión de exploración, de reconocimiento. Fingía obedecer al rey, pero cumplía con una búsqueda filosófica que me era propia. De hecho firmé: "Yo, don Hernán Cortés". A secas. Sin título ni función. Como simple ciudadano del mundo.

Hice traducir las cartas credenciales al latín y adjunté a la empresa dos valiosos intérpretes, uno moro, el otro nativo de Calicut, en India, ambos sobrevivientes de la expedición de Loaísa. Contaban con ellos para que explicaran quién era y qué era Nueva España. De la bahía de Ciuatlan, finisterre del mundo mexicano, escrutaba el occidente y el horizonte cristalizaba mis sueños. No puedo decirte por qué estaba a tal punto atraído por el más allá de los trópicos. Era como un profundo deseo, una necesidad infinita de espacio para que el tiempo quedara suspendido.

CAPÍTULO 23

EL VIAJE A ESPAÑA

Debía ahora mirar las cosas de frente: me incumbía resolver la crisis política de Nueva España. El Mar del Sur fue una distracción saludable, pero no podía huir eternamente de mis responsabilidades. La confusión que aquí reinaba me era en gran parte imputable. Te haré una confidencia, mi querido Martín. Mi vida amorosa había chocado con mi vida pública, lo íntimo había prevalecido sobre los asuntos del Estado. Mientras estaba en Zacatula o en Ciuatlan —que, a pie de caletas, exploraba indolente—, podía justificar la presencia de tu madre a mi lado; podía pretextar que necesitaba de un intérprete para mis intercambios con las autoridades locales. Claro está, ahora yo hablaba nahuatl con fluidez, pero en el uso protocolario indígena un jefe nunca habla directamente con otro jefe: lo hace por medio de un portavoz, conocedor del florido lenguaje de la diplomacia. Tal era la función de Marina, quien, además, proyectaba su sobrenatural belleza y creaba a su alrededor un mágico halo que subyugaba a nuestros interlocutores. En lugar de implicarme en la gestión de los asuntos comunes en Tenochtitlan, prefería seguir viviendo con ella en la playa, al ritmo de las mareas que traían cada día algas de perfume yodado y pequeñas conchas arrancadas a los rompeolas.

Mi decisión llevaba una parte de crueldad. Porque, para resolver definitivamente la cuestión del orden en Nueva España, debía ir a Castilla a explicarme cara a cara con el emperador. Viajar a España me obligaba a dejar a Marina en Mexico, en casa de Jaramillo, quien era oficialmente su esposo. ¡Hubiera sido difícil justificar su presencia a mi lado en mis entrevistas con Carlos V! Más aún a sabiendas de que el contenido de mis conversaciones con el soberano estaba predeterminado. A decir verdad, lo había comprado. Era fácil. Había enviado oro, mucho oro: sólo eso le interesaba. Y consentí a la propuesta que me había hecho mi padre: aliarme a la familia real. Mi matrimonio ya estaba negociado. Ves así que la presencia de Marina no hubiese sido apropiada. Pero lo vivía como un desgarramiento y necesité mucho tiempo para aceptarme como jefe de Estado. Mi actitud no provenía de una debilidad de carácter, de una propensión a la indecisión, como pudieron pensar algunas almas malintencionadas, pero de mi amor por tu madre. Lo quería todo, el poder y el amor, sin sacrificar nada. Aplacé hasta que pude.

Me embarqué en Veracruz a mediados de abril de 1528. Me había concedido dos años de gracia, levitando entre dos mundos que revelaban ser conflictivos. Decidí imponer mi política, sin ceder en nada; me fui con una fuerte delegación indígena: los jefes tradicionales de Tenochtitlan, de Tlatelolco, de Texcoco, de Tlaxcala, pero también con una cohorte de dignatarios militares, de mayordomos, de ordenanzas, de sirvientes. Todo un mundo. Invité músicos, acróbatas, malabaristas, artistas. Llevé conmigo una suerte de Arca de Noé del Nuevo Mundo mezclando jaguares, águilas, coyotes, armadillos, tlacuaches, puercoespines, crótalos, iguanas, guacamayas, tucanes. En unos barriles nadaban ajolotes gris-rosa para reemplazar a los que habían caído en manos del rey de Francia. Incluso había mandado capturar colibríes, que transportaba en jaulas para ser acompañado por las almas de Uitzilopochtli, pero ninguno sobrevivió al viaje.

Comparativamente, mi séquito contaba con pocos españoles. Sólo llevé conmigo a los fieles de entre los fieles, como mi querido Gonzalo de Sandoval o mi amigo de siempre, Andrés de Tapia. Mi escolta se reducía a lo estrictamente necesario: dos secretarios, dos procuradores, un notario, mi confesor, mi catador de alimentos y lacayos. Claro está, me acompañaste; para atenderte, estaba Quetzalli, tu nodriza de siempre, y la ama de llaves de Coyoacan, con las cuales podías hablar nahuatl; también había un mayordomo con quien hablar castellano. Te cuento esto porque no sé qué recuerdos guardas de la travesía; eras tan joven.

De alguna manera, mi viaje parecía una expedición botánica. A pesar de que Mexico había inventado un gran número de plantas comestibles,[2] éstas permanecían desconocidas en Europa. Deseaba que se descubrieran. Creo no haber olvidado ninguna especie importante. El maíz y los frijoles eran fáciles de transportar; había llevado algunos sacos de granos. Pero no dudé en cargar plantas vivas en macetas. Había de todo: tomates, chiles, calabacitas, cebollas, salvia, amaranto, cacao, nopales y magueyes cuyas hojas espinosas se ataban con cuerdas. No olvidé las flores, de las que llevaba pequeñas bolsas de semillas debidamente identificadas: varias especies se adaptaron y se diseminaron. También incluí plantas medicinales, como el árbol de mirra de Colima, y plantas utilitarias, como el algodón en sus infinitas variedades. Pensando en Marina, quien me había confiado algunos de sus puros, también transportaba plantas de tabaco. Esa aventura botánica necesitaba de la presencia de varios herboristas, quienes, con dedicación, regaban, cubrían, cuidaban y ventilaban los valiosos especímenes que llevábamos hacia una nueva vida. Entre el equipaje personal de los viajeros, las jaulas, los invernaderos, las pajareras y los alimentos necesarios para la travesía, las bodegas de mis dos barcos estuvieron a punto de desbordar.

La travesía se llevó a cabo sin escalas por un viento caprichoso en cuarenta y dos días. Desembarcamos en Palos. El duque de Medina Sidonia se había encargado de los aposentos; tú y yo nos alojábamos con los señores mexicas, mientras que reservé hostales para mis compañeros españoles. Mi querido Gonzalo de Sandoval no sobrevivió al viaje. Llegó en mal estado; él, que había salido ileso de todas las batallas, frustrado todas las trampas de la vida, resistido a las privaciones, escapado de las flechas de obsidiana, ¡murió por haber bebido agua! Enfermó de tifus al beber el agua de a bordo que tendía a pudrirse al final del viaje. Para colmo de vejación, el pobre Gonzalo, en mal estado, fue desposeído por su anfitrión, un fabricante de cordajes, quien aprovechó su debilidad para robarle

---

[2] El verbo *inventar* es usado aquí de forma deliberada y precisa. Véase la explicación correspondiente en la apostilla, p. 273. (*N. del E.*)

trece lingotes de oro que había colocado a buen resguardo en un cofre bajo su cama. Hice perseguir a ese deshonesto hombre, pero huyó a Portugal con su botín. Mandé embargar su casa, así como su fábrica de cordajes. Sandoval fue enterrado con los franciscanos, en el claustro del monasterio de la Rábida. Llevé su luto con particular emoción; había perdido a un amigo, pero también una parte de mi juventud, una parte de mi deseo de vida.

Nuestro cortejo primero se dirigió a Medellín. Algún tiempo antes de mi partida de Veracruz, recibí la noticia del fallecimiento de mi padre. También recibí cartas del duque de Medina Sidonia, del duque de Béjar, del conde de Aguilar quienes, todos, hicieron que apurara mi viaje: me confirmaban mi compromiso con la joven Juana de Zúñiga. Otros amigos me habían informado de la deserción de mi mayordomo; le había confiado una fuerte suma de dinero que entregaría a mi padre precisamente para facilitar las negociaciones en curso. Mi hombre de confianza, embriagado por las cantidades que transportaba, se había hundido en la deslealtad y había desaparecido con el oro. Sentía la necesidad de volver a mi orígenes para resarcirme. Así que empecé mi periplo español volviendo a mi ciudad natal. Quería cerrar el círculo antes de partir de nuevo hacia otro ciclo.

A decir verdad, me reencontré con cierta sorpresa en la Medellín de mi infancia, miedosamente apretujada al pie de su castillo. Me costó trabajo reconocerla, tan pequeña, tan estrecha. ¿Era una falla de mi memoria de niño o el efecto de la comparación con las inmensidades mexicanas? Luché para no dejarme invadir por viejos recuerdos. Abracé a mi madre, vi a mi notario, quien me entregó los papeles de mi padre. Hallé el rastro del oro robado. Luego, cristalicé una idea que me importaba sobremanera: proceder a hermanar Medellín con Tenochtitlan. En el curso de una emocionante ceremonia, en presencia de todos los dignatarios indígenas que me acompañaban, sembré dos *nopalli*, dos *tenochtli* al pie de las murallas del castillo a cada lado de la monumental puerta de entrada. Ese castillo se había instalado sobre la antigua acrópolis romana sin que la ciudad cambiase de nombre; Medellín seguía siendo la ciudad fundada por Metellus, procónsul de Hispania Ulterior, en el año 79 de la era pagana. Hoy, le agregaba una continuidad a la continuidad, transformaba mi ciudad natal en capital mexicana, fusionaba dos pueblos, dos mundos. Por la virtud de ese símbolo botánico, de ese humilde cacto que consustancialmente lleva el nombre de la capital azteca y que aparece en su escudo, Medellín se volvía otra Tenochtitlan. Le agregaba *de facto* dos mil años de historia mexicana a nuestras raíces ibéricas. Pero aparte de ti, mi querido Martín, no estoy seguro de que mi séquito haya comprendido mi gesto, pero fue la ocasión para una gran fiesta. Disfrutamos de un banquete al estilo español, sentados en altas sillas que les parecían tronos a mis invitados indígenas. Honraron el vino de nuestros viñedos y di para ellos un discurso en nahuatl, cuyo eco resonó hasta el anfiteatro romano, sorprendido al escuchar ese nuevo idioma llegado de más allá de la última Thule. Solté un par de águilas con la esperanza de que algún día se posarían sobre los nopales.

La Corte estaba en Toledo; así que hacia allá me dirigí. Me había anunciado con mis amigos y pedí formalmente audiencia con el rey. El almirante de Castilla me invitó a residir en su palacio. Lo sabes, mi delegación no pasaba desapercibida. Todos se apuraban para ver al hijo de Motecuzoma pasear con correa un joven jaguar salido directamente de la jungla, para admirar a los acróbatas acostados de espalda, haciendo girar troncos de madera con sus pies, para observar las valiosas plumas de los dignatarios aztecas, para escuchar el redoblar obsesivo de los tambores y los caracoles de guerra que asustaban a los caballos. No lo negaré, yo era parte del interés que atraía a la ciudad y a la Corte; era objeto de una intensa curiosidad. Mis amigos de las altas esferas se dedicaban a enaltecer con alabanzas mi persona ante el rey.

Sostuve varias entrevistas con Carlos V. Pronto entendí que no me daría el gobierno de Nueva España; había lanzado en mi contra un juicio de residencia por el temor de que hubiese desviado a mi favor una parte del impuesto que se le debía. Ello era resultado de una gran ingenuidad: sabes bien que ese tipo de acusación sería imposible de probar. Había tomado todas mis precauciones. De hecho, mis detractores nunca lograron reunir en mi contra ni el menor principio de prueba. Así que aumenté la presión para que el soberano me diera en plena propiedad un vasto dominio de tierras. Cuando digo vasto, incurro en un eufemismo. ¡Reclamé la mitad de Mexico! Pero la discusión no fue fácil. El rey ciertamente estaba bajo la presión de mis amigos, que argumentaban mi importante contribución a las finanzas del reino, pero, por naturaleza, el joven Carlos no era generoso; era tacaño y alargaba las discusiones. Así que debí utilizar subterfugios. Un día, me quedé en cama y lancé el rumor de que estaba moribundo. El rey vino en persona a visitarme en casa del almirante de Castilla, y mis amigos dieron por cierto que no había riesgo alguno en darle un marquesado a un moribundo, soltero, además. Dos días después, fui hecho marqués. Me curé como por milagro.

Poco tiempo después, surgió otro desacuerdo en nuestras discusiones. Utilicé otra estratagema. Durante una misa dominical en la catedral de Toledo, me tomé la libertad de entrar en la iglesia *después* del emperador, mientras que la asistencia estaba sentada y cuando la misa iba a empezar. Era una irreverencia flagrante hacia el soberano, una incontestable ruptura del protocolo. Entré por la puerta principal, bajé por la nave y me fui a sentar a un lado del conde de Nassau, a la derecha del emperador, en la silla que me estaba reservada en primera fila. Escuché a mi paso un murmullo de sorpresa y luego casi toda la iglesia se puso de pie para sentarse cuando yo lo hice: los fieles le enviaban un mensaje a Carlos V, funesto autor intelectual del saqueo de Roma. En mi persona honraban al capitán que había duplicado el número de cristianos en el mundo. El emperador se tragó la ofensa, pero tomó en cuenta la señal. Yo había llevado nuestra discusión a una igualdad de fuerzas. Al día siguiente, firmaba los papeles que me convenían.

Claro está, estaba descontento por el nombramiento de Nuño de Guzmán como presidente de la Audiencia; claro está que me sentía ofendido por que hubiera prohibido mis libros, pero tenía la ruta trazada: quería con toda prioridad salvar mi obra en Nueva España, defender el principio del mestizaje, guardar la preeminencia de los franciscanos, conservar a los indios como indios. Para ello me concentré en la estrategia del marquesado, que me permitía eludir las decisiones que me eran contrarias.

En realidad, tenía un rey de oros bajo la manga: el asunto de las islas Molucas. Como te lo he contado, había enviado a mi primo Saavedra hacia la isla de las Especias. Luego perdí contacto. Pero en España supe que había descubierto unas islas de las que había tomado posesión y que había nombrado Filipinas. Algún tiempo después, había tocado varios puertos de las islas Molucas, donde mis equipajes habían sido apresados por los portugueses. Durante una de las entrevistas con el rey, dibujé un mapa: en él se veían las Filipinas y las islas Molucas. Asumí el trazo del antimeridiano de Tordesillas *entre* los dos archipiélagos. Las Filipinas se encontraban a la izquierda y las Molucas a la derecha de esa línea divisoria. Concretamente, según mi demostración, las Filipinas, apenas descubiertas y ocupadas por los españoles, se encontraban del lado portugués y las Molucas, ocupadas por los portugueses, estaban situadas del lado español. Le sugerí entonces al monarca proceder a un intercambio: los portugueses podían quedarse en las Molucas, pero en contraparte reconocerían la soberanía de España sobre las Filipinas. La idea encantó a Carlos V: ¡España tendría acceso a las especias de oriente por la ruta marítima occidental! Me fue encargado negociar el tratado con los portugueses. Aceptaron dejarnos las Filipinas y hasta nos pagaron un alquiler por los veinticinco años de ocupación indebido del archipiélago de las Molucas. El tratado fue firmado en mi presencia en Zaragoza. El emperador estaba celoso de mí, pero no podía negar los favores que le hacía. Mis buenas acciones eran de notoriedad pública. Dominaba el porvenir.

CAPÍTULO 24

BODA

Partimos de Toledo el 29 de marzo del año de 1529. Avanzamos hacia el oeste del valle del Tajo, hacia Puebla de Montalbán. Las semanas anteriores habían resultado agotadoras. Tuve que jugar un partido de billar de carambola. Para obtener del emperador la ratificación de mis conquistas, necesitaba apoyos en la Corte. Y esos apoyos giraban alrededor de mi viudez. Desde hacía ya siete años había perdido a Catalina Juárez, a quien había desposado —muy a mi pesar— en Cuba. Resultó ser una negociación difícil e interminable. En realidad, no me preocupaba en lo más mínimo. Fue mi padre Martín, de quien llevas el nombre, el que se encargó. Siempre tuvo una conexión más bien carnal con Navarra. Quizás en ella revivía algo de la Francia de sus ancestros, los Monroy, de hecho más vascones que franceses. Tu abuelo era muy cercano a la familia de los Arellano, una rama de la familia real de Navarra. En particular, era amigo de un tal Carlos Ramírez de Arellano, conde de Aguilar de Inestrillas. Ese Carlos había logrado desposarse brillantemente al casarse Juana de Zúñiga, emparentada con la familia real de Castilla. Frecuentaba a los nobles de España, a los altos consejeros, a las damas de honor, a los oficiales de alto rango. Es decir, a la flor y nata de la buena sociedad. Y Carlos tenía una hija casadera, llamada Juana como su madre, cuya belleza todo el mundo alababa. Antes de morir, mi padre me había convencido de que no había mejor partido. Acepté para darle gusto pues sabía lo que se traía entre manos. Quería reconciliar a las dos ramas de nuestra familia, a los que habían apoyado a la Beltrajena y a los que habían tomado partido

189

por Isabel la Católica, a los que habían elegido la asociación con Portugal y a los que habían optado por la alianza con Aragón.

Tu abuelo estaba triste al haberse empobrecido por aliarse con el partido de los perdedores. Quería recuperar lo que le había sido arrebatado: privilegios centenarios, tierras, rentas, tantas cosas que las autoridades triunfantes se habían apropiado sin pudor alguno. Botines de guerra. En el clan de los Monroy, casi todos le habían apostado a Portugal, no tanto por el desdén que le profesaban al rey de entonces sino por la apertura marítima que prometía la alianza portuguesa. Todos en la familia soñábamos con barcos, aventuras y tierras ignotas. Gustábamos de los vientos de la mar abierta. Mientras, los partidarios de Isabel estaban obsesionados con el peligro latente de los mahometanos sobre el comercio marítimo en el Mediterráneo. Por un lado, los vastos espacios, por el otro, la defensa del territorio. Ya sabes lo que sucedió después. Castilla se casó con Aragón, los moros fueron derrotados y los judíos expulsados. En tanto, los barcos de Juan de Portugal pasaban por el Cabo de Buena Esperanza, exploraban las Indias y traían de las Malucas el oro, el incienso, la mirra, la pimienta y el clavo de olor.

Y mientras se alejaban las murallas de Toledo, pensaba en la vacuidad de la historia. Hoy, el bando de los proscritos era el que se imponía. Los que querían subirse a los barcos se subieron a los barcos. Los que querían escapar del Viejo Mundo se habían escapado de éste. Y volvían con algunas municiones. ¿Qué sería de Castilla sin la Nueva España? Carlos V no tenía más opción que la de negociar. Había llegado el momento de organizar el reencuentro de los dos bandos, de maniobrar para la reconciliación. En una semana estaría casado con la joven Juana, prima hermana del duque de Medina Sidonia y sobrina del duque de Béjar, quien no se descubría ante el rey. El joven Carlos, que me hizo marqués, me llamará "mi primo", a mí, el aventurero rebelde, la oveja negra. Todo aquello lo hacía por mi padre, por respeto a su memoria. Ahora que ya no está, me es imposible cuestionar su arreglo.

Pero en estos últimos meses me asaltó una profunda duda. Había ido al santuario de Guadalupe para cumplir con deberes religiosos. Quería agradecerle a la Virgen de Extremadura por la ayuda moral que me había proporcionado en mi conquista. Había preparado unos exvotos para tal ocasión: los *toltecas* de Mexico habían elaborado un escudo de oro colocado sobre tres flechas, encima de una magnífica trenza de metal en la que se cruzaban dos cintas, una de oro, la otra de plata; un alacrán de piedras preciosas recordaba que había invocado a la Virgen después de una inoportuna picadura. Y había sido generoso con el santuario. Fue entonces —como por casualidad— que conocí a María de Mendoza. Cierto es que no pude impedir enamorarme de ella. Pero olí la trampa. María era una hermosa mujer y su mantón de penitente fallaba en disimular su juventud y su belleza. Ahora bien, era la esposa del todopoderoso Francisco de los Cobos, el secretario de la casa real, el hombre que redactaba toda la correspondencia del emperador. ¿Qué hacía en Guadalupe precisamente en el momento en el que yo estaba ahí? ¿Qué misión le había sido encargada a esa mujer influyente? En realidad, el motivo saltaba a la vista: estaba acompañada de su joven hermana de apenas quince años, sublime en encantos, elegancia e ingenuidad. Si tanto insistía en presentármela, era para incitarme a desposarla. Me hallaba en una situación trágicamente incómoda. Si Cobos deseaba concederme la mano de su cuñada, era claramente para hacerme romper la alianza pactada con el duque de Medina Sidonia, con el duque de Béjar y con el almirante de Castilla. Complacer a Cobos era enemistarme con toda mi familia; resistir era amenazar mi futuro en Mexico, pues la donación del emperador todavía no había sido firmada formalmente y el secretario del Consejo de Indias tenía mi destino en sus manos. Eurípides no hubiera imaginado intriga más insoluble.

Pero hubo algo peor. Durante mis conversaciones cotidianas con María de Mendoza, inicié una imprevista relación afectiva. Le narraba de la Nueva España, ella me contaba las intrigas de la Corte y los secretos de alcoba. La hacía soñar con mis cabalgatas por tierras desconocidas, me informaba sobre la vida en la Corte, con sus códigos de sobrevivencia y sus perfumes de antecámara. Yo disertaba sobre la vanidad de los hombres, ella me hablaba del poder de las mujeres. Yo decía valor y determinación, ella respondía tacto, dulzura y persuasión. Estábamos hechos el uno para el otro. Su hermana se volvía el pretexto. No queríamos separarnos. Con ella, sería virrey de Nueva España. Le complacía volverse mi cuñada y, por ende, le hacía un favor a su marido, que quería unirse a mí para estar seguro de que mi poder sólo dependiera de él. Que en ciertas esferas las alianzas matrimoniales sean asunto de Estado, a todos les queda por sentado. Cuando se inmiscuye el granito de arena del amor en esos engranajes es que todo se debe reconsiderar. Le ofrecí joyas aztecas, así como tejidos de hilos de oro de excelsa fineza; le confié para su marido, el único en España en amar el arte de las Indias Occidentales, un manuscrito pictográfico indígena, dispuesto en un estuche de piel de jaguar. Vibraba por ella. La noche entrelazaba nuestras miradas. No sabía qué hacer.

El polvo del camino acompañaba el cortejo. Talavera. Navalmoral. Entrábamos en Extremadura. Dejábamos atrás la ribera del Tajo para encaminarnos hacia Plasencia. La ciudad pertenecía a la familia Zúñiga, que ahora era mi familia política. Ahí los Monroy tenían un palacio, pero no me atreví a usarlo. Me dejé llevar. Acepté la generosa hospitalidad del duque de Béjar. Escogí mi bando con algo de dolor en el alma. La razón le había ganado la partida al corazón; la presión del clan familiar había prevalecido sobre la exigencia estratégica. Había decepcionado a María de Mendoza. Me sentía preso del juego de la pulsión y el interés.

Nos habíamos encaminado por la antigua vía romana para marchar hacia Béjar, *vía de la plata* por la que nunca había transitado un solo lingote del precioso metal. Al llegar al pie de las escarpadas alturas, donde asomaba la ciudad, estaba paralizado, cautivo de una insana torpeza. En esa ciudadela me iba a casar dándole a mi vida un giro irrevocable. Y mientras nos acercábamos, en ese mismo momento, una embajada se dirigía hacia Roma. Yo mismo había enviado esa embajada. Había logrado secretamente que el papa Clemente VII la recibiera. Era una gran victoria diplomática. Había enviado una delegación encabezada por Juan de Herrera, uno de mis compañeros de conquista, nacido en el seno de una familia noble de Burgos y conocedor de los usos del gran mundo. Lo acompañaba mi amigo de toda la vida, Andrés de Tapia, quien había renunciado a asistir a mis nupcias para cumplir con dicha misión de confianza. Pero, sobre todo, en la embajada iban tres señores indios que representaban a Tenochtitlan, Tlatelolco y Tlaxcala. No era una delegación cortesiana sino una embajada de la Nueva España, mestiza y cristiana, la que visitaba al papa. Uno de mis deseos quedaba cumplido: había creado un nuevo país en el que se habían fusionado dos mundos. En un equilibrio aun tambaleante, el Anahuac se había vuelto cristiano a la vez que permanecía indígena. Y el papado le otorgaba un primer reconocimiento a mi sueño de mestizaje. Ese acto de diplomacia formal, lo reconozco, era una provocación hacia Carlos V, pues de cierto modo establecía la independencia de la Nueva España y el papa me reconocía como su amo. Digámoslo, era tratado como un soberano. Pero si pude obtener dicha satisfacción era porque el emperador se había desacreditado. El saqueo de Roma perpetrado dos años antes por las tropas de Carlos V constituye una indignidad monumental cuyo recuerdo jamás será borrado. Pude obtener mi embajada porque le permitía al papa Clemente vengarse de la ofensa que había sufrido en 1527. En ese asunto, el emperador se encontraba indefenso.

Te he dicho que esa embajada me tenía angustiado, aunque en teoría todo estaba de mi lado. En verdad, llevaba en ella un conflicto íntimo que revelaba mi profundo desdoblamiento. De entre los documentos que Herrera y Tapia debían presentarle al papa, había uno que te involucraba directamente: tu legitimación. Era lógico conmigo mismo. Favorable al mestizaje, había dado el ejemplo. Hasta hoy, en abril de 1529, sólo había tenido hijos mestizos. Por supuesto que te tenía en primer lugar, tú mi hijo mayor, mi primer heredero varón, tan amado por mi corazón puesto que en ti vivía Marina. Le había propuesto al papa tres nombres: el tuyo, el de Catalina, mayor que tú por siete años y nacida en Cuba, y el de Luis, con quien has compartido tantos momentos. Tres nombres que eran símbolos y representaban una meta: el reconocimiento del mestizaje por la Iglesia. No tenía duda alguna de que el pontífice accedería a mi solicitud y declarara tu legitimación. En ello no residía mi angustia. Pero la decisión de casarme según el rito católico romano, aunque fuese revestida por una razón de Estado, se enfrentaba a un hecho. Era polígamo y no le había dicho ni jota a la joven Juana, mi prometida. Al pie del nido de águila de Béjar, en ese momento no tenía ni la más mínima intención de romper con mi pasado. Ni por un momento había pensado en repudiar a tu madre. En mi cabeza, había decidido llevar una doble vida, a caballo entre el mundo monógamo de las familias europeas y el mundo ultra polígamo de los jefes mexicanos. Motecozuma tenía ochenta mujeres y ciento cincuenta hijos; sus casamientos tenían un valor cósmico; legitimaban el derecho de uso de las tierras de tal o cual barrio, de tal o cual ciudad aliada. Allá, la tierra es femenina y le pertenece a la mujer. La fertilidad y la fecundidad son una misma cosa. Tú entiendes. Con mi unión con Marina, me apropiaba de la tierra mexicana, del polvo de los caminos, del maíz ondulante en las milpas, del licor del maguey, del olor de la cal en el comal. Ya no era un fuereño que iba de paso, sino un ciudadano integrado a la materialidad de un universo, compartiendo códigos, ritos y reglas. Por Marina, me había fundido en una historia, en una patria; poseía una parte de Mexico. Poderosamente carnal. Poderosamente sensual.

Durante los días que precedieron a la boda, estaba entre brumas y neblinas. Vi a Juana, adecuadamente velada. Sin mucha convicción, le entregué suntuosos regalos. Era de una belleza simple. De frágil silueta pero altiva, sin duda era elegante. Su garbo dejaba al descubierto cierta rigidez que sus encantadores hoyuelos contradecían. Pero sus ojos carecían de alegría. Me tomaría tiempo comprender de dónde provenía ese perpetuo fondo de tristeza.

No sé si algún día pasaste por Béjar. Yo nunca he vuelto. Proyecté mi angustia sobre esas calles amuralladas, trazadas sobre una estrecha cresta. Un precipicio invasor viene a cercar a los hombres, a quebrantar su ánimo, a refrenar sus deseos de espacio. Sentimiento de encierro, de opresión. Hubiese podido hallarme bien ahí: el palacio ducal es una antigua alcazoba árabe y la mitad de las iglesias eran sinagogas poco tiempo atrás. La ciudad respiraba un apacible mestizaje. Sin embargo, no tenía remedio. A cada instante, me sentía desfallecer.

Mi amigo Holguín me había llevado más allá de las murallas para ver una curiosa piedra negra venida del cielo. En aquella época su caída había sido interpretada como presagio de la reconquista de la ciudad. Sólo vi una masa de hierro esférica salpicada de lentejuelas estelares. Luego me llevó a la biblioteca del palacio para mostrarme una *Imitación del Cristo* impresa en París en 1500. La familia Zúñiga contaba entre sus miembros a cuantiosos eclesiásticos. La biblioteca era de buen gusto, pero no logró exorcizar mi confusión.

Al día siguiente, previo a la ceremonia, tuve la dicha de ver a mi querida María. Ahí estaba, con su marido, secretario del Consejo de Estado, secretario del Consejo de Indias, en medio de un cortejo de aduladores. Aparentemente no estábamos enemistados.

Me despertaron en plena noche. Un lacayo me hizo saber que un correo que había galopado desde Sevilla deseaba entregarme un mensaje. La misiva llevaba el sello de mi primo Altamirano, mi secretario en Mexico. Entendí que sólo podía tratarse de una mala noticia y, para estar preparado, tomé una bocanada de aire helado antes de romper el sello de la carta. Mi fiel primo me anunciaba la muerte de tu madre. Marina había fallecido en la noche de Navidad, en el solsticio de invierno, el día 1-jaguar del año 10-pedernal, por un ataque de tos que ningún brebaje medicinal había podido detener. En Mexico Tenochtitlan. No muy lejos de la gran pirámide que se mantenía en pie. La carta decía: "Se la llevó en tres días una temible consunción. Tuvo tiempo de recibir los sacramentos de la Iglesia. Se le vistió con un huipil blanco, se le colocó en un ataúd de madera de ahuehuete y fue enterrada en el convento de los franciscanos. Se encuentra inhumada en la capilla de San José. En un silencio conmovedor, fray Pedro de Gante pronunció la oración fúnebre en nahuatl y en español…". No podía seguir leyendo. La sangre refluía en mis venas, mi corazón latía a toda velocidad. Afuera, en el cielo de Castilla, estrellas de hielo se alineaban en un cortejo de duelo. Escuchaba las salmodias polifónicas de los alumnos de Pedro de Gante. En mi vida se estaba instalando la penumbra. Maldecía la conjunción de los astros. ¡El tiempo se había desgranado y un maligno destino quería que recibiera ese correo el día de mi boda!

Esa jornada fue una pesadilla. ¿Cómo dar buena cara? Ante todo lo que Castilla contaba por nobleza —pues estaban todos ahí, los condes, los duques, los marqueses, los aventureros, las advenedizos, los grandes de España, los viejos cristianos y los conversos, la gente de sotana y la de espada, los ilustrados y los mundanos—, tenía que aferrarme a mi papel. Era capitán general de la Nueva España, marqués del valle de Oaxaca. Le había enviado a la Corona cien mil pesos de oro el año pasado. Sin embargo, estaba derrotado, destrozado. Pude hacer los gestos que convenían, decir las palabras que de mí se esperaban; sonreí a diestra y siniestra, halagado aquí o allá. Todos éramos primos, todos parientes: los Pimentel, los Mendoza, los Sarmiento, los Ribadavia, los Medina Sidonia, los Medinaceli, los Guzmán, los Pizarro, los Zúñiga, los Pacheco, los Enríquez. Estaba en casa. Estaba en familia. Estaba en el corazón mismo del poder. No obstante, permanecía ausente, irremediablemente ahogado en mi pena. Había perdido a Marina, mi *alter ego*, mi cómplice. No sabía si, de ahora en adelante, sabría vivir sin ella.

Poco disfruté del festín. No toqué a los animales de caza que tanto me gustaban; no tuve ánimos para probar el vino del Duero que con tanto esmero había escogido. Era una fiera herida. Rezaba para que el día terminara. Ya tarde, tuve que dirigirme naturalmente a la recámara nupcial. Afuera, un poco de nieve se aferraba en la cima de la Peña de Francia. La nueva luna de primavera no lograba calentar la atmósfera. Me encontraba en ósmosis con las tardías heladas. Le expliqué suavemente a Juana, desde ahora mi legítima esposa por la Iglesia, que todo llegaría en su momento. Le confesé que ya había tenido ocho hijos con siete mujeres diferentes, todas indias. No hizo preguntas al verme quemar la carta que había recibido el día anterior. Quería ser el único en saber de la muerte de Malinche. No quería compartir mi penar. Guardo el recuerdo de una noche gélida.

CAPÍTULO 25

LA ORDEN DE SANTIAGO

La noche de mi boda en Béjar tomé una decisión que quizá te haya sorprendido. Concebí el proyecto de hacer que te admitieran en la Orden Militar de Santiago, a ti, un joven varón de seis años. Debo aquí explicarme. Las órdenes de caballería son una vieja historia de la familia. Creadas para ayudar a la Reconquista, esas cuatro órdenes administraban los territorios recobrados de los moros. Y al pasar el tiempo, esas órdenes se convirtieron en poderosas entidades económicas, indispensables para la sobrevivencia de la Corona de Castilla. Dos de ellas se enfrentaron hace menos de un siglo: la Orden de Santiago y la Orden de Alcántara. Se habían convertido en catalizadores de dos sentimientos opuestos que fracturaban a la nobleza de entonces y de los que ya te he hablado. Santiago apoyaba a Isabel la Católica y a Fernando de Aragón, mientras que Alcántara se había aliado al bando opuesto. Por un lado, teníamos un bloque de Galicia, León y Castilla y el gran maestro Alonso de Cárdenas, y por el otro, Extremadura y Andalucía y el clavero Alonso de Monroy. Monroy, es decir tu familia, perdió. Hoy, cuarenta años después de la Reconquista, las órdenes militares ya no tienen el mismo papel, ya no libran guerras en el territorio peninsular; son fraternidades honoríficas cuyos títulos les confieren prestigio a falta de poder. Puesto que me había comprometido en un proceso de reconciliación, tenía que ir hasta las últimas consecuencias. Así que conseguí que la Orden de Santiago me acogiera, a mí, un Monroy, descendiente histórico del bando opuesto, para demostrar que las viejas rencillas nacidas de la sucesión del rey Enrique IV, el Impotente, ya no estaban en juego.

No estoy seguro de que esa investidura haya aportado gran cosa a mi gloria, pero creo en los símbolos. Y, en ese plan, ese mensaje de reconciliación era importante. El rey, por cierto, lo había entendido perfectamente y Cobos había redactado para mí una cédula de propuesta que no habría de sufrir ningún rechazo. Pero cuatro años más tarde, ese paso ya franqueado me pareció insuficiente. Quise que te aceptaran a ti, Martín, hijo de la Malinche. ¡Quise que te tomaran por lo que eres, mi hijo mestizo!

La luz se hizo en mí. En el momento en que contraía una alianza matrimonial con el trono de Castilla y, más ampliamente, con la hispanidad, me obligué, aquí en España, a imponer el mestizaje como una naturalidad, como una modalidad de pertenencia a una historia que lleva en sí tanta nobleza como consanguinidad.

Había que actuar con prontitud. Redacté algunos correos, mandé avanzadas, organicé declaraciones de testigos. El asunto era delicado. Para establecer la limpieza de sangre, necesitaba hombres de confianza. En efecto, debían dar testimonio de tu ascendencia noble por ambas ramas: debían poder afirmar que conocían a mi propia familia y a la de tu madre desde hacía tres generaciones. Me las arreglé. Hallamos las palabras idóneas. Marina fue declarada "de buena casta de indios" y los testigos juraron que no tenías ascendencia judía, que tu familia no se había convertido en fechas recientes, que no tenías sangre mora y que no eras plebeyo. Te lo confieso: Diego de Ordaz y Alonso de Herrera en mucho me ayudaron.

Quedaba el problema de tu edad. ¿Por qué convertir en caballero de la Orden de Santiago a un niño de seis años? No podía confesar el fin último del asunto. Había decidido no honrar a Juana mientras no hubieras sido apadrinado por la Orden. Quería asegurarme de que mi descendencia mexicana no sería tratada con inferioridad por mi futura descendencia española. Seguro estoy de que no me reprocharás el ahorrarte los detalles de la negociación. Lo logré por la fuerza. Con el impulso de mi poder en Nueva España, con el efecto de mi título de marqués, con el peso de mi presunta riqueza. Pero poco importa. Gané. Ganaste. Hice que me contaran la escena de aquel 19 de julio de 1529 en Toledo. Se me describió la sala abovedada, tu pequeña silueta en medio de esos hombres maduros, la capa blanca bordada con la espada de puño de flor de lis en satín rojo, las fórmulas latinas para jurar fidelidad a los preceptos de la Orden, tus padrinos conquistadores venidos de Nueva España. Oí las letanías, las salmodias, el tintineo de las espadas. La sangre mexicana se volvía parte de los linajes españoles. Gracias a ti, los vientos fecundadores del Anahuac soplaban por sobre la árida meseta, barriendo siglos de desconfianza y de friolento retraimiento. Había ganado ese combate. Y tú llevabas la antorcha: el Mexico de los volcanes y de la Mar del Sur añadía su legado a la nobleza ibérica. Mi triunfo tenía un nombre: reciprocidad. Y estaba orgulloso de que fueras mi hijo mayor. Encarnabas una revancha de las desaprobaciones sufridas por mi padre y un consuelo de la muerte de tu madre, de la que nunca me he podido recuperar.

Fuiste hecho caballero de la Orden Ecuestre de Santiago. Era un reconocimiento para todos mis hijos mestizos, que podrían entonces vivir en igualdad de circunstancias con los hijos que me daría mi mujer española. Estaba en paz conmigo mismo.

Hubiese debido encontrarme con el emperador en Barcelona. A mis espaldas, algunos celosos se empeñaban en vaciar de su sustancia la donación del marquesado. Hasta que Carlos se hubiera embarcado hacia Italia, tuve cuidado en que la lista de los veintitrés pueblos que me había otorgado fuese la que había sugerido. Incluso hice algo de trampa, al comprender que el soberano no me daría el virreinato; lo compensé al hacer que me atribuyera prácticamente la mitad del territorio de la Nueva España. En el fondo de mi corazón, juzgué que habíamos logrado un buen arreglo. Le dije que los veintitrés pueblos que constituyen el marquesado correspondían a veintitrés mil vasallos. Era una metáfora que rayaba en el dolo. Mi dominio era en realidad más extenso y más poblado que las coronas de León, de Castilla y de Aragón reunidas. Hubiera sido poco elegante quejarme. Había eliminado del poder al infame Nuño de Guzmán. Otra Audiencia había sido designada; seguramente le sería más favorable a los indios. Conservaba mi título de capitán general; era amo de las armas. Y, por mi casamiento, me había vuelto primo del rey. Animado por su nuevo parentesco, Carlos me habló a solas un día en el rincón de un pasillo, me pidió un donativo, quejándose de los quisquillosos controles ejercidos por sus consejeros. Le concedí de inmediato un "préstamo personal", que iría directamente a sus arcas y del que podría disfrutar a su gusto sin referirlo ni a Cobos, ni a Sámano. Lo asentamos como un anticipo sobre el impuesto del quinto del marquesado. Por supuesto, jamás se me reembolsó dicho financiamiento, pero mi nuevo primo, ese día, había invertido la relación jerárquica. Yo había tomado una posición dominante.

Te confié a la emperatriz para que fueras paje de la casa real. Fuiste educado con otros setenta jóvenes varones, todos herederos de casas señoriales. Fuiste tratado como igual de los nobles de España. Pudiste aprender latín y esgrima, las buenas costumbres, los principios de la caballería, el arte de la guerra, la música y la pintura, el manejo de los caballos. Viajaste con la Corte, descubriste ese mundo de contrastes, de intrigas y lealtad. Te volviste un hombre con buena educación. Aguerrido. Discreto. Un bello hidalgo de ojos negros con ese sol alegre en la mirada que heredaste de tu madre. Le pedí a mi primo de Salamanca, el docto e influyente Francisco Núñez, cuidar de ti y lo hizo con esmero. Escogí como tu preceptor a Pérez de Vargas por sus cualidades humanas. Le tenía toda la confianza y fielmente me informaba sobre tu estado. A falta de presencia, te di mi afecto; a cambio, alimentaste mis esperanzas y mantuviste viva la llama del recuerdo. Bella historia de hombres.

Deseaba viajar en el mismo barco que el de los miembros de la nueva Audiencia. Pero los nombramientos no llegaban. Tuve tiempo para ir a Salamanca. En la universidad, pude saludar a algunos de mis antiguos profesores y condiscípulos. Sostuve largas conversaciones sobre la situación de las Indias con Francisco de Vitoria. Me encontré con el prior del convento franciscano de la ciudad y evocamos la misión de reclutamiento de los frailes destinados a integrar la custodia de Mexico. Pude exponer la situación y dialogar con varios religiosos elegidos. Me impresionaron en particular mis intercambios con Alonso Rangel o Jacobo Testera, un francés perteneciente al capítulo de Aquitania. Fui a Uclés, donde la Orden de Santiago estaba poniendo la primera piedra de su convento. La favorecí con suntuosos obsequios. Pasé por Medellín, donde me esperaba doña Catalina, mi madre. Había decidido no dejarla vivir su viudedad entre los muros que la condenaban a la soledad. Me acompañaría a Nueva España.

A Cobos le estaba costando trabajo completar la Segunda Audiencia que debía partir para instalarse en Mexico. Algunas posibles personalidades se retractaban; otras renegociaban sus emolumentos; otras, su fecha de partida. El proceso se estaba eternizando. Tomé la decisión de adelantar el regreso de mi séquito y de hacerlo viajar en un barco presto a zarpar. La delegación de señores indios embarcó en el mismo navío que los veinte franciscanos destinados a la evangelización del territorio. Todavía esperé largas semanas en Sevilla. Juana estaba impaciente. Había multitudes en los muelles del Guadalquivir. Me crucé con mi primo Francisco Pizarro, listo a partir hacia Perú; Diego de Ordaz, tu padrino en la Orden de Santiago, se preparaba para dirigirse a la Amazonia. Todos habían recibido sus capitulaciones en debida forma. La conquista de las Indias estaba lanzada.

Negociada por Luisa de Saboya, madre de Francisco I, y por Margarita de Austria, hija del emperador Maximiliano y tía de Carlos V, la Paz de las Damas o Paz de Cambrai, firmada en aquella ciudad francesa, ponía fin a la guerra entre Castilla y Francia. Se vio al rey Francisco lanzar monedas de oro a la multitud y a su pueblo aclamarlo. Le entregaría siete toneladas de oro a Carlos V por la liberación de sus hijos. El rey de España estaba aturdido por esa nueva opulencia. Las Indias tenían viento en popa.

Cuando mi barco levantó anclas, tuve una punzada en el corazón: te abandonaba a tu suerte y sabía que en Mexico no me encontraría con tu madre. Era un recién casado condenado a vivir su viudez con un falso semblante.

CAPÍTULO 26

EL AGUARDIENTE

Entenderás, mi querido Martín, que la vida no siempre obedece a las decisiones de los hombres. Lo viví duramente al volver a Nueva España. Creí haber resuelto todos los problemas pendientes. Sin embargo, las cosas tomaron otro rumbo y el campo de la realidad ofreció resistencia.

Había obtenido del rey una donación notariada que había leído hasta diez veces. Normalmente, en el interior de mi marquesado, yo era el amo de mis dominios; disfrutaba de la propiedad hereditaria de mis bienes inmuebles; disponía de plena y total jurisdicción sobre sus habitantes: me había creado un Estado dentro del Estado. Mis papeles estaban en orden. Tenía una carta de la reina pidiéndole a las autoridades suspender la investigación de mi juicio de residencia. El infernal trío Guzmán-Delgadillo-Matienzo había sido apartado y otra Audiencia había sido nombrada. Volvía a casa con la mente tranquila. En principio, era intocable y ya no tenía enemigos. Pero en lugar de este escenario ideal, me enfrenté con el infierno.

Cierto es que la reina, a quien te había confiado, me había aconsejado esperar la llegada de la nueva Audiencia para volver a Mexico Tenochtitlan. Debí haber seguido su consejo. Pero el asunto se alargaba. ¡Mi escala en Santo Domingo duró dos meses! El obispo de la isla, nombrado presidente, se rehusaba a aceptar el puesto. Me entrevisté numerosas veces con él, tratando de convencerlo de que asumiera sus funciones a la brevedad posible. Estaba consciente de que la situación en Nueva España era un polvorín, pero no se decidía. Un día ponía como pretexto que los otros cuatro miembros no habían llegado

202

todavía: la Audiencia, decía, basaría su autoridad en su colegialidad; no quería exponerse a tomar por sí solo la menor decisión. Otro día me confesaba que se negaría de golpe y porrazo a ser presidente, prefiriendo dedicarse a su sacerdocio en Santo Domingo. Yo hervía por dentro. Mi naturaleza se rebelaba. Decidí no esperar la buena voluntad del prelado y me embarqué con mi séquito.

Llegamos a Veracruz a mediados de julio. Entonces descubrí una realidad que escapaba a cualquier entendimiento. No lo podía creer. El malvado Nuño de Guzmán, informado de su destitución, había abandonado la capital. Era prudente de su parte. Pero, con una vergonzosa indecencia, había reclutado por la fuerza un pequeño ejército para salir a conquistar los territorios del noroeste. ¡Que había decidido ocupar sin más permiso que el que él mismo se había otorgado! Poco tardaría en llamar a esa región Nueva Galicia, para dejar entender falsamente que se trataba de una región diferente de Nueva España. Pero nunca la Corona iría tan lejos. El secretario del Consejo de Estado, Francisco de los Cobos, utilizaba prudentemente el nombre de Galicia de la Nueva España. Para la más vil desgracia de la tierra, sus cómplices Matienzo y Delgadillo habían tomado el poder. ¡Informados de mi llegada, enviaron un destacamento para impedirme llegar a mis propiedades! ¡Yo, el capitán general de Nueva España, el jefe de los ejércitos nombrado por el rey, estaba rodeado por hombres armados enviados por funcionarios destituidos! Era irreal. Pero lo que no tardaría en saber lo era todavía más.

Esos tres hombres habían acrecentado su capacidad de perjuicio para robarme todos mis bienes. Se habían instalado en mis casas, se habían apropiado de mis esclavos, habían vendido mis caballos, mis yeguas, mis potros, mis vacas y mis ovejas. Se habían llevado mis muebles, mi platería, mis tapices, mis sillas de montar. Por supuesto, habían robado todo el oro que había dejado a mis mayordomos para el mantenimiento de mis bienes durante mi ausencia. Incluso habían ido a Tequantepec para quemar los barcos que había mandado fabricar. ¡Maldad pura, puros celos! Los que salieron en mi defensa caro lo pagaron. García de Llerena y Cristóbal de Angulo, dos clérigos tonsurados que eran mis procuradores y que habían protestado por los atropellos de la Audiencia, fueron perseguidos hasta el interior del convento de los franciscanos. Apresados por la fuerza en plena noche, después de que las puertas del convento de San Francisco fuesen derribadas, ambos hombres fueron sometidos a torturas que no quiero detallarte aquí. Angulo terminó siendo desmembrado y a Llerena le cortaron un pie. Los auditores fueron excomulgados, pero sin tener efecto alguno en sus criminales acciones.

Te relato estos hechos pues ello explica mi actitud: frente a esa negación del derecho que me imponían Delgadillo y Matienzo, no quería actuar por la fuerza para no poner en peligro a mis seguidores. Yo sabía que al menor movimiento de mi parte se arriesgarían a represalias por parte de esos indignos representantes del rey, destituidos, pero siempre nefastos. Así que tuve que aguantar. Acepté de mala gana esperar la llegada de la nueva Audiencia, que se encargaría de arrestar a esos miserables. Primero me refugié en Tlaxcala con todo mi séquito. Seguía contando con mis aliados indígenas. Luego, nos instalamos en Texcoco. Esperé, esperé, acampaba en lo provisorio, que se dilataba cada día más. Nos faltaba casi de todo. Más tarde, exageré al decir que un centenar de miembros de mi séquito había muerto de hambre; quería hundir a Delgadillo y a Matienzo. Pero cierto es que dos decesos me afectaron: mi esposa Juana perdió su primer hijo pocos días después de su nacimiento. Y tuve la gran pena de perder a mi madre, doña Catalina, quien no pudo soportar la agobiante travesía ni las privaciones de Texcoco. Quizá murió de decepción al ver a su hijo marqués preso de tan humillante situación.

Esos desdichados acontecimientos me incitaron a tomar una decisión; dispuse instalar a Juana, mi muy joven esposa, en Quauhnahuac. Su clima es excelente, la naturaleza generosa, la tierra fértil. Dibujé los planos de una casa que sería, al mismo tiempo, residencia de campo y alojamiento oficial. Te confiaré un secreto, mi querido Martín: me inspiré en el Alcázar de Diego Colón en Santo Domingo. Cuando digo *inspiré*, falto a la verdad; lo copié totalmente. Había tenido todo el tiempo para admirar la construcción durante mi reciente y muy larga escala en Santo Domingo. Entre las conversaciones con el obispo Fuenleal, iba a admirar el palacio del virrey, al que había sido invitado varias veces. Memoricé el sentido de la construcción: dos niveles, dos cuerpos de edificio macizo a cada lado, conectados por un pórtico de cinco arcos y una galería que duplica el ritmo de la arquería, pero en menor elevación, un techo plano delimitado por una triple hilera de cornisa genovesa voladiza. El conjunto me pareció a la vez imponente y elegante. No fui gran admirador de Diego Colón, a quien serví, pero su palacio, hay que confesarlo, es todo un éxito. Tuve ganas de reproducirlo en mis tierras, de hacer de un palacio de virrey la sede de mi marquesado, de asociar estética y simbolismo. Resulta que el sentido oculto del edificio me encantaba; dos imponentes cubos para representar las dos partes del mestizaje conectados por un puente escribiendo en el espacio la cifra 5. Ahora bien, en el pensamiento mexicano, la cifra 5 se asocia al centro del mundo y, por ende, a la inestabilidad, ya que en el centro las fuerzas se anulan. Haría construir un palacio a imagen de mi vida. En equilibrio sobre el espacio y el tiempo.

Me dirigí al lugar para elegir la ubicación de la obra. Opté por un terraplén que era un antiguo terreno de juego de pelota. La fachada estaría viendo al oeste. Juana viviría ahí toda su vida, protegida del mundo, en un suave sopor, a la sombra de las palmeras, entre el olor de los guayabos. Recorrí los campos que destinaría al cultivo de la caña y los pastizales destinados a mis caballos. Reservé terrenos para la construcción del pueblo de mis peones, para el molino, para las caballerizas, para el ingenio. Hice canalizar los ojos de agua, desvié el curso del río para crear un lavadero y un lago de recreo. En resumidas cuentas, lancé la construcción de mi hogar. Preferí Quauhnahuac a Oaxaca —aunque fuese oficialmente marqués del Valle de Oaxaca— por su proximidad con Tenochtitlan; podía ir a la capital en dos horas a caballo; también podría estar alerta al gobierno de Nueva España, lo que me hubiera resultado imposible desde Oaxaca.

Las cosas cambiaron un poco a principios de diciembre. Dos miembros de la nueva Audiencia, Ceynos y Salmerón, desembarcaron discretamente en Veracruz. La noticia se difundió hasta Mexico y el ayuntamiento, apurado por acabar con Delgadillo y Matienzo, ofreció reconocerlos de inmediato. Los recién llegados, prudentes, rechazaron la propuesta y se encaminaron hacia Tlaxcala. Allá los alcancé y pasamos juntos las Navidades. Tomaron conciencia de lo trágico de la situación. Otros dos auditores, Maldonado y Vasco de Quiroga, llegaron a Tlaxcala en los últimos días del año. Me informaron que el obispo de Santo Domingo, probable presidente, se había negado de nuevo a tomar el cargo. Pero los cuatro, debidamente nombrados, podían ahora asumir el gobierno de Nueva España. Establecimos el orden de las prioridades, decidimos las primeras medidas, definimos la estrategia a largo plazo. Estábamos listos. Un alivio para mí.

Entramos a Tenochtitlan el 9 de enero del año 31. La Segunda Audiencia solemnemente asumió sus funciones. Fui ratificado en las mías, ya que mi título de capitán general había sido renovado. Guzmán, quien había huido a Nueva Galicia, fue citado a comparecer y su juicio se abrió de inmediato en contumacia. Matienzo fue condenado a prisión domiciliaria y Delgadillo, echado tras las rejas. Se cumplía mi venganza, pero el país estaba a sangre y fuego.

Encargado del orden público, debí hilar fino, restaurar la confianza, ofrecer garantías, tomar algunas decisiones ejemplares. Volví a mis viejas prácticas; estaba feliz de estar al mando y los auditores estaban aliviados de tenerme como aliado. En el fondo, había recobrado el poder. Con un marquesado, además. Podía ahora dedicarme a mis intereses personales.

Sembré caña de azúcar que había traído en mi viaje. Elegí cultivarla en Medellín y en Quauhnahuac. Pensaba que ambos terruños podían ser propicios para la planta. Prosperó tanto a baja altitud como en el altiplano central. Al cabo de tres años, logré bellas cosechas. Pero me dirás, mi querido hijo: ¿Qué hiciste con la caña? Acertaste: no produje azúcar, que nadie consume salvo los mahometanos. Tampoco los indios tienen atracción por lo dulce; no lo comen nunca; como bien sabes, llegan a tal grado de prudencia que hasta recolectan las frutas antes de maduración. Y lo que en un principio era un mandato para conservar la salud de los hombres, devino al correr de los siglos en un verdadero gusto por lo amargo y lo ácido. ¡No hubiera podido aquí vender el más mínimo cristal de azúcar! Hice entonces lo que los productores de caña de la Gomera hacen clandestinamente desde hace varios lustros: elaboran alcohol, que venden a los marineros que descansan en las Canarias. Lo hacen en secreto, porque el derecho de destilación es un monopolio de la Corona, que sólo delega a cambio del pago de un impuesto elevado. No te ocultaré que tuve mucho éxito con mi aguardiente; exprimía la caña y destilaba el jugo obtenido. Algunos quisieron imitarme; en vano intentaron obtener las autorizaciones reales. Renunciaron o se conformaron con declarar que fabricaban azúcar o jarabe contra la tos. No había impuesto sobre el azúcar puesto que no había mercado. Les ofrecía a mis peones una ración de aguardiente cada veinte días y me lo agradecían mucho.

Más delicada era la introducción de los gusanos de seda. Había que plantar moreras, esperar a que creciesen un poco, para luego introducir la mariposa. Había hecho venir conmigo a una mujer morisca que decía ser experta en las técnicas de hilado de los capullos. En verdad, la elaboración de la seda no tuvo gran éxito. De hecho, una de mis propiedades en Chapultepec inmortaliza mi tentativa y lleva el nombre de Hacienda de los Morales. Pero la tradición de la seda sólo se impuso realmente en mis tierras de Oaxaca.

Como verás, querido Martín, exploraba las posibilidades agrícolas de Nueva España para distraerme un poco de los asuntos políticos. Éstos eran para desanimarse. Los tres miembros de la Primera Audiencia fueron condenados por la justicia a restituirme mis bienes y a pagar una colosal multa como castigo por sus malversaciones. Personalmente recibí tres mil pesos de oro por mis gastos de justicia. Matienzo y Delgadillo fueron enviados a España encadenados, pero a pesar de los ciento veinte cargos en su contra fueron puestos en libertad a su llegada. Lo que me pareció inicuo. Pero ello no les trajo suerte ya que ambos murieron algún tiempo después.

Pero debo contarte la sorprendente historia de la lucha de Fuenleal contra Zumárraga. Juan de Zumárraga es franciscano, originario de Cantabria. Considero una victoria personal que lo escogieran primer obispo de Mexico. Había sido nombrado por el emperador en diciembre de 1527 mientras estaba yo en Ciuatlan. Casi al mismo tiempo, Carlos V había decidido confiar el gobierno a un tribunal, en este caso, una Audiencia. Había escogido una dirección colegiada de cinco miembros; sin embargo, a su llegada a Nueva España, sólo fueron tres, pues dos murieron poco después de desembarcar. Zumárraga tomó la decisión de acompañar a los nuevos auditores y tomó el mismo barco que ellos. Tenía razón. No había tenido tiempo para ser oficialmente consagrado, pero había conseguido ser nombrado protector de los indios. Los auditores y el obispo llegaron juntos el 6 de diciembre del año de 1528. ¡Nos cruzamos! Desde un principio, Zumárraga tuvo oportunidad de oponerse a los atropellos y las vilezas de Guzmán, Delgadillo y Matienzo. Fue una guerra sin fin. Como ya te lo he dicho, el obispo de Mexico debió recurrir a la excomunión de los auditores; gravísima sanción. Fue una suerte que estuviese ahí: su presencia a menudo permitió evitar lo peor y su pluma dio cuenta de los horrores cometidos por ese gobierno.

Mientras estaba en Castilla, conseguí la destitución de los malhechores y el emperador designó al obispo de Santo Domingo, Fuenleal, como nuevo presidente de la Audiencia. Muy bien. Salvo que Fuenleal se la pasó retardando su llegada, potponiéndola mes tras mes: nombrado en enero del 30, finalmente asumió su cargo en Tenochtitlan a principios del mes de octubre del 31. ¡Más de año y medio de indecisión! Así que me pregunté cuáles habían sido las razones de esa vacilación. La entendí algún tiempo después de su llegada: durante esos largos meses, Fuenleal había maniobrado para destituir a Zumárraga. Celos entre eminencias, dirás. Ciertamente, pero hay algo más. En realidad, Fuenleal, sacerdote secular, no quería a un franciscano en el obispado de Mexico. Fuenleal tiene un perfil más sumiso a la monarquía que los frailes menores, y es más bien aliado de los dominicos que apoyan a la monarquía y a la Inquisición. Así que le declaró la guerra al obispo de Mexico. ¡Y sólo se dignó en poner un pie en Nueva España después de haber obtenido su destitución! Desde su llegada misma, le hizo entregar mediante dos de sus procuradores un requerimiento para que regresase urgentemente a España. ¡Nuestro amigo quedaba convocado! Él, que se había comportado de manera tan honorable y valiente frente a la injusticia de la precedente Audiencia.

La situación era diplomáticamente delicada. No quería enemistarme con la nueva Audiencia, la cual, desde su entrada en funciones, se mostraba abiertamente a mi favor y, además, contribuía cotidianamente a la vuelta de la paz. Pero tampoco podía aceptar que se cometiese esa injusticia en contra de nuestro amigo Zumárraga, quien, además, era brillante artífice de mi proyecto para Nueva España. El obispo de Mexico de inmediato dijo que obedecería las órdenes del rey; incluso lo puso por escrito. No dejó entrever ni sorpresa, ni rebelión, ni mala fe. ¡Pero dejó pasar seis meses antes de tomar el barco! Lo que nos dio tiempo para desarrollar una diplomacia secreta y armar una contraataque.

Los cargos esgrimidos por Fuenleal eran de hecho acusaciones sin fundamento urdidas por los auditores destituidos, y se desvanecieron en presencia del obispo. Se habían vuelto extemporáneas. En realidad, Zumárraga no debió luchar mucho. Impresionó por su solidez, su amenidad, su fe y su inteligencia. Ya que estaba en España y que disponía de tiempo, pudo resolver la cuestión de su consagración. Cosa nada fácil, sin embargo. El papa Clemente VII había firmado las bulas de nombramiento de Zumárraga dos años antes, sin referirse a Carlos V. Era parte de nuestro acuerdo: el papa reconocía el patronato, es decir la autoridad del rey de España sobre el clero, pero sólo sobre el territorio español. A partir de este momento la Iglesia de Nueva España quedaba bajo la autoridad del papado. La situación era fantasiosa: Zumárraga tenía entonces dos cartas de nombramiento, la del emperador, que se creía jefe de la Iglesia mexicana, y la del papa, quien consideraba tener plenos poderes en la materia. Ahí también hubo que obrar con diplomacia y el franciscano fue excelso. ¡El papa publicó una bula rectificativa que especificaba que el nombramiento del obispo Zumárraga había sido hecha "a propuesta del emperador", y, por su lado, Carlos V emitió cédulas llamadas ejecutoriales, que validaban las bulas del papa! Zumárraga recibió finalmente la mitra en abril de 1533 de manos del obispo de Segovia en la capilla principal del convento franciscano de Valladolid, en una ceremonia ríspidamente negociada entre el clero secular y los frailes menores.

Pero ahí no termina el cuento. Zumárraga, debidamente consagrado, no tomó inmediatamente el barco para ocupar su puesto, a pesar de haberlo conseguido en reñida lucha. No adivinarás lo que sucedió: ¡envió un emisario para hacerlo en su lugar! Un provisor, una suerte de embajador que llegó en Navidad. Con solemnidad, el prelado les mostró a las autoridades sus cartas de acreditación y las cédulas ejecutoriales del emperador; luego, el domingo 28 de diciembre del año del Señor de 1533, tomó posesión de la sede obispal de Mexico en nombre de Zumárraga, en la catedral todavía en construcción. Asistimos a una investidura por poder. Lo virtual tenía fuerza de ley. No era la primera vez que, ante mis ojos, la ficción le robaba su estatus a la realidad. Al correr del tiempo, se volvió un poderoso tema de inspiración para mi pluma.

El obispo franciscano, el verdadero, volvió a Nueva España hasta octubre del año siguiente. Esa ausencia era simétrica a la de Fuenleal al principio de su mandato. Ambos hombres no tuvieron muchas oportunidades para colaborar. Fuenleal debía dejar la presidencia de la Audiencia unos meses más tarde para ser nombrado obispo de Tuy, y después de León. Zumárraga había tenido tiempo de sobra para intrigar. Salíamos airosos de esa lucha de influencias.

Doña Juana me dio un hijo. Nació en Quauhnahuac y lo bauticé Martín, como tú. A la marquesa, a quien no le falta nada, le cuesta adaptarse. Todavía no aprende a amar los sencillos placeres de la vida indígena, el olor del maíz sobre el comal, los paseos a pie, el trinar de los pájaros, el silencio de las multitudes. Siempre reclama más servicios, como si la comodidad de su hogar fuese lo esencial de su mundo. Su salud me preocupa.

Fui a caballo a explorar un antiguo centro ceremonial indio. Me mostraron unas celdas excavadas en la roca con un hoyo perforado en lo alto; el sistema permitía, según esto, observar el curso de las estrellas. Me hubiera gustado cuestionar al cielo para conocer la configuración de los astros que gobernarían mi vida los próximos años. ¿Me atrevería a confesarte que, sin Marina, la vida —mi vida— me interesaba menos?

CAPÍTULO 27

CALIFORNIA

Había abandonado Tequantepec por la fuerza de las circunstancias. Los malhechores de la Primera Audiencia me habían desalentado. Lo que habían hecho Guzmán, Delgadillo y Matienzo era una persecución: habían destruido mis astilleros por el puro placer de destruirlos. Al saquearlo todo pensaban derrotarme. A decir verdad, lo lograron. A mi regreso de Castilla, y al contemplar el desastre, no tuve ánimo para reconstruirlo todo. Preferí crear una nueva instalación en Acapulco, más cercana a Mexico, más cercana, también, a Quauhnahuac. Emprendía el camino con nuevos bríos, estimulado y vigorizado. Mandé construir dos navíos. Las ballenas jugueteaban en la bahía; el aire era suave; las olas, indolentes. Volvía a mis fuentes. En la playa crecían unos cocoteros venidos solos de las Molucas; los cocos habían flotado a la deriva meses y meses en la Mar del Sur antes de germinar en las playas de Acapulco. Claramente veía la prueba de que existía una ruta para volver a las islas de las Especias.

Ambos barcos zarparon en el mes de junio de 1532, el día de Corpus Christi, bajo el mando de mi primo Diego Hurtado, experimentado navegante. La flota estaba bien equipada, bien armada, con sesenta soldados a bordo, con arcabuces y ballestas, y tenía los marineros necesarios para maniobrar las velas. Retomaba el curso de la historia ahí donde lo había dejado: mis barcos partían a explorar los mares de la costa sur, iban en busca de islas y tierras nuevas que ya me pertenecían por escrito; el rey tuvo a bien concederme la propiedad por anticipado. Debía ahora darles materialidad a esas "islas y tierras firmes por descubrir". La empresa era costosa, pero me emocionaba

211

sobremanera. Siempre volvemos a Aristóteles: a todos los hombres los anima el deseo de conocer. En este día, ante la inmensidad del mar donde se hundiría el sol, simplemente era feliz.

Sin embargo, me esperaba una decepción. Diego Hurtado desapareció en cuerpo y alma, y el equipaje de su segundo barco se amotinó. La mitad de los hombres decidió abandonar el navío y desembarcó al norte, por Culiacan, donde fueron aprehendidos por un destacamento de soldados de Guzmán. Los que decidieron quedarse a bordo navegaron hasta Bahía de Banderas, en cuya playa encallaron. Casi todos fueron muertos por los indios. Sólo habían descubierto una isla desierta, custodiada desde el cielo por miríadas de rabijuncos. Había perdido a un pariente y dos barcos. Pero estaba por perder mucho más.

Un día, la Audiencia me notificó una colosal multa por haber empleado porteadores indígenas para transportar de Veracruz a Acapulco todo lo necesario para la construcción y terminación de los barcos. No lo podía creer. Los jueces se fundaban en una cédula real expedida cinco años antes y destinada en esa época a Nuño de Guzmán. No seré yo quien minimice los abusos de la Primera Audiencia y en aquel entonces existían razones objetivas para que a los malhechores se les prohibiera el transporte a lomo de hombres. Pero la prohibición era para ellos. Específicamente. Además, el documento en cuestión nunca me había sido comunicado; nunca había sido el destinatario. Así que mi sorpresa fue inmensa. Pero, una vez pasado el estupor, me pregunté: ¿Acaso estaba frente a una nueva persecución política? ¿A qué juego se estaba prestando el obispo Fuenleal, en quien veía un cabal defensor de la legalidad?

Mi querido Martín, me imagino que lo sabes, el transporte a lomo de hombre aquí es milenario. Los llamados tamemes ejercen una función ancestral. Todo, absolutamente todo es llevado a lomo de hombres. ¿Quién no ha visto nunca a esos hombres avanzando con rápidos y pequeños pasos la carga retenida por una cinta frontal? Los tamemes son parte del paisaje; son la dinámica de la vida económica. Se les ve por todas partes, por los caminos, por los mercados. No hay alternativa a ese medio de transporte. Muy claramente, aplicarme la prohibición del transporte por humanos era una manera de impedirme la reconstrucción de mis astilleros, una manera de prohibirme cualquier explotación marítima. Mis derechos quedaban perjudicados. Era grave. Pensaba poder contar con la buena voluntad de la nueva Audiencia: me había equivocado.

Me entrevisté con su presidente. Me encontré con un hombre arrogante que pensaba ser el defensor de los indios porque aplicaba la prohibición del transporte por hombres. Nuestra entrevista terminó mal. Recurrí a su decisión, pero para obtener una prórroga para el pago de la multa tuve que dejar en garantía las joyas de doña Juana. El asunto pintaba mal. Tuve conversaciones por separado con los otros cuatro miembros de la jurisdicción, quienes no estaban tan seguros de sí mismos. Uno de ellos, a quien no nombraré, me informó que dos semanas antes de la firma de mi cédula de prohibición el obispo Fuenleal había recibido a un tal Cuenca, mercader, quien se proponía iniciar un criadero de mulas en Nueva España. Me costó admitir que un eclesiástico pudiese privar de empleo a veinte mil porteadores indios para provecho único de un español ignorante de la vida local. Otro de mis interlocutores mencionó el puro afán de lucro. Conocía bien a mi rey para no eliminar completamente dicha hipótesis. Finalmente, volvía siempre al mismo punto: se trataba de un escollo intencional a mis actividades de capitán general del Mar del Sur.

Hice dos cosas. Lancé un contraataque jurídico, por vía de mi primo Núñez, y otra acción, más emotiva, por canales más difusos. En ese tono, no tardé en recibir el apoyo de la reina. ¡Regañó a Fuenleal! No en el fondo, pero sí en la forma. No obstante, lo llamaron al orden. Además, obedecí. Incluso, si te puede parecer sorprendente, mi querido Martín, la obediencia es una estrategia; es un excelente medio para desactivar los conflictos. Adormece la vigilancia del enemigo. Así que acepté volver a poner en marcha mis astilleros de Tequantepec por razones prácticas. De Coatzacualco a Tequantepec, la altitud no se eleva mucho y la navegación es posible en dos tercios del trayecto. A decir verdad, si puse al istmo entre mis posesiones fue porque algún día pensaba cavar un canal para conectar los dos océanos. No tuve tiempo para hacerlo, pero el istmo es estratégico; es el camino más corto entre el Mar del Norte y el Mar del Sur.

Así que hice transportar los materiales pesados y estorbosos por las vías marítimas existentes, lo que reducía el transporte por hombres a una veintena de leguas. Era mucho más complicado de poner en práctica, pero mi esfuerzo por cumplir con las disposiciones establecidas era patente. Ganaba la partida moral en la que el presidente de la Audiencia había querido enfrascarse. Huelga decir que nunca pagué la multa de Fuenleal, exceptuando los gastos del depósito, y que tiempo después recuperé mis joyas. Todo ello sólo era malevolencia.

Me instalé en Tequantepec. Un año entero. Quería controlar la buena marcha de las cosas y el avance de la obra. Construimos dos naos siguiendo las reglas del arte, una de noventa toneles, la otra de setenta. Tenía conmigo una treintena de obreros, maestros carpinteros, contramaestres y supervisores. Colocadas en la playa golpeada por los vientos, nuestras chozas de madera y paja tenían su encanto. Me dormía después de haber inspeccionado el cielo; seguía la trayectoria de una estrella brillante que subía y descendía en el firmamento sin que pudiera entender la lógica de su movimiento. Si Guillermo, mi antiguo preceptor, hubiese estado ahí, quizá me hubiese proporcionado la respuesta. El cacique de Tequantepec venía a vernos cada dos días. A menudo venía acompañado por una de sus hijas, de traviesa belleza, de quien conservo hasta hoy un emotivo recuerdo. Un día, el cacique pidió el bautizo y escogió llamarse Fernando Cortés. Fui su padrino. Le regalé un broche de plata que representaba un jaguar, ya que había nacido bajo ese signo del calendario indígena. Tuve la idea de buscar oro en los ríos que corrían cerca de nuestro real. Pero hay muy poco oro en Nueva España y las bateas de mis esclavos quedaban desesperadamente vacías. La verdadera riqueza estaba en otra parte. Me tocaba a mí inventarla.

Mis barcos levaron anclas en el mes de octubre del año de 1533. Estaba hinchado de esperanza. Esta expedición me había arruinado por culpa de las exigencias de la Audiencia, pero anhelaba que mi armada encontraría a Hurtado y descubriría afortunadas tierras.

Había tomado mucho cuidado en formar los equipajes. La capitanía, llamada La Concepción, llevaba un cosmógrafo de gran reputación, el vizcaíno Ortuño Ximénez, quien decía tener ideas claras sobre la configuración del litoral del Mar del Sur y sobre la localización de las Islas de las Perlas. Lo había contratado por una fuerte suma. Haría equipo con uno de mis parientes de Mérida, Diego Becerra, a quien había nombrado capitán general de la expedición. Le había confiado el mando del otro barco a Hernando de Grijalva. Por desgracia, la navegación es un arte incierto. Dos días después de la partida de la expedición, un temporal imprevisto separó los dos navíos de manera definitiva. Grijalva fue llevado a altamar y decidió tomar rumbo hacia el oeste. Después de dos meses de navegación, descubrió una isla desierta cubierta por nubes. Tenía mucha vegetación; no se descubrió ningún ojo de agua, pero sí un pequeño lago de agua dulce. Las playas permitían el desembarco. La fauna salvaje abundaba. Los marineros cazaron perdices y tórtolas con gran facilidad. Entre las rocas pululaban langostas y pulpos. Uno de los marineros adoptó una cotorra de amarillo plumaje. Grijalva nombró a la isla Santo Tomás y de ella tomó posesión en mi nombre. En su informe, mencionó haber visto sirenas. ¡Hubiera preferido que volviese con perlas! Llegó sin trabas a Ciuatlan y de ahí navegó hacia Tequantepec. Pero el resultado fue flaco.

Me afligí mucho al saber lo que le había pasado al otro barco. Figúrate, mi querido Martín, que el piloto Ximénez entró en conflicto con el capitán Becerra y que, una noche, lo mató mientras dormía para apropiarse del mando del navío. Parte del equipaje desaprobó el hecho, en particular los dos franciscanos y el notario que se encontraban a bordo. Ortuño Ximénez aceptó desembarcarlos, así como a los heridos, en Bahía de Banderas, para luego proseguir su ruta hacia el norte con los amotinados. El piloto asesino descubrió las islas de las Perlas. Intentó instalarse, pero, justicia divina, pereció bajo las flechas con todo su destacamento. Los pocos marineros a bordo, ateridos de miedo, levaron velas, volvieron por donde vinieron y se refugiaron en la bahía de Chametla, en Nueva Galicia. Abandonaron La Concepción, en muy buen estado, a manos de Nuño de Guzmán.

El gobernador proclamó, a voz en cuello, que se lanzaría en busca de las perlas descubiertas por mi expedición y, para colmo, con mi propio barco. Era una intolerable provocación.

La suerte, como la adversidad, es inherente a la exploración: la sorpresa puede surgir para bien o para mal. Es la regla del juego. Esta vez, los vientos eran más bien contrarios. Cierto es que no iba a desanimarme porque un aventurero me había traicionado. Pero, como verás, esas contrariedades me llevaron a tomar dos decisiones que se anclaron en lo más hondo de mi ser. Primero, tenía a toda costa que eliminar al infame Guzmán del paisaje político, expulsarlo del círculo del poder. Luego, se volvía evidente que tomaría el mando de la próxima expedición; la dirigiría personalmente. Era la única manera de lograr mis designios, la única manera de cristalizar mis deseos. Volví al trabajo.

Escribí no sé cuántas cartas de protesta a la Audiencia para solicitar que Guzmán me devolviera mis dos barcos, el San Miguel y La Concepción. Los auditores reaccionaron positivamente, le enviaron un ultimátum al gobernador, quien, sin embargo, ni siquiera se conmovió. Se hizo el muerto. Así que imaginé una doble expedición, por tierra y por mar. Envié tres barcos a Chametla y luego, a principios del año de 1535, entré en la Galicia de Nueva España al frente de un destacamento. ¿Acaso no era yo el capitán general de Nueva España? ¿Por qué razón me habría sentido un extraño en el territorio de mis funciones?

Atravesamos Michoacan y Colima, estandartes desplegados: Guzmán no se movió. Tenía conmigo unos ciento veinte caballos y trescientas personas, soldados, carpinteros de marina, herreros, religiosos, médicos, cirujanos, farmacéuticos, hombres de ley, también algunas mujeres. Y tamemes. No desvié mis pasos del camino a Compostela, donde residía el pseudogobernador de Nueva Galicia. Estuvimos frente a frente: Guzmán estaba aturdido, entre el temor y el recelo. Pienso que en todo momento esperaba que lo atravesara con mi espada. En la pobreza de su palacio de palmas, aliviado por seguir con vida, comprendió que simplemente deseaba no ser importunado en mi exploración de las islas de las Perlas. No opuso ninguna resistencia a mi proyecto. Caminamos hasta Chametla. Los barcos venidos de Tequantepec llegaron, volví a tomar posesión de La Concepción y embarcamos hacia el norte. Como no todos pudieron subir a bordo, decidí que haríamos idas y vueltas. Andrés de Tapia se quedó en Chametla con parte de la tropa y con poder para ejercer la autoridad. Iba a darle una extensión a la Nueva España y a obsequiarme el control de tierras nuevas. Había ganado esa partida.

Acababa de fundar la ciudad de Santa Cruz, a orillas de aguas tranquilas y cristalinas. Nuestras miradas huían hacia el infinito recorriendo un desierto inmensamente árido. Tenía que darle un nombre a esa extraña tierra, tan apacible como inhumana. Mineral, áspera y azulada. Primero pensé en nombrarla la Isla Firme, como en el libro de *Amadís*. Me convenía que fuese una isla: si ése era el caso, era legítimamente su amo, gracias a los contratos que me había firmado el rey. Pero no quedaba excluido que fuese una nueva tierra firme. Por la ambivalencia poética, gustaba del nombre.

Pero recordé que, durante mi juventud, había traducido al español una parte del texto francés que narraba las aventuras de Esplandián, el hijo imaginario de Amadís de Gaula. La intriga tenía lugar en Constantinopla, donde Esplandián se enfrentaba a los sarracenos y a las tropas aliadas del rey de Persia, así como a cohortes de amazonas de piel negra cabalgando grifones alados, dirigidas por una reina de gran beldad. En el texto francés, la reina era una princesa musulmana llamada Califa, es decir, la mujer del jefe de los mahometanos, llamado *calife*. Como Califa es nombre de varón en español, había traducido por Calafia, más suave, más eufónico. Esas amazonas vivían sin hombres en una isla llamada Californe, en francés. Era evidentemente una alusión fantaseada al harem de los príncipes árabes. Nunca supe si Californe era la corrupción de *califarem*, "el harem del califa", o la transcripción del topónimo *califrane*, que significa "la gruta del califa". Había traducido por California, lo que le hacía eco al nombre de la reina Calafia. El libro terminaba con una apología del mestizaje: Calafia, discretamente enamorada de Esplandián, se pasaba a su bando y terminaba finalmente casándose con uno de sus compañeros de armas. Se convertía al cristianismo con todas las amazonas negras y Esplandián, habiendo repelido los ataques de los paganos, se volvía emperador de Constantinopla. Tuve la idea de utilizar la palabra California para nombrar mi descubrimiento. Evocaba las ideas que tanto amaba: el mestizaje, la conversión, el poder de las mujeres. La California de la novela era una isla, así que me convenía. A decir verdad, me gustaba mezclar ficción y realidad: perturbaba las miradas de los celosos. ¿Quién vendría a impugnar la propiedad de un mito, de una fantasía de escritor? Mis hombres se apropiaron gustosos del nombre, que nutría sus sueños. Se entusiasmaron con el oro de las amazonas, cuando sólo había perlas en el fondo del agua. Identificaron los grifos alados con las mantarrayas, capaces de levantar nuestros bateles. Confundieron los acantilados de la mítica isla con los promontorios que se hundían en el mar transparente. ¿Lo ves, mi queridísimo Martín? La vida puede ser un sueño.

Incluso con un nombre literario, California es en realidad un mundo áspero. No hay mucha hierba para nuestros caballos, pocos animales de presa que cazar, no mucha agua potable, no muchos habitantes para echarnos la mano. Los que vimos no hablan ninguno de los idiomas de Nueva España. Nos observaron de lejos cuando sepultamos a los amotinados de Ortuño Ximénez. También estaban ahí cuando instalé el ayuntamiento en una ceremonia al aire libre que me recordaba tremendamente la fundación de Veracruz en la playa de Chalchiuhcuecan. Pero no cultivan el maíz y no podemos contar con ellos para el aprovisionamiento. No tienen nada que vendernos.

Los buscadores de perlas que había traído conmigo confirmaron lo dicho por el piloto traidor: hay perlas en el fondo del agua. Y no sólo hay perlas bajo la superficie del mar, se ven peces gigantescos, pulpos, tiburones, conchas por millares, camarones, peces multicolores, focas, tortugas. El mar de California es un Arca de Noé. Estábamos en el mes de mayo y la suavidad del clima era paradisíaca. La bahía está muy protegida, pero de manera general las aguas de navegación son aquí de lo más tranquilo.

Con gran confianza, envié tres barcos hacia Chametla por el resto de la tropa y víveres. Sólo volvió uno. El piloto me contó que una tormenta había dispersado los barcos una vez cargados. Al cabo de una semana, quedaba claro que habían encallado. Así que decidí salir en su auxilio con cincuenta soldados, dos herreros, dos carpinteros de ribera y tres calafates. Hallamos un barco encallado en una ensenada de la costa de Xalisco; gran parte del equipaje había desertado y había emprendido su marcha hacia Nueva España, al preferir la vía terrestre. Logramos poner a flote el navío. ¡Y por fortuna, pues era el que contenía todos los víveres, la carne y el bizcocho! El otro barco, mucho más al norte, quedó atrapado en un arrecife, bastante lejos de la costa. El equipaje seguía a bordo, muerto de miedo al temer que el casco se hiciera pedazos por la embestida del mar. También pudimos salvar la embarcación al aprovechar una marea alta y gracias a la habilidad de los calafates. Gracias sobre todo a la solidez del navío. No lamentaba haber contratado a precio de oro a los mejores carpinteros de ribera para mis astilleros de Tequantepec.

Volví a Santa Cruz, en California, con los tres barcos, la tropa, las mujeres, los caballos y el aprovisionamiento. A decir verdad, mis hombres, que tanto habían sufrido por falta de alimentos durante mi ausencia, se atragantaron de tal forma que algunos murieron. Debo confesar que la tierra de las Perlas es más bien inhóspita. Perdí mi caballo, el overo, porque comió algas tóxicas en la playa. Algunos de mis hombres murieron de sed, otros de hambre o de insolación. Pero constataba que bastaba con echar un anzuelo en el mar para sacar un pez, que las conchas se recogían a montones, que un agradable jugo salía de cualquier cacto cuando se le entallaba. Me esforcé en enseñarles el modo de empleo de esa tierra, pero, sin maíz, tocino y jamón, mis soldados se sentían perdidos. No se atrevían a aventurarse en el agua que se encendía por las noches con miles de luciérnagas. Tracé algunas calles, pero, por falta de madera, nuestras palapas parecían refugios de emergencia. Los habitantes del lugar no buscaban de ninguna manera entrar en contacto con nosotros. En mi tropa, el descontento y la decepción se habían instalado duraderamente. Me interrogué. ¿Volver? ¿Proseguir con la exploración más al norte? ¿Tendría fuerza en mí para reconocer mi fracaso? La magia de la palabra California se había esfumado.

La vida me trajo la respuesta. Una vela entró en la bahía, a poca velocidad. Una vela blanca que venía de Tequantepec. La reconocí. El capitán Francisco de Ulloa trae dos correos. Uno proviene de doña Juana, quien se encuentra sin noticias mías desde hace un año; se preocupa, desea que vuelva a mi estado y a mi marquesado, que conozca a mis hijos que crecen sin mí, que deje de empeñarme en buscar la fortuna cuando ya la poseo y que podría disfrutar tranquilamente a su lado de mi gloria y de mi renombre. Reconozco la letra de mi primo Juan Altamirano. La carta es conmovedora. Se me estruja el corazón. Pero... ¿estaré hecho para la vida sedentaria? ¿Cómo no entender que mi energía proviene de mis errancias, del olor del mar, del movimiento de las olas, de mis interminables cabalgatas? Que me nutro del mar adentro, de lo desconocido, de la adversidad. Que gusto de sufrir mortales desafíos, superar obstáculos, triunfar cuando todo está perdido. Prefiero el látigo del aire puro a la dulzura de las alcobas, el ir y venir de la vida a la quieta serenidad. Te digo todo esto, mi querido Martín, sin estar seguro de que me comprendas, pero te lo digo sin disimulo: estoy consciente de ser alguien aparte. Probablemente tú también lleves una parte de ese legado.

La otra carta está firmada por Antonio de Mendoza. El nuevo virrey se presenta conmigo, me indica que tomó sus funciones desde hace algunos meses y, con amables palabras, me incita a volver a Tenochtitlan. A su vez, Francisco de Ulloa me apura para que vuelva a Nueva España. Ya no tengo que elegir. Ya no tengo razón alguna para obstinarme.

Le confié el título de alcalde de Santa Cruz a Ulloa. Le dejé un barco, caballos, un destacamento de soldados voluntarios y una reserva de víveres. Y partí, aspirado por el torbellino del futuro, pero secretamente atormentado por una inmensa decepción. De regreso, descubrimos el San Miguel encallado y abandonado a su suerte, al fondo de una pequeña bahía desierta de la costa de Xalisco. Nos detuvimos y lo pusimos a flote. El cargamento estaba podrido, pero las velas, bien plegadas, no habían sufrido; el timón roto fue rápidamente reemplazado. Nuestra armada descansó en Santiago de Colima para aprovisionarse de agua. El 5 de abril de 1536 estábamos en la ensenada de Acapulco. El 5 de junio, en Quauhnahuac. Doña Juana me esperaba con amplia sonrisa. El descubrimiento de California había terminado tras dieciocho meses de ausencia.

CAPÍTULO 28

EL VIRREY MENDOZA

El ejercicio del poder causa locura. Mi querido Martín, te contaré la instructiva historia de don Antonio de Mendoza y Pacheco, primer virrey de Nueva España.

Déjame primero decirte unas palabras sobre su ascenso. Confesemos que la decisión del rey de confiarle el gobierno de la Nueva España a un virrey era por lo menos sorprendente. No se veía con claridad cuáles serían los contornos de su poder, dado que aquí ya existía una Audiencia, compuesta por cinco miembros; un capitán general, encargado de la seguridad; un marqués, que poseía la jurisdicción civil y penal sobre la mayoría del territorio, y una abundante administración fiscal. ¿Sería una suerte de ministro plenipotenciario, que representaría la persona del rey en una función puramente honorífica? ¿Sería un empleado encargado de transmitir el correo a la Corona o estaría habilitado para tomar decisiones? El rey exploraba a ciegas la relación de su reino con mi conquista sin tener la menor idea de qué rumbo tomar.

Más extraño aún había sido elegir a ese Mendoza para ocupar el puesto de virrey. A pesar de ser el hijo del marqués de Mondéjar, no por ello dejaba de ser un exconvicto: había asesinado al apoderado de su cuñado en Almazán por un oscuro pleito de familia. Había sido condenado a un año de reclusión en Uclés. Había sido criado en el universo morisco de Granada. Apenas si tenía una modesta experiencia en la diplomacia; no poseía competencia alguna en el orbe ultramarino. Su hermano mayor, capitán general de Andalucía, lo había introducido en el primer círculo de la Corte, convirtiéndose en miembro de la cámara del rey en el año de 1527. Bella reconversión para una persona que había apoyado a los comuneros en lucha contra el joven rey Carlos siete años antes. Quizás ahí residía el secreto: el rey habría querido recompensar su cambio de bando.

Mendoza llegó el 14 de noviembre de ese año de 1535 a Mexico. La Audiencia le entregó formalmente el gobierno de Nueva España, no sin plantearse preguntas existenciales. En mi ausencia, el recién llegado cayó bajo la influencia de los franciscanos. Esos religiosos ejercieron buena pedagogía puesto que convencieron al virrey de presidir la inauguración del Colegio San Francisco de Tlatelolco. La idea era convertirlo en un seminario para formar un clero indígena. Se hablaba latín y nahuatl, pero no español. La enseñanza se basaba en el principio de reciprocidad: los estudiantes indios, provenientes de las mejores familias, transmitían su saber a los maestros franciscanos, quienes les enseñaban la filosofía y la teología cristiana. El enfoque era fundamentalmente comparativo y el objetivo de esa fundación era formar una élite indígena cristiana, algo muy diferente a cualquier voluntad de hispanización. Era, te lo imaginas, un proyecto que yo había animado y en el que estaban implicadas dos personalidades notorias: fray Bernardino de Sahagún, inmenso erudito formado en Salamanca, y fray Arnaud de Bazas, eminente latinista proveniente de una gran familia de Burdeos. Al haber aceptado llevar a la pila bautismal ese colegio —todo un símbolo del humanismo indígena—, ese Mendoza no podía ser un malvado.

Indiferente a las malas lenguas que proferían que el virrey quería mi muerte, abordé entonces mi primer contacto confiado y sereno. Y, de hecho, desde el primer instante, nos entendimos muy bien. El virrey había tenido seis meses para evaluar la situación; estaba consciente de que me necesitaba para dirigir el país. Había entendido que cualquier intento de aplicar ciegamente instrucciones venidas de fuera provocaría rebeliones incontrolables. Y para decirte algo más secreto, ese hombre tenía una clara visión de sus propias limitaciones, lo cual era conmovedor. Expuse que teníamos muchos amigos en común, que su hermana, ardiente partidaria de los comuneros, estaba íntimamente ligada a mi familia. Además, éramos parientes por los

Pacheco, los Hurtado, los Portocarrero. Ambos pertenecíamos a la Orden de Santiago. Etcétera. No te cuento los detalles de mi *captatio benevolentiae*.

En las semanas siguientes nos pusimos de acuerdo sobre las reglas protocolarias para evitar cualquier fricción posterior. Fue un momento delicioso; Mendoza aceptó todas mis propuestas. Se las presenté, naturalmente, como una muestra de respeto hacia él. En realidad, la lectura de esa simbología no era unívoca. Por ejemplo, acordamos que, al presentarnos en público, me colocaría a su izquierda. En realidad, la gente comprendería que ponía al virrey a mi derecha. Como Mendoza era viudo al llegar a Mexico y como doña Juana no salía nunca de Quauhnahuac, ello simplificaba nuestra etiqueta. Cuando el virrey venía a cenar a casa, le cedía el lugar de honor a la cabecera de la mesa, lo que era el uso privado de las buenas familias; pero cuando yo iba a cenar a su palacio, no había silla a la cabecera de la mesa y nos sentábamos ambos frente a frente, en igualdad. Cuando, para celebrar un acontecimiento, debía darse una gran recepción, decidimos que habría dos: yo daría la primera y él daría la segunda. Le sería así fácil intentar hacerla más fastuosa. De hecho, yo aplicaba sin decirlo la vieja regla de los viajes oficiales: la potencia anfitriona siempre ofrecía la primera recepción y la potencia invitada respondía a la cortesía en nombre de la reciprocidad. En nuestro caso, trataba al virrey como potencia invitada; era como un ilustre viajero de paso y yo era el amo de la casa. Mendoza jugó el juego.

El virrey, a mi regreso, me favoreció con una gran alegría. Quedó convencido por mis argumentos sobre la necesidad de detener los atropellos de Nuño de Guzmán. Constató que los requerimientos de la Audiencia quedaban en papel mojado, que su juicio de residencia seguía sin abrirse, que todavía no había pagado por su condena por el robo de mis bienes y que a la fecha me debía una suma considerable. Era de buena voluntad, pero no sabía cómo aplicarla. Estaba listo para mandar un destacamento armado para arrestarlo. Le recordé que ello ya había ocurrido y que el pelotón encargado de capturarlo había también caído en manos de Guzmán. Le sugerí que usara la astucia. Le gustó el plan y lo echó a andar: ¡invitó a Guzmán a pasar

Navidades en Mexico! Como diciendo: Acabo de llegar, no nos conocemos, estaría complacido de compartir con usted esta fiesta de fin de año, es bienvenido en mi casa, lo alojaré en mi residencia, etcétera. Y Guzmán aceptó, pensando ingenuamente en aprovecharse de la oportunidad para obtener su perdón. Me mantuve, por supuesto, fuera de ese asunto. Había hecho saber con insistencia que pasaría el fin de año en mis tierras de Quauhnahuac. Guzmán no sospechó nada. Llegó el día anunciado, fue recibido en grande, con efusión y protocolo. Asistió al banquete de buen humor, se emborrachó con ardor para luego ser llevado ceremoniosamente a su cuarto en el primer piso del palacio virreinal. Sólo salió de ahí para ir a la cárcel, a donde fue echado con los detenidos de derecho común, para su gran disgusto. Fue enviado encadenado a España, donde fue encerrado en Torrejón de Velasco. Podrás imaginar el grado de mi satisfacción. El virrey jugó bien su papel. Como lo ves, mi queridísimo, mi relación con Antonio de Mendoza era entonces excelente.

Seguía pendiente el famoso asunto de mis veintitrés mil vasallos. Era historia recurrente. Creo que el rey, obsesionado por el dinero, se reprocharía eternamente haber aceptado la creación de mi marquesado; hubiera preferido quedárselo todo para él. Pero estaba en mi pleno derecho y, aquí, todo el mundo lo había entendido y aceptado. El virrey, prudente, se había desvinculado del pleito y lo había transferido a la Audiencia, y ésta, sin mucho entusiasmo, había nombrado a Vasco de Quiroga para proceder a dicho recuento. Quiroga estaba en una situación delicada. Tenía hacia mí un real sentimiento de estima; quizá también, me permito escribirlo, de complicidad. Desde su llegada había quedado fascinado por el hospital para indios, que yo había creado en el lugar de un antiguo juego de pelota azteca. Se había apropiado de esa nueva idea y fundó, con su propio pecunio, un segundo hospital para indios en Santa Fe, en la periferia de Tenochtitlan y luego un tercero en Michoacan. Esos hospitales servían como centros de reagrupamiento de familias indígenas que habían padecido las transformaciones introducidas por la presencia española. Eran a la vez lugares de protección para los más vulnerables y hogares de defensa de las tradiciones indias. La acción de Vasco de

Quiroga se inscribía exactamente en mis planes y estaba feliz de ver a un auditor venido de España ser el apóstol de mis convicciones. Hasta ahí Quiroga había fingido contar a mis vasallos, lo que de todos modos era una acción condenada al fracaso. Le pregunté si aceptaría ser obispo de Michoacan. Me señaló que no era sacerdote, pero sentí que esa misión lo colmaría. Actué de manera expedita para que el papa Pablo III fundara el obispado de Michoacan, lo cual sólo tomó cuatro meses. También intrigué para que la condición de seglar de Vasco de Quiroga no fuese un impedimento para su nombramiento. Cuatro meses después, quedaba consagrado. Tomó posesión de su sede en Tzintzuntzan, y luego decidió trasladarla a Patzcuaro. Le anexó a la iglesia episcopal un colegio, que colocó bajo la invocación de San Nicolás; era la prolongación del colegio franciscano de Tlatelolco, la prefiguración de un seminario autóctono. Mi sueño de mestizaje, en el respeto de la historia india, tomaba forma; el modelo franciscano se multiplicaba. Estaba satisfecho y jamás volví a saber nada del recuento de mis 23 000 vasallos.

California había mermado mis finanzas; debí reinventarme para volver a llenar mis arcas. Tuve la idea de crear una línea marítima comercial entre Nueva España y Perú. La oportunidad tocaba a mi puerta: mi primo Francisco Pizarro se había instalado en Perú. Su conquista no tenía semejanza alguna con la mía. Había capturado al soberano inca en Cajamarca y había exigido un inmenso rescate para luego ejecutar a Atahualpa y apoderarse de su oro. Indudablemente, se trataba de un logro de poca monta y brillo. Pero me había escrito para pedirme ayuda y, en nombre de la solidaridad familiar, no podía ignorar su llamado. Así que le envié lo que me pedía: pólvora, caballos, consejos; ¡tenía una larga lista! Agregué para su persona un elegante abrigo de piel que, me dijeron, allá causó gran maravilla. Pero ya sabía por mis primeros contactos en Colima que existía una ruta marítima comercial con Perú muy anterior a nuestra llegada. Perú exportaba metal, en bruto o manufacturado, y a cambio recibía copal, sogas de fibras de henequén, obsidiana, pieles de conejo y espondilos, esas conchas rojas que mucho usan los antiguos peruanos en sus ritos. El barco de Pizarro fue el primero de una línea regular.

Envié un agente a Panama, otro a Callao y especialicé la ensenada de Huatulco para dicho tráfico marítimo abierto al flete, así como al transporte de pasajeros. Muy pronto no me daba abasto. Cubría una necesidad. El oro de Perú suscitaba muchas vocaciones.

La otra pista para alimentar mis arcas tenía que ver con las minas. Ese asunto resultaba más complicado, ya que implicaba tener esclavos. Para evitar que cualquier encomendero explotara a sus indios enviándolos a las minas, el rey había reservado ese trabajo para los esclavos. Ahora bien, no había muchos en Nueva España; casi todos los esclavos indios le pertenecían al rey y los esclavos negros que los portugueses intentaban vendernos también eran pocos. No me entusiasmaba invertir en esclavos. Así que jugué la carta de la asociación; me asocié en partes iguales con el tesorero del rey. Él pondría la mitad de los esclavos y yo la otra mitad. Tenía aproximadamente cincuenta esclavos en Zultepec y otros cincuenta en Taxco. Me encontré con minas ricas en plata. El rendimiento era aceptable, pero la plata valía diez veces menos que el oro. ¡Por lo pronto, mi título de asociado del rey me preservaría de ser acusado! Ello no le impidió a Carlos V aumentar mis impuestos; en lugar del quinto, pasó al tercio. Tranquilamente compré su complacencia.

Y luego cambió la situación. Mendoza empezó a querer todo lo que yo tenía. Más grave aún, quería ser quien yo era. Progresivamente lo fueron invadiendo unos celos enfermizos. Mi querido Martín, quizá me preguntarás cuál fue el factor que lo desató todo. Creo que fue simplemente el gusto por el poder, que en su caso se acentuó en dos años. Quiso controlarlo todo, decidirlo todo, imponerlo todo, pero, sobre todo, al mismo tiempo quería ser reconocido, ser amado. No había entendido que, en tanto que representante del rey, el conjunto de los habitantes de Nueva España le era hostil. Los naturales no querían ser subyugados por una potencia extranjera y los encomenderos, que habían recibido tierras como recompensa a su compromiso conmigo, eran casi unánimemente favorables a la independencia de Nueva España. Mendoza hubiese querido ser conquistador, se soñaba como guerrero triunfante, hubiera querido hacer prevalecer la legitimidad de las armas, pero sólo era un virrey nombrado por un soberano lejano. Hubiera debido instalarse en una elegante modestia, en un altruismo de buen gusto. Hubiera debido expresar su anhelo por servir, su esfuerzo por entender. Hubiera podido haber encontrado su lugar al ser él mismo; sin embargo, quería ser otro.

Creo que el primer enfrentamiento entre nosotros tuvo lugar a propósito de las islas que mi piloto había visto en la línea del equinoccio al volver de Perú. Reclamé la jurisdicción sobre esos descubrimientos de acuerdo con los contratos que el rey me había firmado, aun si esas islas sólo fuesen habitadas por tortugas. El virrey enfureció y se plantó en la negación; puso en entredicho mi derecho sobre esas tierras. De esa forma dejaba claro que se ubicaba por encima del derecho. Me alarmé.

Luego tuvo lugar la llegada a Tenochtitlan de Cabeza de Vaca. Otra historia absurda. Te hago un resumen. En compensación por su fracaso en Nueva España, mi enemigo Narváez había obtenido en 1526 el derecho de explorar la Florida. Como era un capitán deficiente, su expedición fue fiel a su imagen: un desastre. De los seiscientos hombres presentes en la salida de Sanlúcar de Barrameda, sólo la mitad llegaría a la costa oeste de Florida en abril del año siguiente. De esa mitad, sólo hubo cuatro sobrevivientes. Y digo bien sólo cuatro: Cabeza de Vaca, un tal Dorantes y su esclavo negro, Estebanico, así como Alonso del Castillo, uno de los cinco capitanes de la armada. Y esos cuatro compañeros de infortunio intentaron llegar a Nueva España a pie, por el oeste, bordeando la costa del golfo del Norte. Lo más fascinante es que lo lograron. Seguramente por la presencia de Estebanico, quien se hizo pasar por una criatura divina en ese mundo que nunca había visto negros. El pequeño grupo tardó nueve años en llegar a la costa del Mar del Sur. Llegados al lugar llamado Petatlan en marzo del año del Señor de 1536, se encontraron con soldados de Nuño de Guzmán, quien los envió a Tenochtitlan, a donde llegaron algunos meses después de mi regreso de California.

Lo que contaron encendió la mente del virrey. Pronto preparó una expedición hacia el norte. Sin embargo, no le tocaba a él decidir; me correspondía a mí, como capitán general, a quien incumbía enviar o no una misión de reconocimiento. Castillo, Dorantes y

Cabeza de Vaca declinaron prudentemente las ofertas de Mendoza, quien quería mandarlos a explorar por su cuenta. El virrey le compró entonces a Estebanico a su amo y terminó por convencer a un franciscano, fray Marcos de Niza, de partir con el esclavo. Lo cual hicieron para gran molestia mía en el mes de marzo de 1539. La expedición terminó pronto; Estebanico murió bajo las flechas, y Niza, quien nunca había salido de Culiacan, al norte de Nueva Galicia, se inventó un cuento imaginario de su aventura. A él le debemos la descripción de las Siete Cuidades de Oro de Cibola, con muros cubiertos de piedras y metales preciosos. En este asunto, me batía no para denunciar una quimera, sino por una cuestión de principios. La actitud de Mendoza era una intromisión ostentosa sobre mi territorio y mis funciones.

Luego hubo el asunto de la moneda. Para evitar el riesgo de los corsarios armados por el rey de Francia, la Corona había decidido ya no exportar monedas acuñadas en Castilla. Nueva España tuvo entonces el derecho de producir monedas con el metal precioso producido localmente. Era un paso hacia la independencia y yo sólo podía estar de acuerdo con dicha medida. Pero Mendoza tomó una decisión que me repugnó: reservó la moneda de plata a los españoles y acuñó minúsculas monedas de cobre, los famosos *tepuzques*, para los indios y los mestizos. Imagina mi ira. Yo, que obraba desde el principio por la fusión de las naciones y la integración de los españoles al mundo indígena, me enfrentaba a una medida discriminatoria que mucho decía del desprecio de Mendoza por los naturales. Tuvimos turbulentas entrevistas. Tuvo que retirar los tepuzques de circulación, pero se le ocurrió acuñar piezas minúsculas de medio real; eran tan pequeñas que casi todas terminaron fundidas en lingotes. En respuesta, los indios decidieron volver a las monedas tradicionales, el grano de cacao y la carga de algodón.

De entre los temas de conflicto que Mendoza lanzó específicamente en mi contra estaba el asunto de la Inquisición. Por mucha determinación y poder que se tengan, no se controlan nunca todas las cadenas del poder. Porque constituyen lazos movedizos: los responsables cambian periódicamente; pueden morir o ser transferidos a otros puestos; todo el trabajo de acondicionamiento queda entonces por hacer de nuevo. Como el hombre es volátil, los gobernantes pueden cansarse de tal o cual sujeto o incluso abrazar brutalmente opiniones opuestas a sus convicciones pasadas. El control de la decisión política necesita una vigilancia de cada instante; pero, incluso desplegando esfuerzos incesantes, cierto es que no se puede ganar permanentemente. Así que a veces perdí combates de influencias. Con el nombramiento del virrey, el obispo Zumárraga había perdido el título de protector de los indios, arrebatado por Mendoza para su propio provecho. Y nuestro amigo Zumárraga había sido nombrado inquisidor apostólico, lo cual era un regalo envenenado. Al principio, durante mi feliz sincronización con el representante del rey, la Inquisición no se instaló y esto a Mendoza le convenía.

El contexto cambió dos años más tarde, cuando Mendoza se empeñó en debilitar sistemáticamente mi autoridad. Disponía de un medio de presión y lo utilizó. Les abrió tres juicios de inquisición a tres caciques nahuas, quienes, vaya coincidencia, eran todos mis protegidos. Como a los judíos conversos que seguían su religión en secreto, el tribunal del Santo Oficio lanzó contra esos jefes tradicionales investigaciones por "prácticas idolátricas". Toda la técnica de conversión desplegada por los franciscanos utilizaba precisamente la continuidad histórica. El sacrificio de Cristo hacía eco al sacrificio humano de los antiguos mexicanos; la cohorte de dioses paganos había cobrado vida nueva en el sinfín de santos católicos. Los ritos le daban cabida a las prácticas tradicionales: se bailaba en el atrio de las iglesias, se cantaban himnos en nahuatl, se hacían procesiones en los cuatro puntos cardinales. De lo que acusaban a mis protegidos era de adherirse a toda la política de mestizaje que yo había elaborado y echado a andar con los frailes menores. Intentar identificar la parte idólatra en las prácticas del cristianismo que prevalecían entonces era echar por tierra una estrategia minuciosamente implementada, era postular que fuera de la hispanización no existía salvación para los naturales de esta tierra. El mundo se venía abajo, para mí y para los indios que habían confiado en mí. Imagino que sientes como yo la crueldad de la maniobra de Mendoza.

Atacó particularmente a Carlos Ometochtzin. Era uno de los hijos de Nezaualpilli, soberano de Texcoco antes de la llegada de los españoles y hermano de Ixtlilxochitl y a quien había yo instalado en el momento del sitio de Mexico. Ixtlilxochitl se había convertido y había escogido como nombre de bautizo Hernando Cortés. Su hermano Carlos había sido educado por los franciscanos, había vivido en mi casa, y luego sucedió a Ixtlilxochitl cuando éste falleció. Era un símbolo, una figura del mestizaje; excelente orador, hablaba un nahuatl de gran calidad y se expresaba en latín como el mejor de los clérigos. Fue condenado por poligamia, pero sobre todo por idolatría, puesto que en su casa poseía manuscritos pictográficos, es decir libros, en los que se quiso ver efigies de demonios. Mendoza perdió la razón, se enterró, presionó a los jueces eclesiásticos. A pesar de una acusación vacía, el virrey logró una condena a muerte. Intervine, pero fue peor. Mi antiguo cómplice se había vuelto loco. Ometochtzin fue quemado vivo en la plaza principal de Tenochtitlan, en presencia del representante del rey, unos días antes de que yo embarcara hacia España.

Mendoza se regocijaba ante tal horror. Las llamas de la hoguera se llevaban la esperanza de millones de indios. Alrededor del cuerpo ejecutado del cacique de Texcoco se esfumaban veinte años de esfuerzos para hacer de esta tierra el crisol de una nueva nación. Le lloré a don Carlos y le lloraba a mi derrota moral. Claro está, por medio de ese juicio por idolatría, Mendoza me apuntaba personalmente, pero ejecutando a don Carlos de manera tan pública, tan oficial, tomaba a todos los autóctonos como rehenes. Mendoza había optado por el terror.

Los celos del virrey se extendieron a otro terreno, marítimo esta vez. Unos meses después de mi regreso de California, había mandado llamar a mi capitán, a quien había dejado en Santa Cruz, Francisco de Ulloa. Pero no había desistido de construir barcos. Lancé tres a principios del mes de julio de 1539 desde Acapulco, en dirección a California. Esa flota la había puesto bajo el mando de Ulloa, quien ya conocía la zona. Por desgracia, perdió un navío por Santiago de Colima, pero los dos barcos restantes cumplieron perfectamente su misión. Ulloa, de regreso a Santa Cruz, constató que nuestro pequeño asentamiento había sido destruido y quemado. Exploró el golfo de California, que llamó mar Bermejo, subió al norte hacia un amplio delta, que debía ser la salida de un impetuoso río. Volvió a bajar por la costa occidental de ese mar Bermejo hasta Santa Cruz, para luego entrar en el Mar del Sur. Descubrieron corrientes frías, en las que los hombres debieron padecer vientos helados. Habían recibido la instrucción de cartografiar todas esas costas; lo hicieron con talento y precisión. Quedaba claro que California era una península. ¡Debes saber que ni por mucho vieron la Siete Ciudades de Cibola! De los escasos intercambios con los lugareños sólo trajeron pieles de focas y turquesas.

Mientras que Ulloa navegaba, Mendoza fue presa de una crisis de locura. Hacia finales del mes de agosto, decidió apropiarse del monopolio de la navegación en el Mar del Sur. Unilateralmente. Sin dar aviso. De un día para otro, sin que mediase el más mínimo escrito, todos los puertos se volvieron propiedad personal del virrey. Claro está, se apoderó de mis astilleros y de nueve de mis barcos en proceso de construcción. El siniestro personaje utilizó una violencia indistinta: todos los hombres que trabajaban para mí, fueran carpinteros, marineros, veladores, calafates o contramaestres, todos fueron echados a la cárcel. Algunos fueron torturados, otros desaparecieron. Era una vergüenza. Entenderás, mi querido Martín, que no tenía más alternativa que la de huir de esa barbarie que negaba la esencia misma del derecho. Así que apuré la preparación de mi viaje a España, con la esperanza de obtener reparación. Mendoza no escaparía de las voces que yo daría de sus atropellos.

Supe después que cuando los barcos de Ulloa volvieron a mediados del año de 1540 recalaron en Santiago de Buena Esperanza. Cuál no sería la sorpresa del equipaje al ver al primer marinero desembarcado ser apresado por hombres armados. Pensaban en un acto de piratas, levaron velas y huyeron hacia Huatulco. Ahí tuvieron el mismo recibimiento. Trabajo les costó aceptar que Mendoza se había apropiado de la totalidad de mis puertos. Pero tal era la realidad. Ulloa, el explorador del Mar Bermejo, el primer regidor de Santa Cruz, el primer cartógrafo de California, fue hecho prisionero. Y a Mendoza no le tembló la mano: lo mandó asesinar en la cárcel por un sicario. Era necesario que todo lo que tuviera que ver con el descubrimiento del Mar del Sur fuese irremediablemente desechado. Mendoza sacrificaba el talento, el saber, el conocimiento, por puros celos. Mi nombre debía ser borrado de la faz de la tierra.

CAPÍTULO 29

EN EL PRINCIPIO ERA EL VERBO

Cuando llegué a Madrid el emperador estaba ausente. Se encontraba en Gante, en Flandes, ocupado en arrasar su ciudad natal. En su ausencia se había formado un consejo de regencia compuesto por el obispo de Toledo, por Francisco de los Cobos, por el conde de Osorno y por Juan de Zúñiga, gran comendador de Castilla. Este último me recibió en su palacio de Madrid. Estaba a la vez con mi familia política y en el corazón del poder.

Mi querido Martín, podrás imaginar mi estado de ánimo. Estaba tan decidido como prudente. Estaba furioso contra Mendoza, pero me abstenía de convertirlo públicamente en una tragedia. Como tenía confianza limitada en la Corona, había optado por preservar jurídicamente mis bienes. Había obtenido del rey el poder de crear un mayorazgo, es decir, transmitir mi marquesado sin que fuera dividido. Pero no había llegado la hora, por desgracia, para que un mestizo pudiese recibir mi título de marqués. Así que tuve que designar como heredero a tu hermano menor, Martín, fijando importantes dotaciones para ti y todos tus hermanos y hermanas. También le di a ustedes tres, mis tres hijos, una parte de mis bienes, entre éstos mis esclavos y mis derechos de explotación minera. Lo entenderás: por experiencia, temía que se me arrebatara todo en cuanto diera la espalda. Pero tras ese procedimiento comprenderás mi deseo de instalar la obra de mi vida en la atemporalidad. Los hijos perpetúan nuestras aspiraciones y le dan sentido a la vida. Es por ello que te amo.

El rey finalmente volvió de su expedición punitiva. Zúñiga se encargó de entregarle mi memorial contra el virrey. Un mes más tarde,

234

Carlos V le enviaba un requerimiento obligatorio exigiendo que me devolviese mis barcos y mis astilleros. Era positivo; no lamentaba haber hecho el viaje. ¡Pero, el mismo día, le escribía a ese mismo Antonio de Mendoza autorizándole a proseguir con la exploración del Norte! Era una decisión salomónica. Con cierto engaño, el rey intentaba darles satisfacción a ambas partes. Es agotador. Pero obtuve que, en el territorio de la Nueva España, los juicios de Inquisición no pudiesen desde entonces involucrar a los indios. No se podía enjuiciar decentemente a los nuevos conversos sin poner en peligro todo el proceso de conversión.

Tuve varias audiciones en el Consejo de Indias; me trataron bien, con un protocolo conforme a mi rango. Pero veía que la institución era presa de corrientes opuestas. Sentía que intereses conflictivos se oponían a las conciencias. El Consejo era víctima de las apetencias del monarca, de las presiones de los encomenderos, de la negociación de las comisiones de sus propios miembros. La defensa de los indios era una referencia abstracta, el mestizaje aún no había encontrado su lugar, ni moral ni jurídico. El presidente del Consejo, el dominico García de Loaysa, ya había sido nombrado obispo de Sevilla, pero no tenía prisa ninguna por tomar sus nuevas funciones. Siempre es difícil negociar con alguien que está de salida. Así que me limité a lo mínimo; no exageré, pero le di vida a mis relatos, guardé la calma, fui cortés. Sólo tuvimos discusiones en buenos términos. A decir verdad, me aburría bastante. La compunción administrativa no es mi fuerte.

Y entonces tuvo lugar la expedición de los corsarios mahometanos a Gibraltar. En noviembre del año de 1540, dieciséis navíos de la flota de Barbarroja, comandada por el capitán Ali Hamet, atacaron Gibraltar. Desembarcaron dos mil soldados turcos. La ciudad fue saqueada. Las casas de los particulares fueron desvalijadas y los corsarios renegados huyeron con setenta rehenes, únicamente mujeres y niños. Exigieron un rescate extravagante. El ataque tuvo lugar después de un gran número de razias y de incesantes combates que la marina imperial no lograba ganar, por lo que el ataque a Gibraltar fue la gota que derramó el vaso. El rey fue obligado a reaccionar. Entonces se creó una expedición marítima de envergadura para destruir Argel, capital de Jeireddín Barbarroja, jefe de los corsarios protegidos por el imperio otomano. El mando le fue confiado a Andrea Doria, almirante de Génova. Los preparativos de la operación tomaron más de seis meses. Hay que decir que la expedición iba a contar con más de quinientos barcos y movilizar treinta y seis mil hombres, españoles, alemanes, papales, italianos, monegascos, sicilianos, hospitalarios, cabileños. Una verdadera torre de Babel contra Solimán el Magnífico.

Mi huésped, el gran comendador de Castilla, me sugirió participar en la expedición. Argumentó que sería del agrado del rey y había obtenido que yo fuera embarcado en la galera del almirante de Castilla. Me tomó tiempo aceptar. Me hacía el difícil porque supe que el mando de las tropas terrestres de desembarco estaría a cargo de un tal Ferdinando Gonzaga. Ello no te suena, claro, pero uno de los gloriosos títulos de ese delicado capitán italiano había sido el haber participado en el saqueo de Roma en 1527, hito de la ignominia de los tiempos actuales. ¿Debía aceptarlo? Además, la persona de Andrea Doria tampoco me inspiraba ninguna confianza. Insistentes rumores explicaban que sus derrotas navales ante los corsarios se debían a un pacto secreto de reparto del botín con Barbarroja. ¿Debía involucrarme? Finalmente acepté en nombre de la lucha contra la religión de Mahoma; no quería dar la impresión de que ese combate no era el mío, incluso si Barbarroja era un renegado, incluso si los jenízaros otomanos también eran renegados, es decir, cristianos convertidos. Barbarroja era un corsario y un bandido antes de ser musulmán. Pero la expedición de Argel fue presentada a la vez como una operación de aseguramiento del Mediterráneo y como una lucha religiosa contra los mahometanos de Turquía para proteger a los habitantes de los reinos cristianos. Mi presencia era simbólica, pero no pasaba desapercibida.

Pensé llamarte para que embarcaras conmigo, pero estabas en Italia implicado en importantes operaciones militares, y no fue posible. No lo lamentes. Me hubiese remordido la conciencia el haberte expuesto inútilmente. No te contaré aquí el detalle de la derrota que padecimos en Argel; debiste saber por tus propias fuentes lo que sucedió. Así que nos embarcamos en la galera Esperanza, en Barcelona, a principios de septiembre, y navegamos rumbo a Italia para alcanzar al emperador en

La Spezia. El mal tiempo nos bloqueó varios días; luego escoltamos la galera imperial hasta las Baleares, lugar escogido para la concentración de la flota. En Mallorca, el rey sube a bordo de la galera de mando: es el 13 de octubre del año de 1541. Una semana más tarde, estamos frente a la ensenada de Argel. Y ya sopla el viento de la derrota. El soberano está mareado. No decide nada. Desembarca por fin el 24 con su guardia pretoriana alemana, una compañía de soldados italianos y otra de caballeros de Malta bajo una intensa lluvia. Es absurdo: lo sabes, no se puede utilizar un arcabuz bajo la lluvia. La marejada y la borrasca no permiten desembarcar los víveres, ni la totalidad de los caballos, ni la totalidad de la artillería. He ahí al emperador y sus tropas, aislados, sin comida, a merced de la intemperie. La tormenta no amaina. Arrastra los barcos hacia las rocas; las embarcaciones que transportaban la comida se hunden. Los soldados intentan calentarse quemando la leña de los pecios. Carlos V manda sacrificar los caballos de la artillería para comerlos; no es suficiente; se sacrifican entonces los caballos de combate. Argel se defiende con cargas de caballería e infantería. Es la desbandada en el campo imperial. Los muertos cubren las playas. Al ver el desastre, Andrea Doria asume la orden de embarcar. La operación toma cuatro días en condiciones de extrema vulnerabilidad. Como no hay suficiente espacio en los barcos, se sacrifican los cañones y los caballos, incluido el caballo preferido el rey, que se queda en la ribera. El emperador perdió doce mil hombres y ciento cincuenta navíos. Fue abominable.

Verás, mi querido Martín, esa experiencia me hizo tomar una decisión capital para el final de mi vida. Una decisión moral. Te diré que en esta batalla nunca temimos por nuestras vidas. Con lucidez, el almirante de Castilla tomó sus precauciones; permanecimos en altamar en la borrasca, pero sin tomar riesgos. No desembarcamos. Contrariamente a lo que se pudo decir, no hubo ningún consejo de guerra; la retirada se llevó a cabo en total pánico. Nunca había visto tal desorden. Esa batalla de Argel no tuvo ningún sentido; nunca vi la más mínima chispa de arte militar, la más mínima manifestación de ingenio o de pericia. En mis adentros, pensaba que había tomado Tenochtitlan sin disparar un solo tiro y con quinientos hombres. Cierto es, ayudado por tu madre, lo que no puedo olvidar. Y ahí, ese emperador marinero de pacotilla es incapaz de tomar Argel cuando dispone de veinticuatro mil soldados, de doce mil marineros, de más de dos mil caballos, de sesenta y cinco galeras de combate y de un número increíble de carracas, de naos y de brigantinos. ¿Cómo es posible? ¡Ese día, solo había tres mil turcos en Argel! Oíste bien: tres mil. Y no supimos ganar.

Esa derrota creó en mí un profundo desinterés por el rey, su corte y su camarilla. Sentí que todo ese mundo de títulos, de falsas apariencias, de ruido de espadas, de gorgueras de tafetán, de conversaciones fútiles y de prevaricaciones no estaba hecho para mí. Ese mundo se deslizaba fuera de mi cuerpo, se borraba de mi campo de percepción, abandonaba lo más profundo de mi corazón. Había entendido que el emperador no podría mantenerse en el trono después de esa derrota. Había perdido cualquier credibilidad por no haber ganado ese combate contra los mahometanos y contra los bandidos; no se repondría. A decir verdad, los hechos me dieron la razón: el emperador de inmediato preparó su retirada. Huiría en otra galera, desde Barcelona, el 13 de mayo de 1543. No, lo que sentía ahora no provenía de un análisis mental, sino de lo visceral. De pronto, había perdido el gusto por mi vida anterior, un poco como cuando se pierde el apetito. Era indiferente a los honores, indiferente al poder. Quería retirarme, quería escribir.

Así se manifestó el mandato secreto. Sentí una poderosa necesidad de escribir, muy comparable a la que me había asaltado en Tepeaca. Elaboré un plan, plasmé esbozos sobre el papel; volvía a ser un niño jugando. De hecho, mi primera idea era la de escribir dos libros al mismo tiempo: el que tienes ante los ojos —como pago de mi deuda hacia ti y a tu madre— y otro más neutral, más histórico, una suerte de testamento para las generaciones futuras, con el fin de establecer la verdad de mi aventura mexicana. Pero la censura me amordazaba. En el año del Señor de 1527, el primero de marzo para ser exacto, el rey había firmado una cédula que prohibía publicar mis obras, y también poseerlas. La policía tenía el derecho de entrar en las imprentas y en casas de los particulares sospechosos de haber comprado mis libros; podía revisar las bibliotecas y mis desdichados lectores eran condenados a pagar una multa colosal: el precio de un caballo. La cédula de Carlos V iba aún más allá: ordenaba que todos los ejemplares de mis libros fueran retirados de circulación y quemados en la plaza pública. Y te juro que mis *Cartas de relación* alimentaron espectaculares autos de fe.

Entiendo tu extrañamiento, aunque con ese rey ya nada debía sorprenderte, mi querido Martín. El origen de esa prohibición estaba ligado a mis éxitos de imprenta. Entre 1522 y 1527, mis *Cartas de relación*, la de Tepeaca y la de Coyoacan, tuvieron trece ediciones. Me tradujeron al francés, al flamenco, al latín, al italiano. Europa estaba apasionada por mi conquista y, sobre todo, mi conquista me transformó en escritor. Y mi gloria literaria afectaba al rey en su honor. Todo ello lleva un nombre: celos.

Así que debía bordear el obstáculo. En la situación actual, con la disuasión fiscal aunada a la prohibición de la que soy objeto, nadie tomará nunca el riesgo de imprimirme. Así que pensé contratar un redactor externo, esperando que su nombre pudiera burlar la censura. Mi elección recayó en cierto Francisco López de Gómara. Como no ha escrito nada al día de hoy, podrías cuestionar mi elección. Es un joven sacerdote con cierta experiencia del mundo, ya que fue secretario de nuestro embajador en Venecia. Agregaría que es un excelente latinista. Pero sientes que hay algo más y tienes razón. Me decidí por él por una consideración que me es muy propia: es mi hermano.

Cuando volví a España en 1528, recibí de manos de nuestro notario en Medellín varios papeles de familia. Entre esos documentos había un extraño sobre, con casi diez sellos, con cera roja por todos lados, dirigido a mí, "Lic. Hernán Cortés de Monroy", y la mención "Entréguese en mano propia". ¡Sólo mi padre podía darme ese título de licenciado, del que nunca había presumido! En el interior, había una confesión: mi padre me hacía saber que yo no era hijo único y que tenía un medio hermano y una media hermana, nacidos de madres diferentes, ambos más jóvenes que yo. Me pedía que los atendiera. Lo ves, Martín, ¡entraste en una familia disipada!

Mi hermana estaba muy bien casada con un hombre amable y rico. Había crecido sin que nadie sospechara nada. Así era feliz. Nunca quise interferir en su vida. Sólo la invité a mi boda; nunca supo nada de nuestro parentesco. Otra cosa ocurría con Francisco López, nacido en Soria, en un medio más modesto que el nuestro. Me prendí de él desde que fui informado de su existencia y nos vimos varias veces en 1529. Era un jovenzuelo de 18 años. Lo recomendé con el papa Clemente VII, quien lo trajo con él a Roma. Gustó por ser serio. Desde entonces, siempre ha vivido en Italia. Lo traje de vuelta y le ofrecí un contrato de secretario. Supe despertar en él un deseo por escribir y nos entendimos bien. Preferí decirle que lo contrataba por sus talentos más que por su nacimiento. Creo que ignoró toda su vida que era mi medio hermano; en todo caso, nunca se lo dije. Pero para mí, que soy profundamente tribal, trabajar en familia me ofrecía un ambiente tranquilizador. Y sin contar que el objetivo era el de bordear la censura: en mi situación, escribir equivalía a conspirar. El secreto era primordial.

Gómara aceptó ese papel de escribano y de seudónimo. Yo dictaba, él escribía; y publicaría con su nombre. Al menos eso esperaba. Nuestro primer intento fue escribir en latín para burlar más fácilmente la censura. En Madrid redactamos una veintena de páginas sobre mi infancia en Medellín y mi juventud en Salamanca. Empezábamos bien. Los ecos de Nueva España llegaban a mí como ahogados, desrealizados. El virrey Mendoza tenía dificultades en su avance hacia el norte; era previsible. Los indios se habían rebelado en el Mixtón y para librar esa guerra de pacificación, el virrey había llamado a Alvarado, experto en violencia, quien había vuelto de Santiago de Guatemala para estar al mando de las tropas oficiales. Mi antiguo capitán murió en el campo de batalla, aplastado por su caballo.

Mi compañero de armas en Cuba, fray Bartolomé de las Casas, había desatado escándalos en las Cortes de Valladolid al denunciar la corrupción del Consejo de Indias. Señalaba principalmente la competencia entre Almagro y Pizarro por el control de Perú y había puesto en entredicho la probidad de varios miembros del Consejo, quienes tendían a dejarse convencer por lingotes de oro. Las Cortes lo respaldaron y votaron por una reforma del Consejo de Indias. El rey no tuvo más remedio que ordenar una visita del Consejo, que tuvo que suspender sus actividades por ocho meses. Tenía razón al escribir. Si hubiese vivido en la espera de una decisión, habría muerto de melancolía. Al final de la investigación, el presidente fue obligado a tomar sus funciones en el obispado de Sevilla; Carvajal, el obispo de Lugo, fue excluido del Consejo, y el doctor Beltrán, forzado a retirarse a un monasterio aislado. Claro está, nadie me acusó, pero todos los esfuerzos de persuasión que había desplegado ante del Consejo quedaban reducidos a cenizas. Había que empezar todo de nuevo. Tenía razón en darle la espalda al antiguo mundo.

Después de Valladolid, hubo una sesión de las Cortes de Aragón, en Monzón, en el mes de junio de 1542. El emperador ofreció una gran recepción en mi honor. Me agradeció por mi conquista, que había duplicado el número de cristianos en el mundo, pero también por mi participación en la batalla de Argel, en la que yo no había salido de la galera del almirante de Castilla. El soberano lamentaba, según esto, no haberme confiado el mando de sus tropas. Demasiado tarde. En realidad, el emperador había empezado su gira de despedida y me daba su adiós. No me pareció que estuviese físicamente en forma; tuve la impresión de que ya estaba afectado por la confusión mental.

Pero otra cosa estuvo en juego esa noche, como un guiño del destino. En esa recepción de Monzón a la que estaba invitada la Corte, me sorprendí al ver a María de Mendoza, la esposa de Francisco de los Cobos, el todopoderoso consejero del rey, quien lo sería aún una vez más que Carlos V se hubiese alejado. Recuerdas que me había enamorado de ella en Guadalupe en 1528, embriagado por una loca atracción mutua. En esos días, María era muy joven, aun quince años después lo seguía siendo. Su beldad parecía inalterable. Nuestro reencuentro fue rodeado por la emoción. Volvía a mi corazón de hombre joven; ella parecía enternecida.

Soy un planificador que ama la incertidumbre. Cuando las cosas suceden tal como las había pensado y organizado, me habita un sentimiento de paz y de felicidad; siento una sensual serenidad. Pero cuando sufro por las sorpresas de la vida, confieso que también siento placer. La versatilidad del destino pone al hombre en su lugar. La casualidad nunca lo es; es incitación, estímulo; obliga

241

al ser a adaptarse, a inventar soluciones, a manejar lo imprevisible. ¿Qué sería la guerra sin la incertidumbre del combate? ¿Qué sería del arte de navegar sin los caprichos del viento y la inconstancia de las corrientes? ¿Qué sería del amor sin las flechas de Cupido? María cambiaría el curso de mi vida.

Me invitó a la boda de su hijo Diego, que tendría lugar en enero en Madrid. Como estábamos en la misma mesa el día del matrimonio —el protocolo haciendo bien las cosas—, tuvimos amplia oportunidad de hablar del futuro. Me confirmó que el rey estaba de salida, que dejaría la regencia a su hijo Felipe, cuyo matrimonio negociaba con la infanta de Portugal, y que partiría en cuanto la dote fuese pagada. La Corte tomaría sus aposentos alrededor del joven príncipe en Valladolid. La bella María me convenció de instalarme ahí, donde tenía su casa; podría ser su vecino. ¿No sería eso agradable? Animado por la invitación, movido por cierta excitación, organicé con apuro mi mudanza a Valladolid. Alquilé una inmensa vivienda a uno de mis parientes, idealmente situada cerca de la Corte, a dos pasos de la residencia privada de los Cobos. Nos instalamos en abril. Éramos cuarenta y cinco, entre el personal doméstico, mi familia y mis invitados. Claro está, Gómara me acompañó; lo presenté como mi capellán. También le pedí a mi primo, fray Diego Altamirano, residir en mi casa. Oficialmente, era el preceptor de tu hermano Martín; en realidad, formaba parte en secreto del taller de escritura que hice funcionar en total discreción. Mi amigo de siempre, Andrés de Tapia, se encargaría de la intendencia para que pudiese dedicarme a la escritura.

Mi proyecto literario tomó forma. Abandonamos la pista del latín, que en definitiva me pareció demasiado confidencial. Mi relato íntimo, el que tienes entre las manos, querido Martín, seguía siendo actual. Pero mi asociación con Gómara evolucionó. Me quedé con la idea de que mi hermano escribiría por su parte y bajo su nombre el relato del que le proporcionaría la información. Claro está, no tenía ni la más remota idea de lo que había sido mi vida de conquistador. Procedíamos así: le contaba libremente el relato de los hechos correspondientes al capítulo en curso; memorizaba y tomaba notas. Al día siguiente, llegaba con preguntas: le contestaba y le relataba los detalles que le daban sabor a lo acontecido. Luego redactaba, a su modo, seco pero preciso, sin efectos de estilo, con una economía de medios que le daban todo su valor a la palabra justa. Yo corregía y pasábamos al capítulo siguiente. Al principio, mi hermano no tenía experiencia alguna de la redacción y yo debía sugerirle fórmulas, expresiones, aconsejar construcciones. Luego, rápidamente, adquirió automatismos, entró en el juego, desarrolló su propio estilo. Era importante para mi proyecto que fuese *su* obra; no debía ser reconocido en su prosa. Claro está, la totalidad de la materia expuesta provenía de mí; en este caso, se beneficiaba con todos mis archivos que me acompañaron durante toda mi vida, de Tenochtitlan a Las Hibueras, de Quauhnahuac a California, de Santo Domingo a Valladolid. Pero le hice leer las relaciones disponibles para que tuviese una idea de lo que era conocido por los cronistas. En realidad, tenía que forjarse un estatus de historiador. Lo logró.

Apoyándome en los escritos de mi hermano, en contraste, concebí la posibilidad de crear otro relato, más humano, más truculento, con menos sangre y más humor. Tenía ganas de hablar de los mosquitos, de los caimanes, de los tucanes, de los dioses de piedra, del copal que subía al cielo, del cabello negro de las mujeres, de las calles incansablemente barridas, del miedo de la noche, del aullido de las bocinas, del golpeteo de los tambores, de la dulzura del aire y del hielo de los volcanes. Todo ello, Gómara no lo había conocido y no podía restituirlo en su texto so pena de ser descubierto. Así que decidí escribir yo mismo ese relato simétrico que nos permitiría dialogar por pluma interpuesta. En Valladolid, escribiríamos dos obras en espejo, sincrónicas y gemelares, para ilustrar las dos modalidades de la fabricación de la historia: los archivos muertos y el recuerdo vivo.

El proyecto era estimulante; había, sin embargo, que hallar el medio para ocultar mi propia participación. ¿Cómo hacer para no ser reconocido? Existía, por supuesto, la posibilidad del anonimato. Pero el secreto se arriesgaba a ser descubierto prontamente y mi obra retomaría el camino a la hoguera. También podía recurrir a un seudónimo. Pero no era más protector que el anonimato. Había que inventar algo inédito. Fue entonces que pensé en crear un narrador ficticio. La idea me llegó de manera bastante natural en la euforia de una visita de María que debimos rodear con mil pretextos y mil precauciones. Inventé un personaje que no podía existir: ¡un rudo soldado raso, lector de Cicerón y de Flavio Josefo, a la vez crítico y adulador de su jefe! Pero todo lo que pondría bajo la pluma de ese personaje sería verdad. Porque escribía con el único objetivo de establecer la verdad de los hechos para la posteridad. Empecé por el principio: describí mi personaje en un prólogo.

He estado notando como los muy afamados cronistas antes que comiencen a escribir sus historias hacen primero su prólogo y preámbulo, con razones y retórica muy subida, para dar luz y crédito a sus razones, porque los curiosos lectores que las leyeren tomen melodía y sabor de ellas. Y yo, como no soy latino, no me atrevo a hacer preámbulo ni prólogo de ello, porque no ha menester para sublimar los heroicos hechos y hazañas que hicimos cuando ganamos la Nueva España y sus provincias en compañía del valeroso y esforzado capitán don Hernando Cortés, que después, el tiempo andando, por sus heroicos hechos fue marqués del Valle. Y para poderlo escribir tan sublimadamente como es digno, fuera menester otra elocuencia y retórica mejor que la mía; mas lo que yo vi y me hallé peleando, como buen testigo de vista yo lo escribiré, con la ayuda de Dios, muy llanamente, sin torcer a una parte ni a otra.

Todo estaba dicho. Tuve la certeza de que ese personaje me protegería si era capaz de darle una verdadera personalidad. Lo inventé brusco, impulsivo, gruñón, pero leal a su jefe. Le di una sabrosa franqueza, con fantasías del lenguaje cuya invención me dio gran placer. Lo doté del popular sentido común. Para vengarme de la censura, lo hice nacer en Medina del Campo, ciudad martirizada por el joven rey Carlos en el momento de mi conquista. Como todos los archivos de la ciudad habían sido quemados, ¡sería difícil hallar los antecedentes de mi narrador ficticio! Para que no sea inmediatamente reconocido tras mi personaje, le hice describir la escritura como una música y las palabras como notas tocadas en un clavecín. Como mi torpeza como músico era proverbial, pensé que nadie daría conmigo.

Así pasaba la vida en Valladolid, estudiosa y dichosa. Salía todos los días a caballo con Tapia para respirar los olores de los bosques circundantes. Al principio, cacé. Y luego me di cuenta de que ya no podía soportar la violencia, incluso la que se aplicaba a los animales salvajes. Estaba saturado. Renuncié a la cacería. Me dedicaba a la escritura y a María. No sabría decir cuál de las dos me causaba la más gran exaltación.

En los primeros tiempos, me deleité con el juego que había imaginado con mi hermano. Esperaba a que terminase su capítulo para escribir el mío. Presentaba entonces los mismos acontecimientos, pero con variantes. Y acusaba abiertamente a Gómara de haber cometido errores al reportar el curso de los hechos. Hacía de mi narrador ficticio un testigo más creíble que ese historiador que nunca había puesto un pie en Nueva España. Así entablaba discusiones con mi hermano por fútiles pretextos: argüíamos por nombres propios, por tal o cual número de cautivos, por la cantidad de oro amasado… sobre detalles, a final de cuentas. Pero siempre me las arreglaba para darle el mejor papel a mi soldado imaginario, testigo ocular, que presentaba como más fiable.

Esa dinámica de la escritura a cuatro manos me encantó. Se mantuvo en toda la primera parte de mi libro. Pero después de haber librado duelo literario cincuenta y dos veces con Gómara, pensé que ello podría cansar al lector. También me dio miedo que la artimaña pudiese despertar sospechas. Así que cambié de rumbo. Claro está que seguí trabajando con mi hermano todas las mañanas, pero por la noche, en mi cuarto, sobre mi escritorio, dejé correr mi pluma. Sentía además que el relato me llevaba. A la precisión de los hechos, lo que permanecía como regla, se agregaba ahora cierta fantasía. Como si mi personaje cobrara vida y me transmitiera su humor, su energía, su discreta extravagancia.

En ese momento agregué un párrafo a mi prólogo. Esto es lo que escribí:

Y porque soy viejo de más de ochenta y cuatro años y he perdido la vista y el oír y por mi ventura no tengo otra riqueza que dejar a mis hijos y descendientes salvo esta mi verdadera y notable relación, como adelante en ella verán.

Ya no escribía Cortés, era Homero. El gran Áyax y el impetuoso Aquiles dejaban su lugar a héroes con nombres hispánicos. La poesía entraba por la puerta secreta de la ficción, la historia se volvía epopeya. La salvación estaba en la literatura. Gustaba cada vez más de escribir tras la máscara de mi narrador ficticio. Varias veces constaté que mi pluma no vacilaba en liberarse de la realidad. La sentía guiada por una suerte de euforia, obedecía a una pulsión interna, jugaba con las palabras llevado por el impulso de la creación pura. Era un semidiós, un demiurgo, amo de las letras, creador de emociones. Escucha, por ejemplo, mi querido Martín, lo que escribí ayer. Es la descripción de un banquete supuestamente ofrecido en Mexico para celebrar la paz de Aigues Mortes:

Pues ya puestas las mesas había dos cabeceras muy largas y en cada una su cabecera. En la una estaba el marqués y en la otra el virrey y para cada cabecera sus maestresalas y pajes y grandes servicios con mucho concierto. Quiero decir lo que se sirvió; aunque no vaya aquí escrito por entero diré lo que se me acordare porque yo fui uno de los que cenaron en aquellas grandes fiestas. Al principio fueron sus ensaladas hechas de dos o tres maneras y luego cabritos y perniles de tocino asado a la ginovisca; tras esto, pasteles de codornices y palomas y luego gallos de papada y gallinas rellenas, luego manjar blanco; tras esto, pepitoria, luego torta real. Luego pollos y perdices de la tierra y codornices en escabeche, y luego alzan aquellos manteles dos veces y quedan otros limpios con sus pañizuelos; luego traen empanadas de todo género de aves y de caza: estas no se comieron ni aún de muchas cosas del servicio pasado; luego sirven de otras empanadas de pescado: tampoco se comió cosa dello; luego traen carnero cocido, y vaca y puerco y nabos y coles y garbanzos: tampoco se comió cosa ninguna. Y entre medio destos manjares ponen en las mesas frutas diferenciadas para tomar gusto, y luego traen gallinas de la tierra cocidas enteras, con picos y pies plateados; tras esto, anadones y ansarones enteros con los picos dorados; y luego cabezas de puercos y de venados y de terneras enteras, por grandeza, y con ello grandes músicas de cantares a cada cabecera y la trompetería y géneros de instrumentos, harpas, vihuelas, flautas, dulzainas, chirimías, en especial cuando los maestresalas servían las tazas traían a las señoras que aquí estaban y cenaron que fueron muchas más que no fueron a la cena del marqués, muchas copas doradas, unas con aloja, otras con vino, otras con agua, otras con cacao y con clarea; y tras esto sirvieron a otras señoras más insignes de unas empanadas muy grandes y en algunas dellas venían dos conejos vivos y en otras conejos vivos chicos; y otras llenas de codornices y palomas y otros pajaritos vivos y cuando se las pusieron fue a una sazón y a un tiempo; y desque les quitaron los cobertores, los conejos se fueron huyendo sobre las mesas y las codornices y pájaros volaron.

Aún no he dicho del servicio de aceitunas y rábanos, y queso y cardos y frutas de la tierra. No hay que decir sino que toda la mesa estaba llena de servicio dello. Entre estas cosas había truhanes y decidores que decían en loor del Cortés y del virrey cosas muy de reír; y aún no he dicho las fuentes de vino blanco y tinto, hechos de industria que corrían. Pues aún se me olvidaba los novillos asados enteros, llenos de dentro de pollos y gallinas y codornices y palomas, y tocino; esto fue en el patio, abajo, entre los mozos de espuelas y mulatos e indios.

Estarás de acuerdo conmigo que tal festín jamás pudo haber sido servido, en Nueva España o en cualquier otra parte. Te explico la verdad. Ese texto se inspiró de un autor francés que se llama Rabelais. Publicó en Lyon bajo el nombre de Alcofribas Nasier dos libros fantásticos; uno se llama *Pantagruel*, el otro *Gargantúa*. Tras una desenfrenada historia de gigantes, grandes bebedores, grandes comilones, grandes fornicadores y grandes viajeros, hallamos una sátira de la vida política, de la religión, de las prácticas académicas, de las guerras de nuestro tiempo, de las creencias y de las costumbres. Fue Altamirano, franciscano, quien me trajo ese libro, puesto que Rabelais pertenece a su Orden. Adoré su libertad de tono y su uso fascinante de la exageración, de la acumulación, de la desmesura. Claro está, cada quien su estilo. Hallo en mi historia una profunda satisfacción en describir los hechos reales por un personaje ficticio. Ello me basta ampliamente. Pero aquí, en esta página, quise, al imitarlo, enviarle un guiño a ese autor francés en quien percibo que su combate y el mío son de semejante naturaleza: el rodear la censura. Y, además, me divierto. Sin dar aviso, le hago una broma a mis lectores. Todavía sigo riendo.

Entré tanto en el juego de la literatura que creé una academia. Llamé a cuarenta de mis amigos y allegados y les propuse reunirnos una vez a la semana, cada miércoles, en mi casa, para debatir sobre temas que tuvieran que ver con el idioma. Debo decirte, mi querido Martín, que el idioma castellano está ganándose un lugar de honor con respecto al latín, al francés y al italiano. En ese contexto, me parecía importante cuestionar el buen uso, reflexionar sobre el léxico, fijar reglas, en pocas palabras, estudiar lo que los antiguos llamaban *grammatica*. Por ejemplo, para nuestra reunión inaugural, había propuesto el tema: "Lengua hablada, lengua escrita". Mi academia de Valladolid tuvo un éxito considerable. A nuestro grupo pertenecían hombres venidos de todos los horizontes; había diplomáticos, eclesiásticos, militares, poetas, un impresor, dos artistas, redactores del Consejo de Castilla y del Consejo de Indias, representantes de órdenes de caballería, un cosmógrafo, un filósofo de la Universidad de Salamanca. Te ahorraré la lista completa. Todos eran latinistas y políglotas, pero todos se afanaban por el estatus del idioma castellano.

Nuestras reuniones eran apasionantes. Decidimos bastante pronto agrandar el campo de nuestras reflexiones. Algunas veces tratábamos temas sociales como la pobreza, la esclavitud, la desigualdad ante el derecho o ante la enfermedad; otras veces abordábamos temas francamente filosóficos: el más allá, la preparación para la muerte, la noción del destino, Dios y el azar. Sin embargo, la gran mayoría de nuestros debates giraba alrededor de la literatura, de los libros y la escritura. Estudiábamos también el arte oratorio, la declamación, la memoria; nos interrogábamos sobre el sentido de la arquitectura, sobre la noción de modernidad, sobre la evolución de la estética. Tuvimos más de ciento cincuenta reuniones. Uno de los nuestros, Pedro de Labrit, redactaba las minutas de nuestros intercambios; prometió publicarlas.

Verás así que tu padre conquistador cambió la espada por la pluma. Mi nueva vida está inmersa en la escritura y en la reflexión. A mi alrededor ¡la emulación literaria es tal que incluso mi amigo Tapia se inició en la escritura! Pero no perseveró; su relación quedó inacabada. Pero ello te da una idea del viento creativo que sopla en mi casa. El excelente Juan Altamirano nos sirve como copista; pasa en limpio, sugiere correcciones, mejoras; es irremplazable.

Es cierto, duermo poco; trabajo de día con Gómara y Altamirano y por las noches, a la luz de las velas, solo en mis aposentos. Mantenido por el ritmo de la pluma, reescribo mi vida con pasión. Veo desfilar las playas del Mar del Sur, la puesta de sol en Coyoacan, mi victoria en Otumpan, todos esos momentos de felicidad compartida con Marina. La emoción es intacta y rezo por poder restituirla con mis palabras. Duermo poco, pero bien, porque duermo acostado, a la horizontal, al modo mexicano, mientras que todos mis amigos duermen sentados en sus camas, lo cual es incómodo. El mestizaje tiene sus ventajas.

Antes de partir a Alemania, el emperador había firmado, el 20 de noviembre de 1542, una serie de nuevas leyes no todas nuevas. La prohibición de la esclavitud de los indios ya estaba inscrita en las bulas del papa Alejandro VI; se repitió por el papa Pablo III en su bula *Sublimis Deus* en 1537. Oficialmente, el rey no puede hacer otra cosa que decir lo mismo. Sólo que, en Nueva España, prácticamente todos los esclavos indios pertenecen al rey: ¿estará pensando en devolverles la libertad? No habla de ello. El emperador quiere suprimir las encomiendas. Muy bien. ¿Con qué objetivo? ¡Para apropiárselas! Está escrito con todas sus letras: a la muerte del encomendero, sus dominios se volverán propiedad del rey, quien tendrá toda libertad para alquilarlos a corregidores, quienes serán otros encomenderos bajo otro nombre. Pero es negar el vínculo carnal que existe entre los conquistadores y la tierra de Nueva España. Es negar la especificidad de lo criollo. Es reducir la encomienda a un bien mercantil, sin raíces, sin historia y sin profundidad histórica.

En realidad, esas leyes de Barcelona no me sorprendieron; institucionalizan el abandono del rey, quien sabe que no volverá. El soberano transfiere su poder de ultramar a virreyes e intenta organizar el reino en su ausencia. Me alegro el haber pasado a otra cosa. *In extremis* logré mi cometido. El día mismo de su partida, el 13 de mayo de 1543, Carlos V tomó en cuenta mi memorial de agravios y ordenó una visita a la gestión del virrey Mendoza. Le otorgó, para tal efecto, poder al licenciado Francisco Tello de Sandoval, nuevo miembro del Consejo de Indias, quien partió ocho meses después a Nueva España con un fajo de cuarenta y cuatro cargos, de los cuales treinta y cinco proceden de mi memorial de agravios. Supe que el visitador, ya en el lugar, había coincidido con mis argumentos. Aunque todo ello deberá confirmarse, es para mí una importante victoria moral.

Pero como lo habrás entendido, ahora puse mi combatividad al servicio de otras causas: mis últimas emociones y la terminación de mi obra. Mi hermano me reprocha con insistencia mi vida libertina; le parece un escándalo mi relación con la mujer del secretario del Consejo de Estado. ¿Y qué quieres? Me gusta la belleza, la vivacidad y la inteligencia. Y me queda tan poco por vivir. Y Francisco de los Cobos está tan enfermo, tan ausente. Pero en el fondo, si mi hermano está escandalizado, es sobre todo porque no entiende cómo un oponente a la monarquía, constante en sus críticas a la Corona, puede vivir un romance con la mujer del jefe de ese denigrado régimen. Mi hermano cura simplemente no entiende nada del amor. Pero es un buen escritor.

Estoy acabando mi libro. Gómara, quien se ha adelantado un poco, integró diversos elementos que le proporcioné sobre la vida de los mexicanos antes de nuestra llegada. Por seguridad, mando hacer tres copias de mi texto. Quiero asegurarme de mi inmortalidad. Altamirano contrató para tal propósito un copista suplementario. Escogimos los títulos de nuestros respectivos escritos: Gómara pondrá *Historia de la conquista de Mexico*. "Historia", en ello insisto; "conquista" es su elección. "Mexico" es inédito. Es discretamente independentista. La palabra España queda borrada. Yo pondré "Relación" para guardar la idea del relato de un testigo ocular. Y "verdadera" para darle sabor a la autenticidad. Para lo demás, todavía no estoy totalmente decidido. Quizá *Verdadera relación de las cosas de Nueva España*. En todo caso, no quiero poner la palabra conquista, que casi nunca utilicé, ni en mis *Cartas* ni en el presente libro. Fray Juan Altamirano propone uno de esos títulos que evocan las novelas de caballería, como *Relación verdadera de los heroicos hechos del paladín Galán*; eso no funcionará nunca. Por el momento, mi narrador es anónimo.

Acordamos objetivos: Gómara debe publicar en España y mi *Verdadera relación* debería ser publicada en Nueva España. Sé que Juan Pablos instaló una imprenta en Tenochtitlan y que empezó publicando un catequismo en nahuatl. Vamos por buen camino. ¿Por qué no le tocaría ahora el turno a mi *Relación*?

Visité a María. Hablamos de cualquier cosa; de la viudez del príncipe Felipe, quien no se reponía de la muerte de su joven esposa fallecida en el parto; de la muerte del virrey de Perú, Blasco Núñez Vela, decapitado por Gonzalo Pizarro por haber querido aplicar las nuevas leyes sobre las encomiendas; de la muerte de Lutero, de quien decía María nos quedarían sobre todo los coros; de las dificultades de los banqueros Welser, que no lograban controlar Venezuela, que habían recibido del emperador a cambio de la deuda de la Corona. Hablamos de Carlos V, quien estaba en Ratisbona; de su marido, quien estaba en Úbeda, en sus tierras, enfermo y disminuido. Era interesante, pero no era el motivo de nuestro encuentro.

Con apariencias de conspirador, saqué de mi ropa un paquete envuelto en tela de gran precio. Y vi a María casi desvanecer: ¡lo había reconocido! Yo le había mostrado en el santuario de Guadalupe esas cinco "esmeraldas", que en realidad eran jade mexicano, que había previsto dar como regalo de bodas a mi futura esposa, doña Juana. Había fingido desmayarse y se había encargado del boca a boca: el marqués poseía las más bellas esmeraldas del reino. Incluso la emperatriz me aseguró que lo había escuchado y me había ofrecido cien mil ducados. Las joyas de mi esposa estaban ahí ante sus ojos. Eran para ella. Cuando me llevé esas joyas al partir de Nueva España, no había anticipado mi ruptura con doña Juana. Me las traje como un seguro en caso de infortunio mayor. Las joyas habían viajado una primera vez de Mexico a España, para luego volver a Mexico y luego regresar a España, como un *tlaquimilolli* chichimeca transportado con el debido respeto a los dioses. Su itinerancia terminaría ahí, en Valladolid, en las manos de María. Habían hallado su última razón de ser. Estaba encantada, no por el valor monetario que dichas joyas podían representar, sino por el itinerario sentimental que simbolizaban. Diecisiete años más tarde, lo imposible tenía lugar. El amor nos había brindado una segunda oportunidad.

A mi ofrenda le agregué una súplica. Le pregunté a María si aceptaría guardar en secreto un ejemplar de mi *Verdadera relación*, ese texto nacido de mi amor por Mexico, del que conocía por supuesto la existencia y las amenazas que sobre él pesaban. Imaginarás, mi querido Martín, que no se negó. Ahora estaba tranquilo: ¿A quién se le hubiera ocurrido ir a buscar mi manuscrito prohibido en Úbeda, en casa de Francisco de los Cobos, en el corazón del poder monárquico? María era mi genio del bien y mi ángel de la guarda.

Al volver a casa, hice dos correcciones de último momento, tanto en el texto de Gómara como en el mío. Agregué medio párrafo al capítulo de los barbarescos. En mi relación, ahí donde describía el peligro de la borrasca ante Argel, escribí:

> Viendo la muerte al ojo, dijeron los criados de Cortés que le vieron que se ató en unos paños revueltos al brazo ciertas joyas de piedras muy riquísimas que llevó como gran señor y con la revuelta de salir en salvo de la galera y con la mucha multitud de gentes que había, se le perdieron todas las joyas y piedras que llevaba, que, a lo que decían, valían muchos pesos de oro.

Introduje una parte simétrica en el texto de mi hermano:

Por el miedo de no perder los dineros y joyas que llevaba, dando al través, se ciñó un paño con las riquísimas cinco esmeraldas que dije valer cien mil ducados, los cuales se le cayeron por descuido o necesidades, y se le perdieron entre los grandes lodos y muchos hombres; y así le costó a él aquella guerra más que a ninguno, sacando a su majestad. Mucho sintió Cortés la pérdida de sus joyas.

La literatura se llevaba mi secreto.

Hice firmar ante notario un extraño documento entre mi joven Martín y López de Gómara, entre mi hijo menor y mi medio hermano. Extraña historia familiar. Martín se comprometía a apoyar financieramente a Gómara hasta la publicación de su *Historia de la conquista de Mexico*. Y Gómara, depositario de mi manuscrito de la *Verdadera relación*, se comprometía a entregárselo a mi hijo cuando alcanzase la mayoría de edad para que se encargase de su publicación en Tenochtitlan. En cuanto a Altamirano, conservaba un ejemplar de mi obra pasada en limpio, embellecida por su bella letra de cancillería.

Por primera vez en mi vida, sentí que flaqueaba; el dolor de mis heridas revivió; una suerte de vértigo me asaltaba por la mañana. ¿Era el peso de los años o la consecuencia de todos esos esfuerzos? Estaba feliz de haber concluido mi tarea, de haber escrito lo que quería escribir, de haber burlado las prohibiciones, de haber cumplido con mi último desafío. Mis asuntos estaban en orden. Mi vida quedaba tras de mí para siempre.

CAPÍTULO 30

EL RETRATO

Debo ahora confesarte una última cosa. Como bien sabes, siempre me negué a que pintaran mi retrato. Los hombres que se dejan tentar por los pintores de la Corte ceden ante una reprensible inclinación: se dejan dominar por la vanidad. Claro está, los artistas negocian con esa debilidad humana y a cambio de algunos escudos sacrifican la estética, olvidan su búsqueda de la beldad; su talento se disuelve en la obligación de similitud. Es el dilema. Si se quiere hacer un retrato de Carlos V, hay que presentarlo con rostro atormentado, su mandíbula caída y sus ojos vacíos. Si el retrato es fiel, nunca podrá ser una obra de arte. Si se vuelve obra de arte, ya no es un retrato. Así que hay una intrínseca falsedad en el retrato de la Corte: un rostro es una marca de la infinita diversidad del género humano; raramente es modelo de gracia y de harmonía.

Mi querido Labrit un día me contó el invento del retrato. Recuerdo el momento. La luz del día se desvanecía y la ventana de mi cuarto sólo dejaba entrar los cantos de los pájaros que luchaban para anidar en la mejor rama. A lo lejos, las ondulaciones de la sierra le daban sustancia a ese paisaje eternamente familiar. Sentíase la semilla de la vida marcar su territorio. Entonces Labrit me contó una fascinante historia que desde entonces no ha dejado de ser para mí un tema de reflexión. Hace doscientos años, los ingleses habían puesto pie en suelo francés y habían logrado alianzas locales que amenazaban la existencia misma del reino de Francia. En 1356, a pesar de su valentía en el combate, que le valió el apodo de Juan el Bueno, es decir, el Valiente, el rey Juan fue hecho prisionero durante la batalla de Poitiers. Encarcelado primero en Burdeos, luego fue transferido a Londres. Entonces, uno de sus consejeros, del que la historia conservó el nombre —Nicolás Oresme—, tuvo una idea. Mandó pintar el retrato del rey, de perfil, el cabello sobre la nuca, sin artificios, sin corona, vestido con una toga negra y una camisa de cuello blanco. Una suerte de retrato al natural. Y ese retrato volvía presente a ese rey cautivo; la imagen sustituía al hombre para hacerlo un ser de vida; negaba su ausencia, negaba la vacancia del trono. Ése es el origen del retrato. El arte se había vuelto un arma simbólica. Sin que lo supiera, Juan el Bueno lanzó una moda que pronto ignoraría el contexto político inicial. En breve florecieron imitaciones y el símbolo fue distorsionado por los poderosos con fines de pura egolatría.

En cuanto a mí, siempre me costó aceptar esa proyección del ser, ese duplicado artificioso que niega la unicidad de los individuos. El poder no está en el parecer, sino en la autoridad natural, en la libertad de conciencia, en la acción secreta y las obras discretas. Los éxitos alimentan la autoestima en el silencio de los sentimientos íntimos. Es una recompensa ampliamente suficiente. La idea de contemplar mi propia imagen en un muro nunca me atrajo. En ello siempre he visto una ilusoria vanidad. Sin embargo, acepté la oferta del obispo de Nocera, Paulo Giovio. Supo convencerme. Ese médico de los papas mandó construir a orillas del lago de Como, en el lugar de la residencia de Plinio el Joven, un edificio de grandes proporciones, elegante y sutil, que los visitantes me describieron con emoción. Escogió darle un nombre que inventó para esa ocasión: *museo*. El lugar de las musas, hijas de la Memoria. Podría pensarse que deseaba honrar particularmente a Clío y Calíope. La Historia y la Epopeya. Pero Giovo tuvo una idea: guardar la memoria del mundo por medio de la figura de los hombres que hicieron la historia: los grandes capitanes adornados por sus sueños heroicos, los soberanos aureolados de reinos de gloria, los grandes filósofos venidos de los albores del tiempo y los ilustres poetas citados de oídas. Olvido algunos santos, algunos prelados. Lo entendiste. Su museo del lago de Como será una galería de retratos. Para figurar entre los actores del siglo, debía aceptar la propuesta de Giovio. Más aún a sabiendas de que un libro guardará el recuerdo para la posteridad. Bajo la copia grabada del cuadro, unas reseñas darían una idea de la vida de esos *Hombres ilustres*. Con el hábil Giovio acordamos un pacto: mi elogio tendría cinco páginas; el de Carlos V, página y media. Dulce venganza póstuma.

Acabo de recibir en Valladolid al artista que me envió el obispo, un tal Cherubini. Temía que se molestara por negarme a posar. Pero bien que rio; me explicó que acababa de terminar el retrato de Alberto el Grande, muerto dos siglos y medio atrás, y que había inmortalizado a Rómulo "de memoria". Era su divertida manera de vestir su fantasía. Le mostré lo que había hecho Christoph Weiditz durante mi viaje por España en 1528. Mientras me irritaba que el artista alemán me hubiera cubierto con un sombrero de Renania, suerte de boina que nunca, pero nunca jamás, he llevado, ¡él bromeó explicándome que le había dado a Tamerlán un imaginario gorro puntiagudo con el mejor efecto y que había puesto sobre la cabeza de Pirro, rey de los epirotas, el casco de Minerva!

Tuve que negociar mi apariencia. Rechacé la coraza y la espada. No quise ningún sombrero. Deseé permanecer sin nada sobre la cabeza, como frente al viento de la noche y al tormento de la edad. Recorté mi barba en cuadrado y sugerí al pintor vestirme de oscuro. Optó por un abrigo de piel de buen ver, donde vibraba la luz sobre el brillante pelaje. Discreto sin ser ordinario, austero sin ser franciscano. Rechacé el collar de oro que hubiera podido alumbrar esas amplias áreas de color pardo oscuro. Con esta vida que ahora fluía de mi cuerpo no quería hacer trampa. Quería que se viera la sombra extenderse sobre mis contados días. Junté las manos, no como un orante para suplicar, para implorar o rezar. Posé mi mano derecha sobre mi puño izquierdo cerrado como para decir que ya no podía contar más que con mi propia energía. Para concentrarla, ponerla a prueba, conservarla. Y me decidí por una pose de tres cuartos como ya lo había hecho con Weiditz, cuando grabó la medalla con mi efigie. No quiero que se me reduzca a un perfil; la vida nunca es en dos dimensiones. Y tampoco deseo estar condenado a mirar la posteridad de frente, yo, el hombre de las tangentes y de las diagonales, acostumbrado a los atajos y a los naipes biselados. En el fondo, debía conservar la aureola de mi misterio. Le pedí a Cherubini pintar de mí una imagen sin simbolismo evidente, una imagen que escondiera, que transgrediera la verdad para acallarla. En Borgovico estaría presente sin serlo. Giovio me mandó decir que colgaría mi retrato entre el de Francisco I, rey de los franceses, y el de Carlos V, emperador romano germánico. Es un gran honor para mí. Como no le pedí nada, no me opondré. Pero quizá secretamente hubiera preferido posar con una pluma en la mano y estar a un lado de Bocaccio, de Dante Alighieri o de Aretino. ¿Pero dónde situarse cuando se es múltiple? No se ocupa ninguna región del espacio cuando se está en movimiento. ¿La vida decide el lugar donde detenerse?

Ese asunto del retrato dista muchos de ser anecdótico. Muchas veces viste a tu nodriza, Quetzalli, mover con el dedo el agua de un balde. Te explicó que nunca hay que mirar el reflejo del rostro en la superficie de un lago. Quizá te mostró los famosos espejos de obsidiana pulida que los malhechores tendían a sus víctimas para forzarlas a mirar su propia imagen. Así las mataban para robarlas. En tierras aztecas, la verdad es conocida desde tiempos inmemoriales: somos únicos y el uno es indivisible. Así, el duplicado de lo único engendra un peligro mortal. Es por ello que, durante toda mi vida, renuncié a que me hicieran un retrato. La captura de la imagen individual es una transgresión fatal del orden del mundo. Debes saber que me volví nahuatl y que comparto las creencias de tu madre. Por ello sé que no sobreviviré al retrato de Giovio. Voy a morir. Me estoy preparando.

Llega la noche. Suspenderé este diálogo contigo. ¿Esta larga confesión me habrá permitido finiquitar mis asuntos con Dios? ¿Cómo entender la ambigüedad de mi vida? Sigo sin saber quién gana entre mi propia voluntad y el influjo del destino. Ignoro de dónde me surgió la fuerza para librarme de la gravedad. Sigo sin entrever lo que sostuvo mi permanente levitación por encima de las leyes sociales. ¿Cómo lograr que los otros acepten que un enamorado infiel pueda toda su vida permanecer amando? Que un conquistador victorioso pueda detestar la guerra. Que un hombre poderoso pueda desconfiar del poder, burlarse de los protocolos, despreciar las vanidades terrestres. Escribí mi historia con sangre. De no haber habido sangre, no hubiera necesitado tinta. Es la aventura de la epopeya la que me inventó narrador.

El regente parte de Valladolid la semana próxima. Ya no tengo razones para permanecer aquí. Yo también me pondré en marcha hacia Madrid y luego a Sevilla. Me embarcaré sin demora hacia la Villa Rica de la Veracruz para mi última travesía antes de volver a Tenochtitlan. Ahí es donde deseo ser enterrado, como un guerrero águila, con un *xiuhcoatl* a mi lado.

Así que no veré el despertar de la primavera a las afueras de Valladolid. Los vientos que soplan en la cuenca del Duero llevan a la ciudad un color helado. El musgo del invierno sobre los adoquines de la Plaza Mayor dibuja extraños glifos que podrían ser aztecas. La capilla en la planta baja no deja de estar llena. Tapia, Gómara y Altamirano rezan, inquietos. Un ciclo se consume.

Mi querido Martín, llegó la hora de separarnos. Me voy satisfecho. Tuve la dicha de amar. De la ternura de las mujeres mucho he recibido. Siempre preferí su complicidad a la violencia de los hombres, su dulce humanidad a la desmesura viril. Las afrentas de los celos no tuvieron efectos sobre mí, pero debí pagar el precio de una perpetua movilización de mi voluntad, que hoy me deja agotado. Soy feliz por tener descendencia: es la única astucia que la vida haya inventado para perpetuarse. Fui padre catorce veces y dejo diez hijos vivos. Una bendición del cielo. Pero tú, mi queridísimo Martín, mi hijo mayor, en mis pensamientos ocupas un lugar aparte. Te corresponde un deber particular: llevar por las alturas el mensaje que encarnas. Lo sabes, Nueva España se constituyó en la alquimia del mestizaje; ¿habría sido posible sin el amor de Marina? ¿Sin ese séquito de emociones compartidas, sin el sortilegio de la atracción, sin la comunión del placer? Sé orgulloso de tu madre y sé compasivo con tu padre.

¿Me permitirías un *post scriptum*? Desearía que vuelvas a Nueva España. Acaricié la esperanza de que pudieses acompañarme en mi última travesía, pero estás en primera línea y no puedes ausentarte del terreno de las operaciones. Yo mismo hubiera desertado antes de que hicieras ese viaje de regreso. Pero lo harás por mí y por Marina.

Seguirás nuestras huellas todavía mezcladas en el polvo de los caminos. Conocerás la tranquila euforia del amanecer. Enjugarás nuestras lágrimas en Tlacopan bajo el gran árbol de la tristeza. Dejarás hundir tu mirada en el Mar de los Confines. Pero ese viaje también lo harás por ti. Debes reapropiarte de tu pasado, reinventar tus pertenencias, reencontrarte con tu país. Lo verás: allá serás feliz, entre dos mundos, en equilibrio en medio del espacio y del tiempo, entre voluntad y destino. Ve. Confío en ti. En el calendario azteca naciste águila. Y estoy cierto: los dioses de Marina velan por tu signo.

APOSTILLA A LAS *MEMORIAS DE HERNÁN*

Este libro es ante todo un homenaje a Marguerite Yourcenar. Así que toma prestado del género que estableció la académica con sus *Memorias de Adriano*, en el cruce de la reflexión histórica y de la literatura. Por homotecia, me atrajo naturalmente el carácter mestizo de la empresa. Resulta placentero hallar bajo el nombre de *novela* lo que en realidad es una poética de la metafísica: queda claro que el objeto de las *Memorias de Adriano* no es el de resucitar el imperio romano de los primeros siglos para armar un fresco realista. Por medio de las emociones, de las pasiones y de las decisiones cotidianas de un personaje, Marguerite Yourcenar desarrolla una reflexión sobre el sentido de la vida. La autobiografía ficticia permite una meditación sobre las entrañas del destino humano. Que este análisis introspectivo sea llevado en un marco histórico impone un cerco que es prueba de verdad, pues el ser humano siempre se halla inserto en un tiempo y en un lugar. Es lo que los literatos llaman contexto. Para Marguerite Yourcenar fue la Roma imperial, sin efecto de toga, pero con la dinámica del viaje hasta los confines del Imperio.

Aplicado a la personalidad de Hernán Cortés, el género me pareció perfectamente trasladable. Se ve al conquistador arbitrar entre el deseo y la razón de Estado, afirmar sus convicciones y negociar compromisos, maridar las leyes de la guerra y el culto por las bellas artes. Con ello es pariente cercano del Adriano de Yourcenar. Pero también se dijo que la Dama de la isla del Monte Desierto le había dado nueva vida a las memorias que el emperador había escrito y que el tiempo se había encargado de hacer desaparecer. Delicioso pretexto. En el caso de Cortés, ese recurso de la ficción resulta aún más legítimo dado que él mismo inventó la novela sesenta años antes que Cervantes. La diferencia con Adriano consiste en que sus escritos de fin de vida llegaron a nosotros. Las memorias de Cortés se llaman *Historia verdadera de la conquista de la Nueva España*. No las firmó y no eligió el título. Tampoco escogió el seudónimo de Bernal Díaz del Castillo, que se le debe al impresor, quien, en 1632, publicó el manuscrito prohibido. Pero ahí está la obra, majestuosamente literaria. ¿Cómo podría Cortés reprocharle a su biógrafo agregar la introspección a la historia?

Fortalecido por la doble legitimización de Marguerite Yourcenar y de Hernán Cortés en persona, me aventuré entonces en el territorio de la novela. El lector curioso tendrá todo derecho a preguntarse lo que, en mi texto, pertenece a la historia y lo que procede de la ficción. En realidad, no inventé nada. La historia de Cortés posee su propia dramaturgia, con sus golpes de fortuna, sus apuestas riesgosas, sus bruscos vuelcos, sus retrasos, sus triunfos, sus alegrías y sus penas. Su fondo de violencia también. ¿Qué hubiera yo podido agregar a esa voluntad de forzar el destino? Las mil y una vidas del conquistador se entremezclan aquí con la mayor naturalidad. Se ve crecer al niño en Medellín, seguimos al estudiante en Salamanca, al joven administrador en Santo Domingo, al alcalde de Santiago de Cuba. Observamos la metamorfosis del conquistador en hombre de Estado, se le ve inventarse como hombre de letras. Se vuelve diplomático, negociador de tratados, explorador, armador, hombre de negocios. Incluso hace la guerra; gana, pierde. Le gustan las mujeres, todas las mujeres, en una idolatría más intelectual que pulsional. ¿Qué otra novela de amor y de muerte hubiese sido posible escribir?

En cambio, lo que forjé es la psicología de Cortés. Podría preguntarse si resulta legítimo tratar de restituir el carácter de un personaje histórico. Aún más si, en este asunto, tendí a adentrarme en su intimidad. Generalmente, los historiadores en busca de ese objetivo recurren a los testimonios de los contemporáneos; explotan la mirada de los otros analizando así la imagen proyectada del personaje. Escogí otra vía. Resulta notable que las cuatro crónicas escritas sobre Cortés emanan todas de una misma fuente. Ya fuera que Hernán escribiera él mismo —es el caso de las *Cartas de relación* y de la *Historia verdadera de la conquista de la Nueva España*—, ya fuera que haya sostenido la mano que sostenía la pluma. Francisco López de Gómara escribió su *Historia de la conquista de México* cuando vivía en casa de Cortés en Valladolid y Francisco Cervantes de Salazar, miembro de la Academia de Valladolid, recibió del capitán general en persona la documentación que aparece en su *Crónica de la Nueva España*. Así que reconstituí el pensamiento de Cortés a partir del análisis de sus propios escritos, autógrafos o por encargo. Al evaluar lo dicho y lo no dicho, escrutando la naturaleza de las palabras que utiliza, desmenuzando sus estructuras de frases, sus giros, sus temáticas, sus elipsis y sus silencios, sus insistencias, sus rítmicas, sus reiteraciones. Tal estudio lexicológico presupone naturalmente la comparación con la prosa en uso en aquella época y, por supuesto, la confrontación con la otra principal fuente disponible: los archivos judiciales. En los grandes fondos de archivos de España (Sevilla, Madrid, Simancas), en México, en Francia, en Austria, en Estados Unidos, existen más de treinta mil hojas manuscritas correspondientes a deposiciones de cargo o de defensa, a declaraciones juradas, a minutas de juicios relativos a Cortés. Quien, por cierto, nunca fue condenado. Los celos engendraron así una multitud de informaciones psicológicas que sólo tuve que contrastar con mi lectura introspectiva de los textos cortesianos.

Quiero aquí rendir homenaje al trabajo innovador de José Luis Martínez, inmenso erudito que ha sido investigador, diplomático, escritor, editor, académico y perpetuo animador de la vida cultural mexicana. Su biografía de Cortés, publicada en 1990 por el Fondo de Cultura Económica, ha sido la primera en ubicar el tema cortesiano en el campo científico. Ahí no se presenta la vida de Cortés como un tema de debate político, sino como materia histórica apoyada en estudios de archivos. Y el autor ha agregado a su biografía un corpus de tres mil documentos que fueron publicados paralelamente en cuatro tomos bajo el título de *Documentos cortesianos* (México, Fondo de Cultura Económica, 1991). Esa obra abrió el paso a una historiografía respetuosa de las fuentes con la cual me siento en deuda.

Ciertamente me tomé una libertad. De manera intencional borré la violencia, que es la del siglo. Por tanto, la de Cortés. La violencia de aquella época es hoy inaceptable para nosotros. En el siglo XVI llevaban a los niños a presenciar las ejecuciones públicas que hoy nos parecerían de una degradante crueldad: la hoguera, el descuartizamiento, la garrucha, el empalamiento, la decapitación con hacha... La tortura era un procedimiento legal, incluso en el seno de la Iglesia. La esclavitud, que hoy nos repugna, estaba prohibida entre cristianos, pero autorizada para paganos y prisioneros de guerra. Una mayoría de los navíos mercantes eran galeras; conocidos son los horrores de los bancos de los remeros. Las guerras de Carlos V en Europa colindan a veces con el salvajismo puro. Durante la batalla de Novare (1522), las tropas imperiales destriparon a los cautivos franceses vivos para devorar sus corazones.

No quise entrar en la descripción de la violencia que efectivamente existió; pero, contrariamente a una idea preconcebida, la brutalidad estuvo más bien del lado de la Corona que del lado de Cortés. Gran número de los enviados de Carlos V a Nueva España tuvieron comportamientos inmorales, tiránicos y de extrema violencia. Nuño de Guzmán, el presidente de la Primera Audiencia, y sus acólitos, Matienzo y Delgadillo, serían considerados hoy como peligrosos psicópatas. Ahora bien, Guzmán ciertamente terminó sus días encarcelado, pero nunca fue condenado por sus atropellos, que en aquel entonces aparecían como un correlato del poder. ¿Fue el rey Fernando de Aragón enjuiciado por haber envenenado a Felipe el Hermoso para retomar la Corona de Castilla? A los poderosos les bastaba protegerse de los envenenamientos empleando "catadores" para cada platillo servido, como si el uso del veneno no fuese una práctica condenable.

Hay que colocar en ese contexto el sentimiento de los españoles en relación con el sacrificio humano de los antiguos mexicanos; no queda cierto que lo hayan juzgado como lo juzgamos hoy. Es más bien el canibalismo consecutivo al sacrificio lo que suscitó la reprobación de Cortés y de sus compañeros, visto que la antropofagia era un poderoso tabú en el Occidente cristiano, donde la figura del ogro reflejaba la peor perversión humana.

Como hombre del Renacimiento, Cortés encarna claramente la vertiente republicana frente al absolutismo monárquico. Su lucha a favor del Estado de derecho no es un invento; se apoya en toda la documentación disponible. En el plano de las ideas, destaca que un personaje como Cortés haya podido coexistir, casi en igualdad de circunstancias, con un Carlos V, encarnación de una monarquía arbitraria, alejada del pueblo y permanentemente nutrida por una obsesión fiscal. La trayectoria de Hernán no hubiese sido posible sin constantes apoyos en el seno de las élites del poder. La vida de Cortés nos permite, así, observar que la sociedad del Renacimiento estuvo atravesada por visiones políticas opuestas y que fue menos monolítica de lo que se cree.

En el fondo, no resulta muy difícil darle vida a Cortés *actuando*, puesto que nos llevan los hechos históricos que se imponen por sí mismos. Más delicado es resucitar un Cortés *pensante*, un Cortés *escribiendo*. Toda novela se escribe en el idioma de su tiempo. Ahora bien, Cortés es un hombre del Renacimiento. La pregunta planteada al novelista es, pues: ¿cómo hacerlo hablar? ¿Con las palabras del siglo xvi o las del siglo xxi? A decir verdad, escribir en el espíritu del castellano del siglo xvi significa escribir sin acentuación, lo que hoy nos parecería una excentricidad. Las ediciones contemporáneas de Cortés o de Bernal Díaz han sido todas modernizadas. En los años 1870, cuando el poeta franco-cubano José-María de Heredia decidió traducir la *Historia verdadera* al francés, eligió inventar un francés arcaizante, libremente copiado de formas españolas antiguas que aparecían en el original. ¡No me arriesgué a ello! Es, en el fondo, la eterna dimensión de Cortés lo que está en el centro de la presente obra; el encuentro de dos mundos es un tema de perpetua actualidad. Así que no me pareció necesario envejecer artificialmente mi texto y escribir "al modo de". Cortés habla aquí con mis palabras, escribe como yo escribo. Sin embargo, si bien es posible evitar los neologismos más evidentes, resulta difícil escaparse de ellos completamente. El campo de los topónimos ilustra bastante bien ese límite de la comprensión. Muchos lugares, en efecto, han cambiado de nombre con el tiempo. Es el caso de varias ciudades indígenas: la antigua Quauhnahuac se metamorfoseó en Cuernavaca, Ahuilizapan se volvió Orizaba, Uit-zilopochco se llama hoy Churubusco. Así que puse en la pluma de Cortés los nombres nahuas de aquella época, a pesar de volver el texto algo esotérico. En cambio, no tuve escrúpulo alguno en emplear la palabra *España*, por la buena razón de que ese término moderno fue forjado por Cortés en persona. El capitán general tradujo la palabra latina *Hispania* para aplicarla al conjunto del territorio nacido de la reunión de Castilla y de Aragón, lo que le permitió llamar a México *Nueva España*. Pero a la palabra *España* le tomará mucho tiempo imponerse en los textos oficiales de la península ibérica. ¡Debemos entonces ver en las palabras *España* y *españoles*, puestas aquí bajo la pluma de Cortés, un acto de militantismo más que un neologismo!

El nombre *Nueva España* fue inventado por el conquistador en octubre de 1520. ¿Cómo llamar antes de esa fecha al conjunto territorial que hoy llamamos Mesoamérica, término que se impuso durante la segunda mitad del siglo xx? Para darme a entender, a veces debí resignarme, a falta de otra opción, a hablar de *México*, que es un neologismo en 1519, pero que ya no lo es en 1546. Gómara lo utiliza como sustituto de Nueva España en el título de su crónica, terminada en 1546, con la perspectiva de promoción de la idea independentista. Otro texto de 1546 ha llegado a nosotros bajo el nombre de *Histoyre du Mechique*. De hecho, en el mundo prehispánico, sólo las ciudades llevan nombre. No existe de ninguna manera un término general para designar en náhuatl el equivalente de la Nueva España cortesiana o del México actual. Literalmente, los mexica-tenochca son los habi-tantes sólo de la ciudad de Mexico Tenochtitlan. Asimismo, me era imposible utilizar términos geográficos contemporáneos para situar la expedición de Cortés a través de Guatemala y América Central. Las palabras Petén o Guatemala todavía no existían en el sentido actual. Aunque Cortés emplea la forma Las Hibueras para designar su objetivo final, también utilicé Las Honduras, expresión de aquel momento, más comprensible para el lector de hoy y que quedará inscrita en la geografía de América Central. Hibuera es el nombre dado a una especie de ficus también conocido bajo el nombre indí-gena de amate. De manera general, fui obligado a utilizar nombres de lugares tal como eran conocidos en aquel momento: Ciuatlan es hoy Zihuatanejo; Tequantepec se escribe actualmente Tehuantepec; Chetemal se volvió Payo Obispo en el siglo XVII antes de ser rebautizada Chetumal en 1937; Santiago de Buena Esperanza o Santiago de Colima se llama ahora Manzanillo; Santa Cruz en California se conoce como La Paz, en Baja California; Coatzacualco, "el lugar de la pirámide de la serpiente", no terminaba en s en la época prehispánica, etcétera. Tampoco los topónimos nahuas llevaban acento. La tradición de poner acentos a los topónimos nahuas de México nació después de la Segunda Guerra Mundial; por eso no podemos encontrarlos bajo la pluma de Cortés.

La naturaleza propia del texto me incitó igualmente a atenuar algunos aspectos del personaje de Cortés, aunque notorios, como su gusto por las mujeres. En la medida en que el antiguo conquistador le escribe una carta a su hijo mayor, al que poco conoció, mucho nos cuesta imaginar que el padre aprovecharía esa suerte de testamento para contarle a su hijo los detalles de su vida sentimental.

En cambio, conservé la propensión de Cortés por nombrar; en sus textos, Cortés nombra permanentemente a sus amigos, a sus compañeros de armas, a sus parientes y a sus enemigos también. No es algo neutral. En ello hay que entrever una filosofía de la historia. Cortés considera que todos aquellos a los que nombra son los actores de la historia. Para él, la historia no está escrita por adelantado, son los hombres quienes la construyen, con sus deseos, sus rencores, sus límites, sus debilidades, sus talentos y sus bajezas. Por ello le importa designar a los protagonistas de su epopeya, que no se limitan ni a los poderosos ni a los gobernantes.

Todos los hechos mencionados en mi texto provienen de las crónicas o de los archivos del siglo XVI. Las muy numerosas crónicas cortesianas constituyen un monumento fundacional de la literatura mexicana. Además de las cuatro ya mencionadas, en ese conjunto hallamos piezas maestras de la literatura española, como las obras de Gonzalo Fernández de Oviedo o de Antonio de Herrera, pero también valiosas crónicas redactadas en náhuatl, como las de Ixtlilxóchitl, Sahagún, Chimalpahin o Tezozómoc. A ese fondo histórico, todavía hay que agregar los manuscritos pictográficos realizados después de la conquista por escribanos indígenas que iluminan de manera original los acontecimientos acaecidos durante el contacto de españoles e indios.

Constatamos así que la vida de Cortés está extremadamente bien documentada. En consecuencia, sólo intervine al margen. Me permití darle un nombre taíno a la primera mujer de Cortés, Toalli, y un nombre nahua, Quetzalli, a la nodriza de Martín niño. También le di un nombre al preceptor del joven Hernán en Medellín; Cortés no lo nombra, pero la relación de la familia Monroy con la familia Albret (Labrit, en español) ha sido comprobada. La francofonía de Cortés no es un invento; es incluso un elemento clave que permite comprender las relaciones tan particulares del conquistador con Carlos V: hablan el mismo idioma. Y, como prueba de ese apego lingüístico, Cortés introducirá unas cincuenta palabras de origen francés en la *Historia verdadera*.

El conquistador nunca confesó haber colaborado en la traducción al español de *Amadis de Gaule* por una sencilla razón: en ese tiempo todo el mundo se apropiaba los escritos de los demás. Así, el autor del famoso cantar de gesta, un tal Garci Rodríguez de Montalvo, de múltiples seudónimos, siempre hizo creer que la obra era suya cuando en realidad había sido traducida del francés. Pero no es menos cierto que Cortés nombró California, y lo hace a partir de una palabra de filiación francesa. La precoz vocación literaria del joven Cortés es una presunción que encaja bien con el resto de su vida.

Tuve que explicar lo que Cortés siempre calló, como las razones de la muerte de Cuauhtémoc; lo hice fundándome en los textos adyacentes. El tema del resurgimiento del canibalismo durante la expedición de Las Hibueras está presente en varios testimonios; en particular, lo hallamos en Herrera.

De igual manera, la llamada batalla de Otumpan sí tuvo lugar en Teotihuacan tal y como la cuento. Pero el conquistador casi siempre es reacio a confesar su comprensión del mundo indígena en textos destinados a lectores hispánicos. Teotihuacan es hoy el sitio arqueológico más visitado de México. En los mitos, es descrito como el lugar de la creación del mundo. El lugar tenía en sí una fuerte carga cultural y emocional. En la *Historia verdadera*, Cortés dice púdicamente que el jefe de los ejércitos aztecas es abatido por Salamanca de una lanzada, pero le confía la verdad a Cervantes de Salazar: el jefe azteca fue en realidad decapitado y su cabeza exhibida frente a los guerreros indígenas, quienes quedaron estupefactos (cf. *Crónica de la Nueva España*, libro IV, cap. 130).

La fecha del fallecimiento de Malinche se debatió mucho tiempo; encontré en el Archivo General de Indias en Sevilla la copia de una declaración hecha en 1554 por cuarenta testigos. Esa declaración está incluida en un prolijo documento de mil noventa y cuatro folios (AGI, *Justicia 168*, 1553-1573). Más de una veintena de testigos hablan de la fecha de fallecimiento de doña Marina con más o menos precisión. La comparación de esos testimonios con otros datos disponibles apunta a la Navidad del año de 1528. Que María fuera hija de Cortés y no de Jaramillo es un hecho comprobado y conocido por todos en aquel momento. Jaramillo no tuvo hijos, ni con Malinche ni con su segunda esposa ni fuera de matrimonio. La herencia de Malinche fue atacada por la segunda mujer de Jaramillo, quien quería despojar a María. Los juicios duraron dos generaciones; finalmente, María, su marido y sus tres hijos lograron conservar dos tercios de la rica encomienda de Xilotepec.

La historia de la captura del barco español por el corsario francés Jean Fleury es auténtica. Los ajolotes mexicanos en efecto se transformaron en salamandras en el castillo de Blois y da gusto ver al rey de Francia apropiarse de un símbolo mexicano. Sin embargo, la Bibliothèque Nationale de France posee una medalla que habría sido ofrecida por sus diez años al joven Francisco, entonces duque de Valois y conde de Angoulême. Ésta tiene en el reverso una salamandra en medio de las llamas con una enigmática divisa escrita en veneciano: *Notrisco al buono, stingo el reo. MCCCCCIIII.* Así que dataría del año 1504. No obstante, algunos expertos piensan que ese ejemplar podría haber sido acuñado en Lyon o en Italia en 1528. La divisa fue traducida de distintas maneras: "Me nutro del buen fuego, apago el malo", o "Hago vivir el buen derecho y morir la injusticia", o también "Nutro la virtud, apago el vicio", o "Nutro a los buenos, destruyo a los malos". Esa divisa habría sido inventada por Francesco Colonna en *Hypnerotomachia Poliphili* (1499) para describir la pasión amorosa, pero ese autor no hace ninguna referencia a la salamandra. Otra medalla que conserva la Bibliothèque Nationale de France lleva el rostro del joven Francisco al anverso, en una representación idéntica a la precedente, con la salamandra en las llamas en el reverso; la divisa grabada es diferente, pero igualmente enigmática: *Et.mors.vita*, "La muerte es vida". No lleva fecha. El misterio de la salamandra de Francisco I sigue en pie y lo que dice Cortés es creíble.

Para describir la muerte de fray Jean Dutoît, a quien los cronistas españoles llaman Juan de Tecto, me apoyé en la versión eminentemente dramática de Gerónimo de Mendieta en su *Historia eclesiástica indiana* (1596). La historia del caballo de Cortés, confiado al jefe Canek, se encuentra consignada por el cronista Juan de Villagutierrre Sotomayor en *Historia de la conquista de Itzá* (1701 [libro II, cap. 4]). Él refiere que los primeros misioneros en penetrar en el corazón de Petén en 1618, los franciscanos Bartolomé de Fuensalida y Juan de Orbita, descubrieron en el templo de Chaltuna, hoy la isla de Flores, una estatua de piedra representando al caballo de Cortés; había sido divinizado y era adorado bajo el nombre de Tziminchac. Ese episodio es el tema de una novela de B. Traven.

La fruta que Cortés llama *pach* no es más que la piña que, en su forma salvaje, es una planta epífita.

La embajada enviada por Cortés al Soberano Pontífice en 1529 está comprobada por varios textos de la época y por los archivos secretos del Vaticano. Los dignatarios mexicanos impresionaron mucho al papa Clemente VII y a su séquito. Paolo Giovio lo atestigua en sus escritos.

Es Cortés en persona quien nos pone tras la huella de su relación con María de Mendoza, la esposa del secretario de Estado Francisco de los Cobos, en particular en los capítulos CXCV y CCI de la *Historia verdadera*. Conociendo a Hernán, basta con leer entre líneas. Ella es quien está tras los reproches de Gómara a Cortés al final de su crónica. Admitiendo que sea difícil darse una idea de sus sentimientos profundos, queda claro el beneficio de esta relación para Cortés: está en el corazón del poder y dispone de información privilegiada.

Me di permiso para emplear una palabra náhuatl para describir el paquete que contenía las famosas "esmeraldas" que Cortés finge haber perdido y que le ofrece a la bella María: *tlaquimilolli*. Esa palabra designa en Mesoamérica un paquete sagrado que contenía las representaciones abstractas de los dioses; podían ser plumas, espinas, objetos de madera, huesos de animales, cuchillas de obsidiana, puntas de flechas, pero las más de las veces eran piedras duras como el jade o la turquesa. Esos objetos simbolizaban a las divinidades conceptuales que reverenciaban los nómadas de las llanuras del norte conocidos como chichimecas. Esos *tlaquimilolli* eran religiosamente transportados a lo largo de sus migraciones. Tanto por su forma como por su contenido, el paquete de ricas telas que envolvían las esmeraldas de Cortés *es* un *tlaquimilolli* que el conquistador, nomadeando entre México y España, no dejó de llevar consigo en todos sus desplazamientos. Veo en ello una manifestación del mestizaje cultural que ilustra la personalidad de Cortés, a caballo entre dos culturas. ¿Qué representaban para él esas cinco piedras verdes?

El parentesco de López de Gómara con el marqués del Valle, a menudo presentido, es contradicho por una declaración judicial de 1545 en la que el sacerdote confirma que vive en casa de Cortés y que es pagado por él, pero donde niega tener relación familiar con el conquistador. Puede imaginarse que no lo sabe o que lo niega con aplomo, puesto que sabe que no existe más prueba que los papeles de Cortés, quien no los exhibirá nunca. En su conjunto, las relaciones de Gómara con la familia del conquistador sólo se explican por el vínculo familiar. Pero para el cronista, confesar su parentesco debilitaría su estatus de historiador. No disponemos de la carta del padre de Cortés confesando sus aventuras extraconyugales; la descripción del sobre cubierto de sellos es, pues, una descripción mía; tapo un vacío. En cambio, los encuentros de Cortés con Gómara en 1529, después de la información que recibió el capitán general a su regreso a Medellín, quedan demostrados por documentos judiciales. Resulta difícil imaginar a Cortés ir a Soria para encontrar la huella de un joven desconocido para luego recomendarlo al papa; lo hace, incontestablemente, por espíritu familiar. En cambio, los sorprendentes contratos firmados entre el joven Martín y su tío para la publicación de las obras escritas en Valladolid han llegado a nosotros. Disponemos incluso de las huellas de las recriminaciones de Gómara, quien se queja con el hijo de Juana de Zúñiga por no recibir los subsidios prometidos en esos contratos. Fiel a su carácter austero, ¡Gómara le reprocha a su sobrino gastar demasiado dinero en el juego!

Gómara enfrentó muchas dificultades para publicar su obra. El solo nombre de Cortés bastaba para desalentar a los editores, quienes temían con razón ver la ira de la censura caer sobre ellos. La primera edición de la *Historia de la conquista de México* salió en Zaragoza, con la bendición del obispo Fernando de Aragón, en 1552. Todos los intentos anteriores habían fracasado. Felipe II, digno sucesor de su padre, emitió de inmediato una cédula de prohibición contra el libro de Gómara. Con actitud de resistencia, los editores libraron una batalla con la censura y hallaron defensa: cada vez cambiaban el nombre del libro. Por ello, la obra de Gómara tuvo amplia difusión bajo portadas y presentaciones diferentes; en total, tuvo catorce ediciones en veinte años, incluidas las traducciones al italiano y al francés. A pesar de la hostilidad de la Corona, la acción de Cortés atraía a los lectores.

La descripción del taller de literatura creado por Cortés en Valladolid entre 1543 y 1546 corresponde totalmente a la realidad; ¡poseemos incluso el fragmento del ensayo de Andrés de Tapia que menciono! Asimismo, la academia de Cortés en Valladolid existió realmente; las minutas de las ciento cincuenta reuniones fueron publicadas por Pedro de Labrit, hijo natural del rey de Navarra, veinte años después de la muerte de Cortés, en la forma de diálogos entre un padre y su hijo. Se trata, además, de un documento altamente valioso para comprender el mundo intelectual, muy moderno, en el que Cortés vivía. Mi única intervención fue fijar el día miércoles como fecha para esa reunión hebdomadaria; otra fuente habla del jueves; debí decidir. Esa academia de Cortés servirá como modelo a la Académie Française, creada por Richelieu en 1635.

Las preocupaciones botánicas de Cortés, que evoco en el capítulo 23, son una realidad. Él sería quien impulsara la plantación de cacao en el País Vasco, a ambos lados de la frontera. Esas plantaciones sobrevivirán tan durablemente como para crear una tradición en el consumo de chocolate en Aquitania y especialmente en la región de Bayona, donde se ha conservado hasta hoy la memoria del molinillo para espumar la preparación. En aquel tiempo, el chocolate se consumía al estilo azteca, es decir amargo. La amargura se acentuaba con el chile, introducido en paralelo con el chocolate como ingrediente indispensable. La memoria del chile, introducido en 1528 por Cortés, sigue viva en Espelette, al pie de los Pirineos, que hoy logró registrar oficialmente el nombre de ese chile histórico (*piment d'Espelette*). De las flores introducidas en el curso del viaje del conquistador, conocemos sobre todo la flor de San Miguel (*Zinnia elegans*), la capuchina (*Tropaeolum majus*) y el clavel de moro (*Tagetes patula*); en cuanto al cempoalxochitl, asociada con la fiesta de los muertos en todo el México prehispánico, pasó de España a Francia, donde conservó su destino original para ser ofrecido en los cementerios durante las fiestas de Todos los Santos. ¡El ungüento cicatrizante del árbol de mirra (*Myroxylon balsamum*) es de origen mexicano, aunque en Francia se le conozca como bálsamo del Perú!

En el mismo tono, el lector podría sorprenderse de que Cortés pueda decir que "Mexico había *inventado* un gran número de plantas comestibles". No se trata de una palabra equivocada; la expresión corresponde a la realidad pura. Mientras que en el Viejo Mundo la naturaleza es creación divina, en el Nuevo Mundo es el hombre el creador de todas las cosas. En el Viejo Mundo la agricultura ha sido descrita como un proceso de domesticación de las plantas silvestres, mientras en México una gran mayoría de las plantas cultivadas son creaciones humanas. Son el producto de un amplio experimento genético que se ha extendido a lo largo de milenios. Por ejemplo, del tomatillo, especie de *physalis silvestre*, los mesoamericanos obtuvieron el jitomate, la papa y el tabaco. Es ese trabajo de ingeniería agronómica lo que explica que la mayor parte de las plantas alimenticias que consume el hombre hoy en el mundo provienen de México. No existen en estado natural. Podemos aquí mencionar el maíz, el jitomate, el frijol, el chile, la cebolla, la papa, la chía, la calabaza, la jícama, el chayote, el camote, el cacahuate, el aguacate, el cacao.

Es exacto que no existiera ninguna apetencia por el azúcar en el siglo XVI, tanto entre los españoles como entre los indios. Con todo derecho se puede considerar a Cortés como el inventor del ron, que así será llamado a partir del siglo XVIII. En tiempos de las primeras destilerías americanas, los marineros llamaban *tafia* al aguardiente de caña. Cortés habla púdicamente de su "ingenio" en un atajo elíptico. Puede inferirse que fabricaba una bebida de tipo ron agrícola, por oposición al ron de melaza, obtenido a partir de la destilación de residuos de la industria azucarera. El consumo de azúcar nacerá en Nueva España a principios del siglo XVII sólo en la comunidad española. Fue María Teresa, la esposa española de Luis XIV, quien introduciría el azúcar en la Corte de Versalles como golosina femenina.

La plantación del nopal al pie de las murallas del castillo de Medellín no es un invento novelesco. Los dos nopales plantados por Cortés en 1528, a cada lado de la puerta del castillo, atravesarán cinco siglos antes de ser arrancados, prácticamente ante nuestros ojos, por un edil ignorante de la dimensión histórica de la planta. A principios del siglo XXI, el nopal original alcanzaba un tamaño impresionante de casi veinte metros de altura. Será de ese nopal que nacerán todos los nopales de España y del Magreb, que en francés llevan el nombre de *figuiers de Barbarie* (higueras de Berbería). Luego de presentar mi protesta, un nuevo nopal fue plantado en Medellín en el mismo lugar que el nopal cortesiano; un letrero precisa que se trata de un hijuelo del nopal original, lo que botánica y simbólicamente es cierto.

El papel de Cortés en el descubrimiento de Filipinas y su integración a las posesiones españolas es perfectamente auténtico. El Tratado de Zaragoza fue firmado el 22 de abril de 1529 y las islas Filipinas, administradas desde Nueva España, permanecerían en el imperio español hasta 1898. El éxito de la negociación encabezada por Cortés se debe en gran parte a su aplomo y a su fuerza de convicción; sabemos hoy que Filipinas se sitúa al oeste del antimeridiano de Tordesillas: se encontraban en realidad, como las islas Molucas, del lado portugués. Pero nadie, en aquel entonces, era capaz de saberlo. La demostración de Cortés era creíble.

Es exacto que Cortés fue el instigador de la primera exposición de arte precolombino en Europa. Tuvo lugar en 1520 en Bruselas y el testimonio de Durero es en este caso innegable. ¿Se trataría quizá de la primera exposición de arte de todos los tiempos? Esa exposición podría haber incitado a Paolo Giovio a inventar el primer museo de la historia en su residencia del lago de Como.

El cuadro que Cortés envía a Giovio en 1546 es el único retrato del conquistador jamás realizado. Todos los demás cuadros conocidos son copias de esa obra única que hoy ha desaparecido. Disponemos también de un dibujo de Cortés joven, obra de Christopher Weiditz ejecutada en 1528, y de dos murales del Hospital de Jesús en México, que publiqué en 2010. Eso es todo. Los bancos de imágenes presentan como retrato de Cortés joven un cuadro donde aparece en realidad su hijo Martín, el segundo marqués del Valle, enarbolando la Orden de Santiago. Padecí esa confusión, ya que las portadas de las ediciones italiana y rusa de mi biografía de Cortés están ilustradas con ese cuadro de Martín.

El palacio de Cortés en Cuernavaca todavía existe, pero ha sido alterado por los siglos y bastante transformado. Su fachada ya no lleva más que cuatro arcadas y las partes ciegas han sido sensiblemente ampliadas, rompiendo la harmonía inicial del edificio. Hoy alberga el Museo Regional, consagrado a la historia del estado de Morelos. ¡Es de notarse que existe en la galería oriental un busto del rey de Francia, Enrique IV, con un cartel que lo identifica como Bernal Díaz del Castillo! El modelo del edificio, el Alcázar de Colón en Santo Domingo, fue restaurado con sumo cuidado; se puede, gracias a él, darse una idea de lo que era el palacio de Cortés en Cuernavaca en el siglo XVI.

La casa de Cortés en Santo Domingo se ha conservado hasta nuestros días; edificada con piedra coralina, es una de las casas más antiguas de América. Situada en la esquina de la Calle de las Damas y de la Calle El Conde, en el corazón del Centro Histórico, hoy es la sede de la embajada de Francia. El azar de la vida hizo que fuera el encargado de su restauración, por cuenta del gobierno francés; y así viví tres años en el antiguo cuarto de Cortés, donde tenía mi oficina. ¿Las paredes tienen memoria? ¿Pueden murmurarnos al oído secretos seculares?

Todos los monumentos, todos los paisajes aquí descritos son verídicos. Me di a la tarea de conocerlos *de visu*, en su contexto y sus alrededores, para de ellos capturar lo no dicho.

El presente libro termina a finales del año de 1546, cuando Cortés deja atrás Valladolid, poco después de la partida de la Corte. Así que nada dice del final de la vida del conquistador y tampoco nada de la vida de su hijo Martín. Cortés tendrá una corta estancia en Madrid y luego se instalará en Sevilla, para preparar su regreso a México. Sintiéndose debilitado, el marqués del Valle desea, en efecto, morir en su país de adopción. Pero no tendrá tiempo para emprender ese último viaje. Expira el 2 de diciembre de 1547 en Castilleja de la Cuesta, en el campo sevillano, en una casa prestada por uno de sus parientes. Tiene entonces sesenta y dos años. Es el único conquistador en morir en su cama. Tendrá derecho a unos funerales de jefe de Estado, organizados en Sevilla por el poderoso duque de Medina Sidonia, a los que llegarán, todos hombres y mujeres de sangre azul de España, altos funcionarios, prelados, embajadores, aristócratas, artistas y escritores.

El visitador Tello de Sandoval, llegado en marzo de 1544 a México, redactó, después de dos años de investigaciones y de audiciones, un reporte de cargos contra Mendoza extremadamente argumentado, dándole la razón a Cortés. La reacción de la Corona fue sorprendente: para encubrir los atropellos del virrey, ¡nombró a su hermano, Luis Hurtado de Mendoza, presidente del Consejo de Indias el 23 de julio de 1546! El reporte de Tello fue enterrado; a su regreso a España, el visitador debió luchar para poder presentarlo ante el Consejo de

Indias. Una comisión de censura *ad hoc* puso entonces el documento bajo embargo. Y Antonio de Mendoza fue promovido al puesto de virrey de Perú en julio de 1549. ¡Para asumir su cargo tomaría en 1551 la línea marítima creada por Cortés unos años antes! Tello recuperó el favor de la Corona sólo hasta 1564, al ser nombrado presidente del Consejo de Indias.

En el momento de la muerte de Cortés, su hijo Martín, hijo de Malinche, habiendo tomado la carrera de las armas, está en el campo de batalla. Vivirá la vida de los cuerpos expedicionarios en Europa antes de ser llamado por la Corona en 1563 para restaurar el poder cortesiano en Nueva España. Con sus dos hermanos, Luis el mestizo y el otro Martín, hijo de Juana de Zúñiga, el hijo mayor de Cortés participará en lo que la historia asimila como un golpe de Estado, fomentado por los criollos y los indios. No es el caso. Fue, efectivamente, el círculo de consejeros del rey Felipe II, el hijo de Carlos V, el que tuvo la idea de enviar a México a los tres herederos varones de Cortés, debido a lo preocupante que era la situación que enfrentaba el virrey. Y fueron apoyados por el Consejo de Indias, presidido entonces por Tello de Sandoval. En ese momento, la suerte de México aún no estaba echada: la independencia de ese joven país mestizo e indio está inscrita en la lista de posibilidades. Finalmente, la solución colonial se impondrá; los adeptos de Cortés serán apartados del poder, aislados, perseguidos, deportados; algunos serán incluso ejecutados sin miramientos. Martín hubiera podido estar al mando del país con una función importante; sin embargo, será capturado, torturado y luego expulsado hacia España. En ello reside la señal de la importancia política y simbólica de Cortés, veinte años después de su muerte. Martín, el mestizo, el hijo de doña Marina, fue percibido por los monarquistas como un peligro real; fue violentamente eliminado del escenario del poder por todo lo que representaba: una nación nueva, mestiza, más india que hispánica.

De vuelta a España, Martín se hará discreto. Se reintegrará al ejército imperial y participará en la campaña de Granada, última rebelión musulmana, en la que moriría en 1569. Tuvo un hijo, nombrado Fernando como su abuelo, nacido fuera de matrimonio. Martín se casaría posteriormente con una mujer de buena familia, Bernaldina de Porras, originaria de Logroño, probablemente una viuda y ya madre de una pequeña niña.

El otro Martín, convertido en segundo marqués del Valle a la muerte de su padre, pudo conservar su marquesado y sus veintitrés mil vasallos a cambio de la cesión del puerto y de los astilleros de Tehuantepec a la Corona. Depositario del manuscrito de Valladolid, saldó sus compromisos morales: durante su viaje de 1563, se llevó con él a Nueva España el manuscrito anónimo de Hernán. Intentó hacerlo publicar en México, según el deseo de su padre. Pero el brusco giro de la situación en 1566 volvió imposible la empresa. El manuscrito de Martín tuvo entonces varias vidas: llegó a Guatemala a las manos de un pariente de Cortés, Bernal Díaz del Castillo, y luego fue enviado a España en 1575. Cincuenta y siete años después, en 1632, en condiciones mal conocidas, el manuscrito fue publicado en Madrid bajo el seudónimo de Bernal Díaz del Castillo por Alonso Remón, fraile mercedario, célebre dramaturgo de esa época. Él escogió el título de *Historia verdadera de la conquista de la Nueva España*. El manuscrito de Cortés, con el lastre de tres series de interpolaciones, fue reenviado a Guatemala, donde fue encontrado por el poeta franco-cubano José-María de Heredia en 1887. Los otros dos ejemplares originales, el de Altamirano y el de María de Mendoza, todavía no han sido localizados.

Los dos Martín Cortés ilustran el desdoblamiento de su padre: uno será militar, el otro soñará con ser escritor. El hijo de Malinche estará atraído por las armas y servirá a los reyes de España, mientras que su hermano, nacido de madre española, pasará la mayor parte de su tiempo frecuentando los círculos literarios y escribiendo poemas. Utilizará en gran parte los ingresos del marquesado para financiar al poeta Gabriel Lasso de la Vega para que escriba en octavas reales la epopeya de su padre. La obra será publicada en Madrid bajo el nombre de *Cortés valeroso* en 1588, y luego, ampliada de manera importante, tendrá, seis años más tarde, una nueva edición con el nombre de *Mexicana*. Vemos que Hernán Cortés, tanto en la vida como en la muerte, siempre ha pertenecido, a la vez, a la historia y a la literatura.